櫛《くし》挽《ひき》道《ち》守《もり》

木内　昇

集英社文庫

櫛挽《くしひき》道守《ちもり》

目次

櫛《くし》挽《ひき》道《ち》守《もり》

第一章　父の背

一

歩を進めると、足下《あしもと》の雪が鳴いた。登瀬《とせ》は、音に耳を添わせて数を唱えはじめる。

――ひい、ふう、みい、よう、いつ、むう。

つぶやく声が、等しい間合いをとって足音に重なっていく。右手に手桶《ておけ》を抱え、前のめりに進むうち、山際から朝日が顔を出した。白一色に塗り込められた村の景色が、途端に息づいていく。

雪を踏む音は蛙《げろ》の鳴き声に似とる、と歩きながらも登瀬はちらと思うのだけれど、考えが膨らみそうになるのをひとつ深呼吸して追い払い、頭の中を真っ白にする。そうしてただ、身体で拍子を刻むことだけに心を傾ける。

――十二、十三、十四。

瞬《まばた》きをするたび睫毛《まつげ》に降りた霜が飛んで、目の前を光の粒が駆け回った。息をすれば鼻の奥がツンと凍《し》みる。立春を過ぎても木曽路には冬しか見当たらず、村を埋め尽くす雪は未だ夜ごとに背丈を伸ばしているのだ。

ちょうど「三十」で、登瀬の身体は井戸の縁《へり》にぶつかった。自然と笑みの上った顔を、今来た道へと振り向ける。自分の刻んだ足跡が一直線を描いているのを確かめて小さく頷《うなず》いた。

かたわらに手桶を置いて釣瓶《つるべ》を落とすと、この寒さで井戸水にも薄く氷が張っているのか、下のほうから槌《つち》で木を打ったような音が響いてきた。伸び上がって暗い井戸の中を覗《のぞ》き込み、「あー」と叫んで跳ね返ってくる音に耳を澄ます。と、すぐ後ろで「なにしとるだが」と声がして、登瀬は飛び上がって身を起こした。

「われはまだ、妙なこどで遊んで。よぐまぁ、ひどり遊びを思いつくだんね」

やはり水を汲《く》みにきたらしい近所の女房に呆《あき》れ顔《がお》を向けられて、しどろもどろに朝の挨拶を返す。女房は笑みを浮かべ、登瀬のよれた襟を手早く直した。

「すぐに歳ノ神さんのお祭りだに、まぁず寒《さぶ》ぃだんね。陽《ひ》は眩《ままっこ》しぃのにのう」

「はい。たんと凍みますなし」

そう応えた登瀬が、綿入れも羽織らず、着古してペラペラになった木綿の袷《あわせ》一枚きり、しかも襷《たすき》がけしているせいでひじの上まで袖がまくり上げられているのを見て、女房は苦笑した。この娘の身なりで冬を感じさせるのは、足の甲をすっぽり覆った藁沓《ふんごみ》くらいなものなのだ。

引き上げた釣瓶の水を手桶に移し替えると登瀬は、

「じゃ、行くだで。お先」

と会釈して、今度は歩幅を小さくとって歩きはじめた。ひい、ふう、みい、よう……。行きは三十歩、帰りは手桶の水をこぼさぬように少し刻んで三十八歩。家から井戸までの道のりを、登瀬は毎朝拍子で計る。

藪原宿下町《やぶはらじゆくしもまち》の人々はこれを、「登瀬の無言参り」と呼んでいた。お参りの行き帰り、たとい知人に会っても口をきかぬことで願掛けをする「無言参り」になぞらえているのである。平素は朗らかな登瀬が、小声でなにごとかを唱えつつ井戸と家とを往《ゆ》き来《き》する姿には近寄りがたい気魄《きはく》があって、村人もこのときばかりはみだりに話しかけぬよう気をつけていた。いったいなんの願を掛けとるだがね、と井戸端で女房たちは、十六の娘が決死の形相で水を運ぶ様を真似しては笑い合う。意地の悪い嗤《わら》いではない。猫をじゃらすときに自然と口元に上ってしまう笑みと等しい。

登瀬は、周りにそんな気遣いをさせていることなどまるで知らない。数を数えるときは、心になにも置かないようにしているからだ。ただ五感だけを研ぎ澄まし、等しい拍子を身体が刻めるよう習練しているのだった。けれどそうしながらも登瀬の目は、朝日を受けた尾根の美しさや、街道筋を横切る下横水の澄み切った流れを感じとっている。

そのたび「きれいだなし」と胸の奥を震わせる。

藪原宿は、中山道の宿場町だ。

江戸から京を繋《つな》ぐ道のりのほぼ真ん中にあたる木曽十一宿のひとつで、信濃国の北に位置する贄川宿《にえかわ》、奈良井宿、宮ノ越宿とともに上四宿と呼ばれている。険路の多い木曽路の中でもとりわけ高地で、旅人からは難所として恐れられていた。登瀬が毎朝通う井戸からも、北にそびえる木曽御嶽《おんたけ》四門のひとつ、鳥居峠がよく見える。南には宮ノ越宿に続く神谷峠が立ちはだかり、西を流れる木曽川の先にも三沢山の尾根が連なっていた。四方どこを向いても目線の行き着く先はそそり立った山々なのだ。他国から訪れた者は、「まあ、どこを見ても山に阻《はば》まれるようじゃな」と息苦しさを口にするそうだけれど、ここに生まれ育った登瀬には、山々がなにかを「阻んでいる」とは見えなかった。景色は四季折々に面白いくらい佇《たたず》まいを変えたし、山の端《は》が光るのを見ているだけでも、その先にあるはずの光景を信じることができたからだ。

ちょうど二十四歩で街道筋まで出た。至る所に掲げられた「元祖お六櫛《ろくぐし》」の幟《のぼり》がはためき、家々からは木を削る音が立ち上っている。登瀬は矢も楯《たて》もたまらず駆け出したいのを我慢して慎重に足を運び、きっかり三十八歩を刻んで家の前へと辿《たど》り着く。

間口は三間一尺、奥に長い造りである。戸間口をくぐると細長い通り道のような土間《どじ》があり、それに沿って入口側から順に、ミセとも呼ばれる板ノ間、煮炊きをする勝手場、家族が寝起きする八畳二間、納戸代わりの小室が並んでいる。街道沿いに設《しつら》えられた板ノ間は櫛挽《くしひき》にとっての作業場で、窓の代わりに三段重ねの人見戸《しとみど》がはめ込まれており、その中段に収まった人見障子から射し込む明かりを手元に取り込んで仕事をするのだ。

戸間口の潜り戸《くぐど》を開けると、すでに父の吾助《ごすけ》と弟子の太吉《たきち》が作業をはじめていた。鋸《のこ》の拍子と木の芳香が家の中に満ち、吾助の膝掛けには大鋸屑《おがくず》や鋸粉《おがこ》がもうずいぶん溜まっている。歯挽き鋸を操る父の動きが止まったところを見計らい、登瀬は板ノ間に声を掛けた。

「父《とっ》さま、すぐに手伝うなし」

太吉が顔を上げた。が、父は低く返事をしただけで、目は櫛木を挟んだ盤《ばん》に据えたままである。

櫛挽いうのは朝飯前から板ノ間にこもって仕事するものだんね――登瀬は幼い頃からその道理を身に染みて感じながら育った。父に言い聞かされたわけではなく、職人町である藪原下町の櫛挽たちの暮らしぶりに、そう教えられてきたのだ。下町では年を通し、鶏の声と先を競うようにして櫛挽く音が立ちはじめる。冬はどの家も、まだ暗いうちから板ノ間に灯がともった。

しかしその中にあっても、吾助の朝は飛び抜けて早いのだった。毎朝、暁《あかつき》七ツには跳ね起きて、素足のまま土間に降り、甕《かめ》からすくった柄杓《ひしゃく》一杯の水を大きく喉を鳴らして飲み干す。口元を拭う間も惜しんで板ノ間に座り、両手の指を鳴らして膝の前に据えた盤のツグに櫛木を挟んだと思ったら、もう鋸を当てている。そこからは、三度の飯のときに手を休めるだけで、延々夜更けまで櫛を挽き続けるのだ。一日中座り詰めるおかげで吾助の座布団はすぐ紙のように薄くなり、しょっちゅう中の藁《わら》を換えねばならなかった。座布団をはぐるとその下の床は積年の重みによって艶やかな円形に窪《くぼ》んでいる。吾助は、その父親に櫛作りを教わりはじめた六歳の頃から三十四年の間、一日も欠かさず同じ場所に座って櫛を挽いてきた。物心ついてから吾助の仕事ぶりをつぶさに見てきた登瀬が、未だ父に接するとき身の引き締まる思いがするのは、三十四年という年月への畏れなのかもしれない。

甕の前まで行き、音を立てぬよう手桶の水を移す。勝手場からは、朝飯の支度をしている母の松枝《まつえ》の声が響いてくる。小皿《おてしょ》取って。包丁《ほいちょ》で菜切って。指図に従い、妹の喜和《きわ》が慌ただしく動き回る気配が伝わってくる。登瀬は湯気に身を隠して、忍び足で板ノ間へ向かう。それを、あっさり母に見咎《みとが》められた。

「もう飯《まんま》だんね。少しはわれも裏を手伝わんね」

聞き倦《う》んでいる小言に、襟首を摑《つか》まれる。

「したって……」

「したってもなんもねぇずら。おなごの仕事は飯炊きと櫛磨きだ。櫛を挽くのは男の仕事だで。朝は父さまに任せでこっちさ手伝え」

母の声はこの頃、幹から払った小枝を踏んだときの乾いた音に似ている。半年前までは日向水《ひなたみず》を思わせるまろみが、その響きにはあったのに。松枝の肩越しに、喜和が責めるような目を向けてきた。この、ひとつ下の妹は、登瀬と違って板ノ間より勝手場での仕事を好んでいる。

「わがった。ほんだら足さ拭いてくるね」

登瀬はすすぎ桶に水を汲み、土間づたいに表へ出た。アカギレだらけの手足をすすいでいると、すぐ脇から聞こえてくる櫛挽く拍子にたちまち囚《とら》われた。結局足は勝手場に向かわず、すんなり板ノ間へ乗り上げてしまう。

「ええのか。母《かっ》さまを手伝わんで」

面皰面《にきびづら》を寄せて太吉がささやいた。登瀬は聞こえぬ振りをして、吾助の斜め後ろに据えた自分の座布団に胡座《あぐら》座りし、刺し子縫いの膝掛けを広げる。歯挽きを終えた櫛を磨きにかかるのだ。親歯の木口に粒木賊《つぼどくさ》を当てて力を込めて磨くと、表面《おもてめん》の毛羽立ちが取り払われ、木肌が艶やかな光沢をたたえていった。片面を磨き終えて櫛を裏返すとき、登瀬はそっと父の手元を窺《うかが》う。吾助が歯挽き鋸を上下させるたび、青縞《あおじま》の間着《あいぎ》から覗いた太い腕に幾筋もの蛇がうねる。その逞《たくま》しい腕が刻んでいるのは、梳櫛《すきぐし》の極めて細かな歯なのだった。

お六櫛という藪原名産のこの櫛は、飾り櫛とも解《と》かし櫛とも異なり、髪や地肌の汚れを梳《くしけず》るのに用いられている。なぜ「お六櫛」と呼ばれるようになったのか登瀬も詳しくは知らぬのだけれど、頭垢《おろこ》をとるからだとも、昔お六というおなごが頭の痛んだときにこの櫛を使ったら痛みが消えたからだとも言い伝えられている。登瀬の家は代々、お六櫛を挽いて活計《たつき》を立ててきた。梳櫛であるがゆえにとりわけ歯が細かく、たった一寸の幅におよそ三十本も挽かねばならない。髪の毛数本しか通らぬ狭い歯と歯の間隔を、しかし吾助は板に印をつけもせず、勘だけで均等に挽くことができるのだ。歯を一本挽き終えると、鋸に添えた左人差し指をかすかに動かし、刃を右に押し出す。それだけで寸分の狂いもなく等しい幅の櫛歯が形作られた。

「神業だんね。うちの親父なぞ、当て交《あが》いなしでは次の歯を挽けんずら」

太吉がなにかにつけて言う通りで、彼のみならず、吾助の技に接した若い衆は誰しも「こんな芸当はとてもできない」と、舌を巻く。歯挽き鋸には普通「当て交い」と呼ばれる脇鋸がつけてあり、ひとつ歯を挽くと、当て交いが次の歯印を右隣に刻む仕組みになっていた。その歯印に本刃を入れて鋸を挽けば、隣にまた次の歯印がつく。そうやって印をつけつつ順々に挽いていくことではじめて、ここまで細かい歯を均等に刻むことがかなうのだ。

吾助の下へ弟子入りした者たちは、なんとか師の技を盗み、当て交いなしで挽けるようになろうと、自分の仕事はそっちのけでその手元に目を凝らす。お陰でいつも作業が恐ろしく滞るのだけれど、吾助はなにも教えぬ代わりに弟子が学ぼうとするのを咎めもしなかった。にもかかわらず、独り立ちするまでに当て交いのとれた者は、未だ無いのだった。

板ノ間の壁には幾多の櫛が貼り付けられている。いずれも、吾助が若い頃に挽き損じたものだという。二度と同じしくじりをせぬよう、戒めのため目につくところに飾ってあるのだと父は言うが、その仕損じの箇所を見つけられるようになるまでに、登瀬は櫛に興味を抱いた七つのときから数えて六年かかった。それほどわずかな差違だった。

粒木賊掛けの終わった櫛を、登瀬は人見障子から入る陽にかざしてみる。浮かび上がった木目が、光の加減で生きているようにうねる。

——父さまは拍子で挽いとるだんね。

拍子が乱れぬから、当て交いなしでも加減と速さを等しく保って歯が挽けるのだ——それが、父の仕事を間近に見続けて、ようやく先頃辿り着いた登瀬なりの答えだった。吾助は歯を挽きはじめると、端から端まで百二十本を刻むまで一時たりとも手を休めず、船でも漕《こ》ぐように同じ拍子で鋸を動かし続ける。幼い時分は、かたわらでそれを見つつ、父が息することを忘れているのではないかと案じたほどだった。

拍子を整えることだ。等しい拍子を頭ではなく身体で刻めるようになることだ。

キュッキュッキュッと規則正しい鋸の音が吾助の手元から生まれていく。みい、よう、いつ、むう、なな、やあ。登瀬もまた父の拍子に合わせて櫛の上に粒木賊を滑らせるのだが、速くてすぐにおいていかれる。ただ櫛を磨いているだけなのに、吾助の鋸にかなわないのだった。

隣の勝手場から、味噌汁《おつけ》の香りがまぎれ込んできた。板ノ間という気高い場所に、勝手場で立つ所帯じみた音や匂いが入り込んでくることが登瀬にはいつになっても馴染《なじ》めない。それだというのに身体は勝手に味噌汁に応え、腹の虫を大きく鳴らした。驚いて、自分の三尺帯辺りに目を落とす。太吉も手を止めて登瀬を見た。笑いたいのをこらえているのか、小鼻が膨らんでいる。

ちょうどそのとき、吾助が百二十本目の歯を挽き終えて大きく息を吐いた。登瀬もまた、静かに息を漏らした。自分の失態で父の拍子を乱すことなく済んだ。そのことに安堵《あんど》したのだった。

二

鳥居峠が深い雪に閉ざされている間、旅人たちは中山道を避け、温暖な東海道に道をとって江戸や京を目指す。おかげで街道には行き交う人の姿もまばらで、藪原は、宿場町であることをそこに住んでいる者すらうっかり忘れてしまうほどの静けさに覆われる。

時折聞こえてくるのは、「ほーい」「よーい」という日傭《ひよ》の発する威勢のいい掛け声ばかりだ。夏の間に杣《そま》が切り出した伐木を、木曽川の水流を使って錦織綱場《にしこおりつなば》まで運んでいるのだった。大川狩と呼ばれるその作業を、わざわざ川面が凍りつきそうなこの時節に行う理由《わけ》がかつてはわからず、登瀬は筏《いかだ》で銀色の水面を滑っていく日傭たちを目にするだに不思議に思ったものだった。

――知らんのか、姉《あん》さ。夏の間は少し雨が降るだけで急に川の水が増えるだで、危ないだに。だげ、水の量の変わらん冬を待って運ぶずら。

そう教えてくれたのは、直助《なおすけ》だ。三つ下の弟は、どこで仕入れてくるのか、あらゆることに詳しかった。その知識は村の中のことだけにとどまらず、奈良井や宮ノ越の町並みや、時には京や江戸の流行《はやり》にまで及んだ。登瀬には聞いたところで持て余してしまうような話ばかりだったけれど、直助の、得意げに語る顔を見るのはなにより好きだった。

雪解けがはじまると、静けさのあまり登瀬の内耳に巣くっていたキンと甲高い耳鳴りが緩まる。木曽川の川音が高くなり、山の奥からは雪の崩れるどよめきが立ち、「凍みるね」と手短だった村人たちの挨拶が、「暖《のくとく》かくなったね」からはじまる長話に転じていく。登瀬にとって春はいつも、真っ先に耳からやってきた。蕗《ふき》の薹《とう》が雪から顔を出すときの「ほっ」「ほっ」という声までもが、聞こえる気がするのだ。

春の音を聞くと同時に、村人たちは山の神を迎える講の支度に取り掛かる。歳ノ神の社祠《しゃし》に供える粢《しとぎ》作《づく》りも毎年行われることで、このときばかりは登瀬も勝手場の手伝い

言う。

一晩水に浸けておいた米を臼で搗《つ》きながら、松枝はふたりの娘たちを交互に見遣って

「山の神様はお産の神様だで、たんと信心してくろえ」

から逃れることはかなわなかった。

山の神様は毎年二月の七日に郷《さと》に下りてきて家々を守り、十月の十日に山に帰ると言い伝えられている。藪原を守るのは大山祇神《おおやまつみのかみ》という神様で、村の女たちは良縁や安産を願って詣でていた。

「あのなし、おらがわれやんくらいのときには、飯の煮炊きから馬《うんま》の世話まで一通りさせられたがね」

母が言うと喜和は身を乗り出し、「馬の世話だか。大変だなし」と相槌を打つ。登瀬はそれを耳の外で聞きながら、手の平に均等な力を込めて餅《あんも》を練り上げていた。ひい、ふう、みい、よう……数が刻まれるたび、さらさらだった粉が弾力を蓄えていく。

「うちは父さまのお陰で、馬も飼わんで、畑もせんで、櫛だけで食うていける。だども、夜業《ようなべ》仕事しでようやぐ米が足りるね。われやんもそれはわがっとるだんね」

喜和が「はい」と答え、数を数えている最中だった登瀬は頷く呼吸を逃した。

櫛の上がり賃は主に米で支払われる。毎晩、その日に仕上がった櫛を問屋に届けるのは登瀬の役目であったが、朝から晩までかかっておよそ四十枚の櫛を挽いても、だいた

い米一、二升と幾ばくかの銭が得られる程度である。歯が普通の梳櫛より二十本ほど多く、時として尾張藩御用達品として扱われるほど上物である天印櫛を挽く吾助ですらこうなのだから、一枚あたりの売り値が安い他の職人たちは、出来が多少荒くなっても数挽いてしのぐより道はない。

それゆえに、けっして豊かとはいえない糧《かて》を巧みに工夫して膳を整える知恵が藪原に暮らす女には欠かせぬのだと、松枝は事あるごとにふたりの娘たちに言い聞かせてきた。切り立った山々に囲まれたこの高地では、田畑を持つのもままならないのだ。村には、山の斜面を耕した切畑があるにはあったが、石ころだらけの土を養生することも、変わりやすい天候に左右されながら作物を実らせることも、一方ならぬ労苦がいった。自給が難しいために、低地から牛や馬で運ばれてくる農作物が命綱であり、問屋が仕上げ賃を米で支払うのも、金を得たところで米を手に入れるまでがひと手間である土地柄と関わりがあるのだった。

糧を村内で十二分にあがなえないことは、十三年前の天保七年に起こった大飢饉《だいききん》で四百人にも及ぶ餓死者、離散者を出すという惨事にも繫がった。冷夏による農作物の不作で、藪原に送り込まれる作物が断たれたのだ。このとき、幼子を抱えた松枝の苦労は言葉に尽くせぬほどのものだったらしい。松の皮までかじってなんとか露命を繫いだのだと、その頃乳飲み児だった娘たちの記憶を呼び覚まそうとでもするように執拗《しつよう》に語ってきた。嘉永二年を迎えた今、一応は糧の足りた暮らしの中にあってもなお、「なんぞあればおれやんは容易《たやす》く餓《う》え死ぬだがね。備蓄がうまくできねばおなごとしての道が断たれるね」と繰り返すのだった。

「喜和はちゃんと心得とる。いがんのはわれさ」

一心に餅を練っていた登瀬を、松枝の声が小突いた。

「われが櫛挽さ一徹《いちこつ》なのはわがる。だども調子に乗ってはなんね。おなごが櫛挽になれるわけではないだが。盤の前で胡座かいて……そんねなこど、娘がするものではねんだ。他のおなごと同じように生きねばよ」

「いっとろー《いっとろー》に生きねば、なんだが？」

登瀬は半ばうわの空で聞き返した。櫛を挽くのは男の仕事、磨くのが女の仕事、その境を曖昧にしてはならぬというのも、母が昔から唱え続けてきたことなのだ。

座が不意に静まって、ピンと張りつめた気配がうつむいたままの登瀬にも伝わってきた。おそるおそる顔を上げる。

母の目頭から、ほたほたと涙が落ちていた。

息を呑《の》んだ拍子に、喜和の非難に満ちた目とぶつかった。ところどころ生地の薄くなった袷の袖で顔を覆う母に、登瀬は急いで頭を下げる。

「許してくろ。楯突くつもりはなかったずら」

母は素早く涙を拭うと、顔を伏せて再び米を搗きはじめた。嗚咽《おえつ》をこらえているためか頬は膨らみ、唇は固くすぼまっている。火吹竹《ひふきだけ》を吹くときの力んだ顔と同じだなし——うっかりそんなことを浮かべてしまってから、登瀬は頭を振って場違いな考えを打ち消した。

七日の朝早く、山の神を迎えるために一家揃《そろ》って歳ノ神社祠まで粢を納めに行く途中、喜和に袖を引かれた。

「姉さん、少しは母さまを気遣《きづこ》うてくろ。前と同じにわがまま言ってはいかんずら」

足を緩めて、先を行く両親と十分間合いを取ったところで、喜和はささやいたのだ。登瀬は妹の瓜実顔《うりざねがお》を眺めつつ、いくつになっても自分と似たところが乏しい、と改めて思う。地黒で肉が薄く、幼い頃は「牛蒡《ごぼう》、牛蒡」とからかわれた登瀬に対して、喜和は水をたっぷり吸い上げた真綿を思わせる柔らかな身体つきで、色は抜けるように白く、皮膚が薄かった。そのせいで激すると頬が朱に染まる。表情豊かなほうではなかったが、おかげで気持ちの揺れがつぶさに見て取れた。

「姉さんも父さまもそうね。直助のことで一番せつねのは母さまだ。表では明るくしても、気が弱くなっとるんだわて。あんねに涙もろくなって、少しのこどで寝込んでよ。それでも気丈に振る舞っとるだがね。おれやんがいたわってあげねば、母さまが気の毒《うぃめ》ね」

　矢継ぎ早の言葉はひたすら登瀬を追い詰めるのに、妹の気配はひどく遠い。登瀬に物言うときの喜和は、いつでもこうして他人行儀だった。

　ついひと月ほど前、髪を梳《す》いたときのことを、登瀬は思っていた。

　姉妹は常に家の手伝いに追われていたし、贅沢なぞできなかったから、身なりに構うゆとりもなかったのだけれど、櫛挽の家であるために幼い頃から髪だけはまめに梳いていた。使うのは、もちろん吾助の挽いたお六櫛である。ひとりに一枚与えられていたが、さすがに職人仕事で、ひと目見ただけでは区別がつかない。どちらかの櫛に印でもつければよかったが、父の作になにかを刻むことが登瀬にははばかられたし、姉妹なのだからどちらの櫛を使っても構わなかろうと、鏡台の抽斗《ひきだし》に入れてあるものから目についたほうをためらいもなく使っていたのだ。

　ところが喜和にはそれが、耐え難かったらしい。

「あのなし姉さん。言いにくいこどだども、頼むから自分の櫛を使ってくろね。いぐら姉さんでも、他人が髪を梳いた櫛をおらは使えね」

　その癇性《かんしょう》さにも驚いたが、「他人」と言われたことに登瀬は動じた。うろたえながらも「見分けがつかんだで」と言い訳すると、喜和は櫛を自分の鼻の前でひと振りした。

「これでわがる。姉さんとおらでは、頭の匂いが違うだに」

そう言って、登瀬の使った櫛を手拭いで入念に拭っていたのだ。

妹と並んで歩を進めながら、登瀬は景色に目を預けた。鳥居峠の頂に、赤紫の朝焼けが射している。このまま着物に染めつけたいほど美しい光だった。

――姉さ、きれいな朝焼けが出たら笠持って出ないけんよ。夕から雨になる印だで。

直助の幼い声が、登瀬の身体を温かく巡った。

「母さまのこど、気をつげるから。おらが至らなかっただなし」

登瀬は言葉少なに言って、妹の後れ毛を撫《な》でつけてやる。喜和は一瞬、煩わしそうに頭を逸《そ》らしたが、姉に遠慮してか、されるがままになって口をつぐんだ。登瀬は妹の手を取って雪道を行く。手の平に収まったそれは、とても小さく、冷たかった。

朝早いというのに、歳ノ神はすでに大勢で賑《にぎ》わっていた。山の神様が郷に下りて自分たちを見守ってくださるという信心は、長い冬を耐えた昂揚《こうよう》と相まって、参詣の列を成す村人たちの声音を明るく、高らかにしているようだった。

登瀬たちも列の後ろにつく。松枝は近所の女房たちとの世間話に興じていたが、吾助はいつもと変わらずむすっと押し黙っており、喜和は未だ塞いだ顔でうつむいている。登瀬は退屈しのぎに、伸び上がって社祠のほうを眺めた。門前には庄屋の寺嶋勘右衛門が年寄役を従えて立っており、訪れる村人たちをねぎらっている。

宿場町は村を仕切る庄屋と本陣を司る家とが分かれていることが多いと聞くけれど、

藪原ではそのふたつともを代々寺嶋家が兼ねていた。街道筋に並ぶ旅籠《はたご》の差配にはじまり、大名行列がお泊まりになる際の世話もすれば、一方では村の万事を取り仕切る長としての役目も負うている。上町《かんまち》にある、間口十四間はあろうかという屋敷には、二十以上の部屋と走り回れるほど広々とした中庭があるというのは、たびたび村人たちの口に上る噂であった。道中の殿様が足をお休めになるほどの屋敷だ、中はさぞや豪勢な造りなのだろうと、寺嶋家の前を通るたびに登瀬は、はしたないと知りながらもつい薄暗い屋内に向けて首を伸ばしてしまう。

村人からの挨拶に、鷹揚《おうよう》に頷いていた勘右衛門は、吾助を見つけるや柔和な笑みをたたえて寄ってきた。その足取りを見て、登瀬はふと嫌な予感を抱く。頭になにも置かぬことで生まれる美しい拍子とは異なり、なにか考えを巡らせているがゆえのためらいが混じっているように感じたのだ。

「遥《はあ》るかぶりだのう、吾助さん。おめとこの櫛が相変わらず評判えぇだで、問屋連中が喜んどったで」

吾助は寒さしのぎのほっかむりを取ってひとつ会釈をしたが、礼らしきものは口にせず、笑みも見せない。岩盤に鑿《のみ》で目鼻を彫ったような厳《いか》つい造りの顔立ちに、無愛想な態度があまりに似合いすぎていて、はじめて吾助に接する者は誰しもおののき、身を硬くする。けれど下町に住む者はもはや、父の態度を恐れたり、訝《いぶか》ったりはしなかった。

むしろ吾助が時折、熾火《おきび》が弾けるほどの小さな声でなにか語るのを聞き逃さぬよう、注意深く耳を傾けながら接する術《すべ》まで身につけていた。長年同じ村で暮らすうちに吾助の無骨さに慣れた、というよりも、父の櫛挽としての抜きん出た腕が、すべての短所を帳消しにし、美徳に見せているのだった。

「街道筋にゃお六櫛を名産いうて売っとる宿がたんとあるでよ、中でも藪原が評判さええて聞ぐことが多くなったずら。やれ妻籠《つまご》が発祥だ、蘭《あららぎ》村はものがええだというだども、他所《よそ》には負げらんねのさ。木曽のお六櫛はうちが一番でねとな」

勘右衛門が言うのに「はあ」と鼻で相槌を打った吾助に代わり、側に控えた松枝が

「それもみな、庄屋さんのお陰だなし」と追従で応える。

そのとき尾根から日輪が顔を出し、視界が白く塗り替えられていった。景色がまたたく間に洗い清められていく。登瀬は鼻の穴を押し開いて、たんまりと生まれたての空気を吸い込む。

と、勘右衛門が言葉を継いだのだ。朝の陽を楽しんでいた登瀬には、まったくの不意打ちだった。

「おめの技を、せいぜい村に広めてくろ。若げ衆《わかげしょ》に引き継いでくろね。このちもっと、藪原のお六櫛が名を成すようによ。直助のこどは残念だったども、弟子の中から家を継がす者を選ぶこともできるだに」

松枝が身をこわばらせたのがはっきり見えた。喜和が手を強く握ってきたのと同時だった。登瀬は地面に目を落とす。朝日が自分の影をいたずらに長く伸ばしている。悪気はねぇずら。慰めようと思っとるだがね。勘右衛門の、遠慮と逡巡《しゅんじゅん》によって拍子を乱した足取りを思い出して、自らに言い聞かせた。

だらだらと進む行列に従い社祠の前に立つまでに、松枝は気持ちを入れ替えたらしく、

「そら、お産の神様だげ、よーうお頼もうしなさいや」とふたりの娘を前に押し出したのだった。場違いに大きく、調子外れの甲高い声に、周りにいた村人たちが驚いたふうにこちらを見る。喜和はすべてから逃れるように固く目を瞑《つぶ》って手を合わせた。吾助もまた、無言のまま目を閉じた。

登瀬は、山の神様を前にして祈るべきことも見当たらず途方に暮れる。一家が平穏無事でありますように。心の内でそう唱えてしまうと、あとは刻《とき》を持て余した。十六といえば普通は縁談が持ち込まれる頃ではあったけれど、登瀬には未だ自分の嫁《か》すことが夢物語としか思えなかった。下町の娘たちは早ければ十五で、遅くとも十八まではおかた縁づく。それでも登瀬は、幼馴染みが晴れ晴れとした顔で嫁に行くのを見ても、心が少しも揺れぬのだった。まことに女には、良い縁を得て子を産むしか、道はないのだろうか――。

すぐ横で手を合わせている父の節くれだった指を、薄眼を開いて盗み見る。この太く

短い指のどこに、あれほど繊細な歯を挽く神経が宿っているのだろう。指先は鉋で削ったように平たく、大きく分厚い爪が貼りついている。ゴロリと浮き出した拳の骨は切畑の石そのものだ。無骨な手だった。けれど登瀬が今、もっとも近づきたいのは、この手なのだ。

お参りを終え、一家は言葉少なに家路につく。喜和が、今度は自分から登瀬と手を繋いできた。

「姉さん、山の神様はまことにおるんかね。おれやんを守ってくれておるんかね」

そうつぶやいた妹の手の平は、泣き濡れたように湿っていた。

弟の直助が死んだのは、去年の夏のことだ。

小さな頃から風邪ひとつひかぬ丈夫な子で、十二になったその夏も、近所の子供たちを集めては山だ川だと走り回っていたのだ。その佇まいには死を予感させるものなぞなにひとつなく、だから喜和が駆け込んできたときも、直助のいつもの悪ふざけに生真面目な喜和が騙《だま》されたのだろうと、家族は誰も真に受けなかった。

直助は、木曽川の下川原に近い岩の上で、ひっそり死んでいた。

川でひとしきり泳いでは、陽を集めて焼けるほど熱くなった岩の上で冷えた身体を温めることを繰り返していた直助が、岩に寝そべったきり動かなくなったのに気付いたのは、一緒に遊んでいた童《わっぱ》たちではなく、岸で摘み草をしていた喜和だった。

「あんねに長《なげ》く寝て。あとで身体が痛なっても知らんずら」

自分が陽に焼けると真っ赤に火ぶくれする質《たち》だったから、余計に弟を案じた。岸から二、三度、名を呼んだ。直助はいい気で眠りこけているように見えた。仕方なくまた摘み草をはじめ、半刻ほどしたところでふと思い出して、再び岩の上を確かめた。弟がまだそこに寝ているのを見た喜和の身が勝手に大きく震えた。様子がおかしい、と頭で判じるより先に、総身がわなないたのだった。声を張り上げ、周りで泳いでいる童たちを呼び、直助を起こすよう頼んだ。童らは喜和の剣幕に怪訝《けげん》な顔を見合わせてから渋々岩に上がり、面倒くさそうに直助を小突いたり、のろのろと声を掛けたりした。彼らの鈍重な仕草に、喜和は気がふれそうになった。だが彼女が焦れて叫びだすより前に、童たちもまた顔色を失ったのだ。しゃがみ込んで直助を揺すり、軽く頬を叩《たた》きはじめる。先程までの緩慢さはもうどこにもなかった。「おい！」「おい！」といういくつもの取り乱した声が、喜和の身を貫いた。彼らが、ついに呆然《ぼうぜん》と動きを止める。ひとりの童が立ち上がった。

「息をしとらんぜ！」

岸に立ち尽くしている喜和にそう叫んだ。

報《しら》せを受けて登瀬も家から駆け出して川岸まで行ったはずなのに、そのあとのことはほとんど覚えていない。ただ父が、小袖のまま川に飛び込んで直助を脇に抱え、水を搔き分けて岸に近づいてくる形相だけが、はっきりと目に焼きついている。

冷たい水の中から上がってすぐ、熱い岩の上にじかに胸をつけたもんで、心ノ臓が驚いて止まってしまったんだがね——駆けつけた村医者は、動かぬ直助をよくよく診てからそう言った。きっと、かたわらに座している若い娘たちにもわかるよう「驚いて」などと呑気《のんき》な言葉を使ったのだろうが、その言い様はひどく登瀬の気に障った。

ただ、「驚き」ということでいえば、このたち登瀬の一家がもっとも多く囚われたのがこの感情ではなかったか。それは、まさか自分たち一家がこんな理不尽に見舞われるとは、という驚きなのだった。祖父母がすでに鬼籍に入っているというのは他家との違いであったけれども、それとて吾助が遅くに生まれた子であったためで、ふたりとも大往生を遂げてはいた。他にはなんら変わったこともない、ありふれた家だというのに。

もちろん、周囲を山河に囲まれたこの土地では、毎年さまざまな形で命を落とす者が出る。雪崩に巻き込まれる者や川で溺れる者、先年は山道から沢に落ちて亡くなった者もあった。山で生きていくというのはそういうことで、人の死もまた自然の内だというのは、この辺りの者であれば誰しも当たり前に解しているのだ。それでも、季節を問わず狭い板ノ間に閉じこもり、櫛を挽き続けてきた一家にとって、直助を失ったことはやはり、驚きでしかなかった。あれから半年が経《た》った今になっても、その不思議さは消えぬどころかますます膨らんでいくばかりなのだ。

三

「櫛木さ見に行くが、行がまいが」

吾助が、板ノ間の登瀬と太吉に声を掛けた。すぐさま粒木賊を放り出して土間に降りたのは登瀬だけで、太吉は、「おらはキリのいいとこまで筋付けするだで」と折り鑢《おやすり》を使う手を止めようとはしない。吾助も強《し》いることはせず、荒縄を肩にかけて表へ出た。登瀬は跳ねんばかりにしてそれに続く。

三月半ばになって雪もようやく解け、家々の石持《いしもち》がおよそ半年ぶりに姿を現していた。子供の頭ほどの石が長板葺《ぶ》きの屋根に等しい間合いで置かれた様は壮観で、幼い頃からこの景観を見慣れているはずの登瀬も、毎年この時季は町並みに目を凝らさずにはいられなくなる。

「父さま、あのなし」

前を歩く吾助に言う。

「粗鉋《あらしこ》掛けのときの塩梅《あんばい》がうまくねぇんだが、父さまのやり方を教《おせ》てくろ」

粗鉋は、櫛木の平《ひら》面をならし、形を整える粗削りに用いる鉋だ。今のところ登瀬が手伝わせてもらえるただひとつの櫛挽き作業であったけれど、粗鉋は歯挽き鋸や中抜き鋸に比べて扱いに技が要り、「粗鉋から入ればあとの道具は楽にいぐ」といわれる難物であった。登瀬は毎日粗鉋の刃を櫛木に当てているのだが、力加減が摑めず苦労していた。小さな木口にまんべんなく均等な力をかけることが難しい上、力任せに挽けばあっという間もなく木肌がえぐれてしまうのだ。

「なんも難しいこどはねぇで。ただ力んではなんね。撫でるように鉋の刃を滑《ひな》らせて、少しずつ面をならせばええんだ」

「それだと板が挽けんだが。上さ滑るばっかりね」

「慣れろ。道具をわがものにしなければ。あとはわれで工夫《かんこ》すろ」

吾助は、登瀬が男の領分である歯挽きや櫛木削りの技を身につけようと習練することを咎めなかった。櫛木を削って形を整える「粗削り」から櫛の歯を挽く「歯挽き」、ささくれやめくれを取り除く「毛羽取り」、櫛の四隅を丸く削って仕上げる「耳丸め」までが男の仕事、女に与えられるのは、歯先を尖《とが》らせる「歯通し」の手伝いや、仕上がった櫛を磨く「粒木賊掛け」である。代々村に伝わる、櫛挽く上での男女の線引きにも、父は頓着しているふうもない。だから、母の前で口にすれば「それは男の仕事だんね」とたしなめられることも、父には堂々と訊《き》けるのだった。

問屋が仕入れた櫛木を選びにいく吾助に登瀬が必ずついていくのも、父とふたりきり

しはとこるえ教り取足り取手、くじ同とのるす対に子弟の々代は助吾。だらかるれなに

たふつとひ、がだのるれら切ち打は話くな気っ素で」ろす夫工でれわ「いがいた。いな

つ与えられる言葉だけでも登瀬には十分、身になった。

「女子《びいさ》はええだんね。おら家《い》みてな半農の櫛師でもよ、櫛修業は見て覚えることだと、父さまはなんも教てくれんのによ」

登瀬が吾助にまとわりつくのを、そう言ってからかったのは太吉である。見て覚えるのが修業だということくらい登瀬にもわかっている。ただ、板ノ間を離れるとつい、父への甘えが出てしまうのだ。

櫛挽として活計を立てている吾助と異なり、太吉の家は原町で百姓をするかたわら櫛を挽いている。わずかな切畑だけでは一家九人が食っていくことは容易ではなく、日中の畑仕事を終えてから毎晩櫛を挽いて暮らしの足しにしていた。片手間仕事ゆえ、天印をもらえるほどの技は得られず、それどころか毎回出来に狂いのあるビリが交じってしまうために、たいした儲《もう》けにはならないのだと太吉は以前、嘆いていた。彼は三男坊であるために、いずれ親から分け与えられるとしても、せいぜい切畑一枚分か二枚分か。ならば早いうちに百姓には見切りをつけ、まともな櫛の技を身につけて独り立ちしたほうが餓えずに済むと、十七のときに腹を括《くく》ったらしかった。

二年前、太吉がその父親と吾助のもとに弟子入り願いに来たとき、彼の手には細くし

なびた芋が三本、握られていた。吾助は、

「おらはなんも教んぞ」

と断ってから、恭《うやうや》しくその芋を受け取った。

以来太吉は、通いの弟子となった。通いとはいえ、日の出る前から夜更けまで一日中登瀬の家に居て三食を共にするわけで、ほとんど住み込みと変わらない。おらが奉公に出るのは口減らしでもあったから飯が出るのはありがたいと、たびたび太吉は言うのだった。

それだけに、櫛作りは日々の糧であるという現実《うつつ》が頭から抜け落ちているような登瀬の常より楽しげな様が、太吉にはどこか癪《しゃく》に障るのだろう。びいさはええだんね、となにかにつけてあたるのだ。自分の筋の悪さ、覚えの悪さを悟ったときはなおさらしつこくなった。吾助は滅多に弟子を叱らぬのだが、太吉に対しては、「われ、これはあんまりだで」と彼の扱った櫛木を手に嘆息することが幾度となくあったのだ。その都度太吉は、

「おらは苦労な一生になりそだんね。うちの父さまみてぇにの」

苦々しくつぶやいて、くどいほどに登瀬の明るさを責めた。

吾助が櫛木を仕入れているのは、中の町にある三次屋《みよしや》という問屋である。櫛挽はそれぞれ取引する問屋が定まっており、吾助の家は代々三次屋から櫛木を仕入れ、仕上げた

櫛もまたここへ納めている。

街道を上っていくと、三次屋の店先に置かれた牛繋石に三頭もの牛が繋がれているのが見えた。櫛木を担いで峠を越えてきたばかりらしく、身体中からもうもうと湯気を立ち上らせている。人足たちが、すべ縄で束ねた櫛木を次々と奥の蔵へ運んでいる。真新しい木の香に、登瀬の口元が勝手に綻《ほころ》ぶ。

敷居を跨《また》ぐや、主人の伝右衛門《でんえもん》が櫛職帳片手に飛んできた。頼りなく細い身体に白髪交じりの髷《まげ》、父よりふたつみっつ年嵩《としかさ》なだけなのに、ずっと老けて見える。登瀬は、伝右衛門の風体を見るたびについ、しなびた榎茸《えのきだけ》を思い浮かべてしまう。

「今年もええ木が入ってきたで。出せるのは乾かしてからだがね、ついでに見ていってくろ」

伝右衛門は下駄をつっかけ、先に立って蔵へと歩き出す。あの問屋、おらの父さまには目も合わせたことがねぇずら。ビリを見つけて、そいつを投げつけてきだこどもあるんだで——はじめて吾助と共に三次屋に入った太吉が、そう言って肩を落としていたのを思い出し、登瀬は少しく申し訳ない心持ちになる。櫛師は、上物を挽ける者とそうでない者とで、周りの扱いがまるで違ってくる。吾助に弟子入りした太吉がもっとも驚いたのは、よく見知っているはずの庄屋も問屋も年寄役も、太吉の父に対するのとはまったく異なる腰の低さで吾助に臨んだことだったという。それを目の当たりにしてから太吉は、吾助と一緒に問屋に行くことを、それとなく避けるようになった。

「ここんとこ、お六櫛を江戸への土産にしたいいう客が前より増えてね。雪が解けてからひっきりなしだで」

伝右衛門が吾助へと身を折り曲げる。

「たぶんあれだ、そら読本《よみほん》の。『於六櫛木曾仇討《おろくぐしきそのあだうち》』。山東京伝のよ」

「あれは文化の頃の本だがね。おらが童の頃流行《はや》ったものだんね」

水面で泡が弾けるほどの声で、吾助が応えた。

「いんや、それがよ、ここへ来てまた読まれとるらしぜ。読本が流行るのはなにも書かれたときばっかりじゃないがね。江戸じゃ芝居でもやれば、昔書かれたもんにもひょいと火がつくことがあるってね」

「詳しいだんね。伝右衛門さんは」

吾助にそう言われて、伝右衛門は薄い胸を反らした。

「おらが詳しいんでない。おめが、櫛を挽く他《ちけ》はなんも気がいかんのだわ。江戸なぞすぐそこ、ここから十日も歩《あい》ぎゃあ着くほど近えだに」

伝右衛門は喉をヒュウヒュウいわせながら笑い、蔵の厚い戸の前で足を止めた。

「存分に選んでくろ。一番いいのを持って行け《さいてけ》」

そこではじめて吾助の後ろに登瀬が従っていたのに気付いたらしく、

「おや、今日も手伝いね。相変わらず熱心だんね。われも親父と同じに、櫛の歯ばっかり数えて生きてはいかんぜ。いい男が近づいて来ても見逃してしまうだでな」

軽口を叩いて、帳場へと戻っていった。

蔵に入ると登瀬は真っ先に、立ちこめた木の香りで肺腑《はいふ》を満たす。このときばかりは、前の夏からずっと胸の奥で燻《くすぶ》っている黒い靄《もや》が薄らいだ。吾助はすぐに、奥からひと束の櫛木を選りだし、すべ縄を解いて、一枚一枚慎重に検分をはじめる。登瀬も急いで向かいにしゃがみ、いくつかの板を手に取った。

ミネバリの櫛木は、櫛木取りの手で灰汁《あく》抜きされ、お六櫛の大きさに板取りを終えてから板干しし、さらにこの蔵でひと月ほど乾かしたものである。吾助が板を二枚取り出して打ち合わせると、火打石のような固い音が響いた。

「ええ塩梅だ」

父がそうつぶやいたので、登瀬はわけもわからずうれしくなる。数ある櫛木の中から形のよいひとつを取り上げて見せる。

「これはどうね」

「いけん。白筋が入っとる」

一瞥《いちべつ》で言い切られ、手にした櫛木を慌てて見直した。よくよく目を凝らしてようやく、うっすら木肌に浮かんでいる細い筋を見つけた。

「それがあると歯が狂うで」

父が好む櫛木は、筋の薄い、赤みを帯びた木であることを登瀬はよく知っている。それが幹の芯に近い部分だという証《あかし》で、木目が整っているために歯も挽きやすければ、仕上がった後の狂いも少ない。ただ、その櫛木を選り分けるに十分な目をまだ持てずにいた。腐《ふ》が入っていたり、反っていたりするものをうっかり渡してしまい、そのたび吾助に除《よ》けられるのだ。

櫛木選《い》りの順番は、櫛師の技量によって決められる。問屋はいずれも、自分のところで抱える数十人の職人の中から腕のいい順に声を掛けて櫛木を選ばせた。吾助のように一番に選べれば、数ある中から質のよいものを入念に探すことができる。柾目《まさめ》が浮かんでいないか、よい具合に乾いているか、堅い外皮にかかった部分ではないか。櫛木の善し悪しは、仕上がりを大きく左右する上、明らかな欠損があるドバ以外、値はいずれも等しいのだ。つまり同じ仕入れ値で、腕のいい者はいい材が選べ、腕の悪い者は粗悪な櫛木しか得られぬためにいっそうの苦労を強いられる。一旦決まった職人の序列が代を跨いでしまうことが多いのには、そういう理由もあった。

次の束を蔵から取り出し、縄を解きながら登瀬は、さっき伝右衛門が口にしたことを思い出していた。

――江戸まで十日もあれば着く。

とうの昔に知っていたことなのに、その言葉は耳に新しかった。登瀬はこれまで、他の土地に出ていこうと考えたことすらない。いずれ縁づくにしても、藪原の中だろうとなんの疑いもなく信じていたし、日々家の前の街道を行き交う旅人を目にしていてもなお、不思議と京や江戸を身近に感じたことはなかった。父や母とも隣村の話をすることさえ稀《まれ》であり、喜和に至っては鳥居峠の麓にある原町や、木曽川にかかった寺地橋まで出掛けるのも「遠いし、危ねから」と避ける始末である。家族の中でただひとり、他所の話を好んでしていたのは、直助だった。

――江戸の読本はおもろいだで。おらも早く知らん土地に行って、なんでも見てみてえずら。

夢のようなことをよく口にする子だった。

――姉さは毎日板ノ間に縛りつけられて、よう飽《え》きんずら。

木の枝で地面に絵を描きながら、弟はよくそう言って笑っていた。おざなりに描いているように見え、地面に彫られていくその絵はうっとりするほど巧みだった。兎《うさぎ》だの狸《たぬき》だのが、人様と一緒に焚火《たきび》を囲んで踊っている、珍妙だが愛嬌のある絵だ。どうやったらこんな絵柄を思いつくのか。どうしたらこんなふうに生き生きと描けるのか。身内の欲目を除いても、直助は繊細なものを生み出すしなやかさと器用さを併せ持っていたのだ。

櫛挽きにも、その器用さは余さず発揮されていた。跡取りとして物心ついたときから仕込まれた、歯先切りや粗削りといった歯挽きに至るまでの技を十歳に届かぬうちにあっさりものにし、「教《おせ》る甲斐《かい》がないわい」と吾助が珍しく上機嫌で冗談口をきいたほどだった。せっかくの稀有《けう》な才に、しかし直助はあくまで無頓着で、するりと板ノ間を抜け出しては近所の子らを束ねて遊び回ることに夢中だった。それが幼さゆえのことだとわかっていても、登瀬はジリジリせずにはおられなかった。今から技を磨いていけば若くして独り立ちできるのに。村で一番の櫛師に必ずなれるのに。猿のように山野を駆け巡って、大事な手や指に怪我でもしたらどうするつもりだろう。諭したところで直助は、ぺろっと舌を出して再び草木の中に分け入ってしまうのだった。

「次の束、持って来《こ》」

父の声に我に返り、登瀬は立ち上がる。仕分けた櫛木が、いつしか足下に山を作っている。蔵の奥に入り込み、登瀬はまた、大きく息を吸う。肺腑の奥まで木の香が流れ込むと、物言わぬ直助の姿が少しだけ遠のいた。

ひと雨ごとに山の緑が深まり、藪原を取り囲む尾根が郷に迫って見える。登瀬の中で煮凝《にこご》っていた直助への思いも、ほんの少しずつだが雨に流されていくように感じられた。亡くなったそのときからすんなりと「居ない者」に変じた祖父母と、あちこちにしこりを残しながらゆるやかに擦《かす》れていく弟と。どちらが正しいのか登瀬には見当もつかず、けれど家族の誰もが禁忌のごとく直助のことに口を閉ざす中では確かめようもないことだった。

板ノ間に座ると、開け放した人見障子の向こうを絶え間なく人が行き交うのが見えた。梅雨が明ける頃から街道には、木曽御嶽信仰のために山に入る白装束の修験者が増えていく。行商人や飛脚はせわしない足音を残して過ぎ去り、木曽馬に荷を背負わせた馬子たちは歌を口ずさみながら緩やかに道を行く。夏の東海道は、天竜川や富士川といった大河の氾濫に足止めを食うことが多いため、旅程の目処《めど》がつきやすい中山道を選ぶ旅人が増えるのだ。

中にはわざわざ人見戸の前で足を止め、物珍しそうに板ノ間を見物していく旅人もある。「えらいもんだのぅ」「ようまあ、あないに細かな歯が挽けるのぅ」。感嘆を込めたささやきが聞こえるたび、登瀬は心浮かれた。できれば表に駆け出していって、父の技が他国の者の目にどのように映っているのか、子細に訊きたいほどだった。

「うっとしいずら。ジロジロ見てよ」

隣で粒木賊掛けをしていた喜和が吐き出した。登瀬はとっさに、父の動きを確かめる。歯挽きは一段落したのか、毛羽取りに移っているのを見て、素早く妹に顔を近づけ、

「昔からのこどだがね。ええがら仕事すろ」

と低くたしなめる。しかしこの日の喜和は、いつものように大人しく従いはしなかった。

「そだか？　このところ無遠慮な者《もん》が増えただが。やりきれんね」

櫛を擦《こす》って出た木の粉を乱暴にふるい落としてから喜和は人見戸を睨《にら》む。

「あの人らは、どうせ腹ん中では馬鹿《たあげ》にしとるだんね。いくらにもならん仕事で苦労して可哀想《かわいさい》に、て」

「なに言うね」

やにわに噴き出した妹の苛立《いらだ》ちを不可解に思いつつも、登瀬は父ばかりを気にした。櫛を削り、磨く音が板ノ間に響いているためか、吾助にも、その横に座る太吉にも、潜めた喜和の声は届かぬらしい。喜和はなおも言葉を継ぎかけたが、「飯にしなあれ」と松枝の声が勝手場から響くと、粒木賊を放り出して土間に降りた。膳についても憮然《ぶぜん》として、吾助が箸を取るまでは母を手伝いながらかろうじて待っていたが、父が食べはじめるや自分もさっさと湯漬けをかき込み、乱暴に椀を置くなりひとこともなく表に出ていってしまった。「少し歩《あい》ぐね」と登瀬は両親に断って妹のあとを追う。

喜和は、街道筋を下横水のほうへと上っていた。足取りは速かったが、「歩く」という身熟《みごな》しには程遠い、めちゃくちゃに乱れた拍子であった。妹が投げやりに足を運ぶたびに雪袴《ゆきばかま》についた木屑《こっぱ》が飛び立ち、光を受けて煌《きら》めいた。

——きれいだなし。

登瀬はうっかり思ってしまってから、「いけん」と口の中でつぶやいて足を速める。下横水に行き当たったところで喜和は足を止め、水際にしゃがんだ。膝を抱えて、透き通った流れを食い入るように見詰めて言った。

「なんだっちゃついてくるんね」

登瀬はそれには応えず、妹の隣にしゃがむ。真上からの陽が盆の窪を射って、水面に集まった光は目に痛かった。

「なにを拗《いぼっつる》ねとるんね。さっき、なんだっちゃあんねなこと言い出したん？　馬鹿にしとるだなんて」

「前から思うてたことだんね」

喜和はそれから、日頃物静かな妹とは思えぬ舌鋒《ぜっぽう》で言葉を継いだ。

櫛師という仕事が手間暇苦労の割には、いかに実入りが少ないか。朝早くから夜は亥《い》の刻まで寝る間も惜しんで働いても米一、二升にしかならぬのがどれほど惨めか、お六櫛が江戸で流行っているなんて嘘だ、自分たちの暮らしが楽になることは少しもなくて、きっと問屋にごまかされていいように使われているだけなのだ、父さまにしても、天印の櫛挽とおだてられたところで、弟子ひとりとるので精一杯の稼ぎだなんておかしい——。

「江戸じゃよ、塗や蒔絵《まきえ》のきれいな櫛がおんもり作られとるんね。ほいて、名のある櫛職人にはたんと弟子がいて、家の娘さんたちは髪も結綿《ゆいわた》にして、きれいな着物着て、『嬢《いと》さん』と呼ばれとるんよ、きっと。おれやんみてぇに一年中汚い着物着て、櫛のひとつも挿せない古くさい髪にしてよ、木屑だらけになることもねぇだに。暗くて辛気くさい板ノ間に閉じこめられていることもないだわて」

櫛挽という気高い仕事をさんざんに貶《けな》す妹の言い条に、登瀬は怒るより先に驚いていた。喜和の口にする板ノ間の光景が、登瀬の見ているものとあまりにも違うためだった。

「おらの居るとこはきっと、他所とまるで違うだが。他所はもっとみな楽しぐて、好き勝手して、しんどいことはないね。旅にも出れば、芝居にも行ぐ。うちは世の中から閉ざされとるだが。ほいて二束三文の櫛作ってよ、さって一生を終えるずら」

「なに言うだが。父さまの櫛は偉いだに。あんねに細かい歯を持った櫛は、江戸中探したってないだがね」

「なんも。頭垢《おろこ》をとるだけの櫛だんね。きれいでもなんでもない、つまらん櫛だんね」

喜和は両手を清水に投げ込んだ。指先がすぐに真っ赤になる。ここの水は夏の間も手が千切れそうになるほど冷たいのだ。登瀬は妹の手首をとって、そっと水から引き上げた。

「われがそだぁこと言うのは、わけがあるだがね。それを言ってみろね」

登瀬が声を和らげても、喜和は口をへの字にしてうつむいている。

「な、喜和。姉さんにはまことのことを言うてくろね」

今度は喜和の顔が真っ赤になった。今にも泣き出しそうな面《おもて》であったが、けっして涙はこぼさぬことを登瀬はよく知っている。昔から、人前で泣くということをしない子供なのだ。

「……おらには気味が悪いずら。直助が亡《の》うなっても、父さまも姉さんも前と同じに櫛挽いてよ、気楽《おんか》に済ましとるね。母さまひとりが我慢して、ふたりは知らん振りでよ。太吉も言うてたわ、冷たいのうて」

「なんだっちゃ太吉にそんねなこと言われないかんだが」

さすがに癇に障って、登瀬は語気を強める。

「他の家の者にはそう見えるだんね。父さまの櫛へののめり込み方はおかしい。あの人は家のことも母さまのことも見えんのぜ。だげ、あんねに冷たいずら。姉さんも同じね。この家の者は怖いだが」

「それは違う」

言ってはみたものの、その先をどう続ければいいか、十六の登瀬は思い惑った。

父は、櫛に逃げ込んでいるのだ。

自分も同じだからよくわかる。その証に、父の櫛を挽く様は、この一年で前よりずっと性急になった。仕上がった品に狂いが出るようなことこそなかったけれど、かつては確かにあった朴訥《ぼくとつ》とした丸みや温《ぬく》みが消えている。櫛の形も、両歯の中央に設えるシノギと呼ばれる稜線《りようせん》を高くし、歯先に向けての勾配がきつくなった。中抜きを念入りにするせいで、歯もより尖っている。誰もその変わりように気付かぬほどの微細な違いだったけれども、ずっと父の仕事を見てきた登瀬にははっきり感じてとれる変化だった。ただ登瀬は、温みの代わりに鋭さを得た吾助の櫛に虚しさを感じることはなかった。困ったことに、それはそれでとてつもなく美しかったからだ。

喜和の癇の高ぶりは、盆が近いこともあるのだろう。今年が直助の新盆だから、数日前から近所の者が出入りして、松枝と供養の段取りを話し合っているのである。

「どしたらええんだなし」

年上であるのに、頼りないことを登瀬は口走ってしまう。

直助のことがあってから、喜和は木曽川に足を向けようとしない。毎年春になると土手で土筆《つくし》や野蒜《のびる》を摘んでいたのに、今年は野草摘みにも出掛けなかった。

妹の、落胆を滲《にじ》ませた目が登瀬を射る。

「もう無理だんね、前みたく戻ることは無理だがね」

抑えがたい苛立ちにも、答えを欲する気持ちにも、見切りをつけたような冷えた声であった。喜和は静かに立ち上がる。

「刻を巻き戻すことなんて無理だんね。うちの者は、毎日同じ枚数櫛挽いて、夜業《ようなべ》すて、それを問屋に納めて、明日食う分だけの米をもらうだが。長い刻のどこを切っても変わらん中で、直助だけがおらんくなっても、そのままなにもなかったように同じ日を生きていくんだが」

踵《きびす》を返して、喜和は下町へと戻っていく。登瀬は追わず、しゃがんだまま水面を見ていた。目の前には細い樋《とい》が通っており、流れが樋に弾かれるたび三角の形に撥《は》ねる。ひい、ふう、みい、よう、いつ、むう……。そういえば自分たち一家は、かつてどんな拍子で暮らしていただろう。父がいて、母がいて、喜和がいて、直助がいて——ひとりが欠けて、拍子が崩れた。崩れたきりで、まだ新しい拍子を作り出せずにいる。

四

瞬きをする間に過ぎる。

藪原の夏をこう言ったのは確か、村の年寄役のひとりである。六月に十日ほどうだるような日が続くと、すとんと冷えて、名残も見せずに秋になる。八月に入るともう、綿の単衣《ひとえ》では頼りなく、紺絣《こんがすり》の袷が手放せなくなった。

直助の新盆も、至極あっさりと過ぎ去った。

極楽寺の住職が直々に足を運んで読経したほかは例年と変わったところもなかったが、その日は格別に暑く、経を聞く間も正座した膝の裏から止めどなく汗が流れるのには難渋した。住職の頭に止まった蝿《はえ》がぬるぬる滑って飛び立てなくなっている様子が、集まった村人たちの失笑を買っていた。どこか滑稽で人騒がせな新盆は、直助の佇まいによく似ていた。

極楽寺の祭りも終わった八月半ば、登瀬は人見戸の向こうに耳慣れぬ声を聞く。

「なるほど、これは細けぇ仕事や」

粗削りに励んでいたところで、また旅人が覗き込んでいるのだろうと気にも留めずにいたのだが、続いて、

「吾助さん、すまんのう。邪魔するで」

戸間口をくぐる音を聞いて、ようよう顔を上げたのだった。

土間には、三次屋伝右衛門と見知らぬ若い男とが立っていた。まず目を引かれたのは、若い衆の隙なくまとめられた総髪髷である。白い肌と役者絵を思わせる涼しい目元に、その髪はよく似合っていた。着流しているのは絹物らしく、生地が陽を受けてゆらゆらと妖しい光沢を放っている。

「どんねにしても藪原《ここ》で天印を挽く職人の仕事が見たい言うでね、いきなりのことですまんだども連れてきたんぜ」

伝右衛門が恐縮するかたわらで男は悠然と頭を下げた。若いわりに、独特の威風が身についている。吾助はちらりと顔を上げたが、男の風体を一瞥してすぐに手元に目を戻した。

「お噂はかねがね耳にしておったんです。藪原の吾助さんいうのは、櫛職人であればみな言いますで。いつか鳥居峠を越えたいと思うておったんですが、家業の手伝いやらで間がとれんで」

どこの言葉だろう、と登瀬は考えていた。藪原に近い訛《なま》りもあるが、上方からの旅人が交わす言葉にも似ている。登瀬がジッと見詰めているのに気付いたのか、男は笑みを浮かべて会釈をした。春先の猫柳《めえぼ》を思わせる、柔らかで心地よく、でもどこか摑み所のない笑みだった。

「わしはもうしばらくしたら江戸に発《た》ちますで、その前にいっぺん吾助さんの仕事を見る機を得たいと思いましてのう。伝右衛門さんに無理を言いました」

「江戸によ、櫛を学びに行くだがね」

伝右衛門がどこか誇らしげに補う。

「どんねな櫛だ?」

目を上げずに吾助が問うた。そのぶっきらぼうな口振りに若者は束の間、驚いたふうに身をすくめたが、すぐに笑みを取り戻すと、「蒔絵櫛です」と手短な遣り取りに改めた。吾助が多弁ではないことを察し、会話の足並みを揃えることにしたらしかった。

「羊遊斎《ようゆうさい》のもとで修業したいう蒔絵師とつてができまして、そちらにご厄介になります」

「羊遊斎いうたら、江戸の粋人がもっとも好んどる蒔絵師だがね。菊文様だの柳だの絵付けの上手《うめ》いこと。娘ごが好むのがよぐわがっさ。あれが粋いうことだで」

先程までの人慣れした饒舌《じょうぜつ》を仕舞った若者の代わりに、伝右衛門が唾を飛ばす。太吉も手を止め、勝手場からは松枝と喜和が前掛けで手を拭いながら顔を出した。若者は人の目が増えていくたび、ひとりひとりに申し訳なさそうな会釈を送った。

彼は、自らを実幸《さねゆき》と名乗った。それ以外は家のことも江戸での修業のことも、伝右衛門が語るに任せて寡黙を貫いた。

実幸は、藪原とは鳥居峠で隔たっている奈良井宿の産で、脇本陣を営む名家の四男坊であるということだった。幼い時分から宿の仕事より櫛作りに関心を持ち、同じ宿の解かし櫛職人のもとへ十三歳のときに弟子入りし、もう独り立ちできるほどの技を身につけているのだという。

「それでも飽きたらずに今度は蒔絵までものにしようと江戸に修業に出るいうんだから物好きだんね。脇本陣だけで十分に仕事もあるだし、暮らしにも困らんだに」

伝右衛門がからかうと、実幸は照れくさそうに肩をすぼめた。

「奈良井は藪原と違《ちご》うて塗櫛が名産だで、江戸で技を磨くのもええだが」

吾助はおざなりに応えたものの、若者にはさして興味がないらしく、すぐに櫛木の木口を切り落とす歯先切りの作業に戻った。櫛の幅に寸法を合わせていくこの技も、父は目印の線を引かずに行うことができる。実幸が足を進めて吾助の手元を覗き込む。その顔からはさっきまでの商人めいた笑みがすっかり消えていた。

その日から五日続けて、実幸は吾助のもとに通ってきたのだった。伝右衛門の家に寝泊まりしているとかで、近くの農家や商家で仕入れた餅や芋を土産にさげては朝早くから顔を出す。「仕事を邪魔して済まんですが、また見せていただけますでしょうか」と逐一断るわりにはさして遠慮するふうもなく、板ノ間に上がり込むや石のように気配を消して、吾助の一挙一動に目を凝らすのだ。吾助もそれを拒まず、といって実幸に気を遣うこともなく、いつもと変わらず櫛を挽いた。

登瀬は、隣宿の者に父の技を盗まれはしまいかと気が気でなかったが、それ以上に実幸を煙たがったのは太吉だった。

「図々《のぶ》しい奴だんね。藪原の者でも、ああ間近で吾助さんの技を見られんいうだに、朝から晩までベターッと隣に座りこんで、のうのうと見物しとる」

板ノ間から離れると、苦々しげに登瀬に耳打ちをするのだ。太吉は、一日のほとんどを吾助のかたわらで過ごす実幸が、けっして登瀬の家で昼飯や夕飯《ようめし》に呼ばれないことも気に食わないらしかった。いつも握り飯を四つ五つさげてきて、松枝がいくら勧めても「ただで仕事を見させてもろてるだけでもありがたいですから」と相伴《しょうばん》にあずかろうとはしないのだ。米粒ひとつも惜しい暮らしをしている登瀬たち一家にはありがたかったが、太吉はますます肩身が狭くなる。普段二膳はかき込む飯を一膳に控え、小さくなっていた。しかも実幸は飯を遠慮するだけでなく、佃煮だの菜漬《おはづけ》け物だの、奈良井の家から持ってきた品をさりげなく差し入れることまでするのである。

「向こうで食えと母が持たしてくれましたんやけど、こないにひとりで食えんさかい。申し訳ないがこちらでもろていただけますか」

と頼み込む態《てい》で、松枝に手渡すのだ。大人でさえここまでの気配りをする者を知らぬ登瀬や喜和は、ただただ呆気《あっけ》にとられるばかりだった。

「あれでおらと同じ十九だがね。男のくせに気色悪いのう。旅籠の子は、あんねにして育つんだわて」

太吉ばかりが鼻息荒く、対抗心を募らせた。

藪原でも、旅籠の子と櫛挽の子、農家の子では身のこなしが違う。一家で働く櫛挽や農家の子と異なり、常に外からの客を迎え、一つ屋根の下で赤の他人と暮らすことに慣れた旅籠の子は、人見知りせず、流行りものや時世の流れに聡《さと》かった。だが実幸の振る舞いは、単に世慣れて如才ないだけでなく、この山里に不似合いなほど垢抜《あかぬ》けて見えるのだ。江戸に暮らし、きらびやかな蒔絵櫛を作ることはきっと、この若者にとってなんの違和もないことだろうと思われた。江戸も京も、実幸には十日で行ける近い土地なのだ。

五日目の朝早く実幸は、一抱えはある木箱を担いで現れた。

「駿府から来た茶ですわ。うちに以前お泊まりになられた方からの御礼でしての。昨日、奈良井から伝右衛門さんとこに届いたもんで、少しですがお裾分けです」

太吉が、ケッと喉を鳴らした。おそらくこの荷も、あらかじめ実幸が実家《さと》に頼んでおいたのだろう、と登瀬は滑らかな木肌の箱を眺める。木箱を挟んで、吾助の樫《かし》のような腕と実幸のするりと伸びた白磁を思わせる腕が睨み合っている。ややあって樫の木が、ためらいつつも木箱を押し返した。

「こんねに上物をもらうようなことは、なんもしとらんだに」

すると実幸はさも困ったというふうに眉根を寄せた。

「わしにこれを奈良井まで担いで帰れとおっしゃるんですか」

鮮やかな返しに、登瀬は目を瞠《みは》る。洗練された風がザッと吹いて、長年身にへばりついていた垢までが、音を立てて剝《は》がれていくく心地さえした。

実幸はこれから奈良井に戻り、三日後には江戸に発つのだという。「お世話になりました」と、一家のひとりひとりに丁重な礼を述べ、「江戸で一人前になったら、わしの櫛も見てください」と吾助に深々と頭を下げた。

「このまま奈良井まで行くだがね？」

　松枝が訊くと、

「いえ、伝右衛門さんのところに荷を預けてありますさけ」

と、答える。ならば太吉、そこまで送ってやれ、と母が言うのに、太吉は泡を食ってかぶりを振った。

「おら、さっきから腹具合がどうもいかんだで」

　見え透いた嘘をついて逃げる。松枝は眉を下げ、次に登瀬に目を留めた。

「なら、われが行げ」

　これから父が歯を挽くというのに出掛けたくはなかったが、「母さまをいたわれ」と諫《いさ》めた喜和の切なげな顔が浮かんできて、登瀬は口答えせず頷いた。

　実幸に従って街道筋に出たものの道々話すこともなく、間合いをとって歩く。登瀬は四十五けれど、気詰まりを感じるより先にいつもの癖で拍子をとっていた。ちょうど四十五ままで数えたところで、前を歩いていた実幸がやにわに振り返った。また、笑んでいる。ただそれは、家で見せた柔らかな笑みではなく、十九の若者らしい野心に満ちたものに登瀬には見えた。

「吾助さんの、あれ」

と言って、櫛の歯を挽く手真似をする。

「あれは拍子ですな。印もつけんであれだけ細かな歯が挽けるんは、拍子を刻むことで呼吸《いき》を揃えとるからや。呼吸が揃えば、手足も同じ加減で動きを繰り返すことができる。まあ、呼吸だけでそこまで行くには何十年とかかるやろうけど」

登瀬は、声を呑む。

「お六櫛は歯の長さが揃っとりますな。吾助さんはその歯一本一本の長さを鋸で挽く数で見定めとるんじゃ。フタヒキいうやり方ですか、あれをすべて同じ数で挽いとる。せやけど数は数えてませんのや。数えてるんやなしに、自然とその数で挽けるよう身に覚え込ませとる」

心ノ臓が走り出した。その割には全身が、血を除かれたように冷たい。

櫛木に鋸を入れ、歯の長さの中程まで一旦挽き、そこから鋸を押し戻してもう一度挽き直し、今度はそのまま歯元まで挽いてゆく。こうした手間をかけることで美しい歯の形ができあがる。この手法はフタヒキと呼ばれているが、ともかく動きが複雑であり、はじめて手業を目にした者はたいてい鋸の動きを摑めずに終わる。

「つまりは、己の手足に拍子を覚えさせるいうことよ。おそらく吾助さんは、目ぇ瞑っても歯を挽けるんやないですか。手が、身体が、もう次に鋸を入れる場所を覚えとるんですわ。えらいことやな。もしかすると梳櫛いうのは、塗櫛、解かし櫛より、ずっと上等かもしれん」

片手で顎《あご》をしごきながら彼は言い、それから登瀬のいることを思い出したらしく表情《かお》を繕った。

「登瀬さんはええですのう。あれほどの技を毎日間近で見られる。わしも江戸に詰つける前に、吾助さんに会いにくればよかった。早まりましたわ」

この若者が吾助の仕事に接したのは、たった五日であるはずだった。ひきつっていく登瀬の顔を実幸は不思議そうに眺めていたが、そのときふたりの頭上を木曽川から飛んできた鷺《さぎ》が横切り、彼の目を奪っていった。

「藪原は奈良井よりは幾分平地が多いんですかのう。陽がきれいに射すようや」

「いんや。奈良井のほうがええです。藪原は峠に囲まれとる分、冬が長いだわて。奈良井のほうが宿としても栄えとるいうし、暮らすにはずっとええだで」

行ったこともない奈良井をなぜ褒めたのか。好いているはずの藪原をなぜとっさに腐《くさ》したのか。登瀬は、自分でもよくわからなかった。

「それに江戸さ行ぐほうがいいだがね。藪原で父さまのとこにいるより、おめは江戸に行ぐほうが似合ってるだんね」

懸命な登瀬の言葉を聞いているのかいないのか、実幸は気持ちよさそうに初秋の陽に向かって息を吸い込んだ。

三次屋のかなり手前で「ここでええですわ」と断り、「吾助さんにくれぐれもよろしゅう」と彼は軽い会釈をした。面には、猫柳の笑みが浮かんでいる。

上町に建つ旅籠の男衆《おとこし》から妙なことを耳打ちされたのは、もうすぐに鳥居峠が雪に閉ざされようとする頃である。三次屋の前で偶然行き会ったその男衆は、

「いやぁ、われんとこの直助は顔が広かったんだんね。どこでどう、つてを作ったもんだが」

と、呆れたように言ったのだった。登瀬は意味が飲み込めず、「村ん中でか？」と聞き返した。直助の腕白ぶりはよたっこと言われ、村の誰もが知るところだったのだ。

「いや、江戸や京からも直助のことを訊く者が訪ねてきてたのだわて。ついこの間、それが知れたんだども」

江戸や、京？　十二で死んだ直助に、そんな遠方の知人などいるはずもない。

「間違いだわて。なんだっちゃ直助を知っとるんかね。そう言ってくるのは童だが？」

「それが大人だ。まさかこの険路を童が越えては来られんずら。今、蔦木屋《つたきや》にもひとり泊まっとるらしいで。茂平《もへい》さんが教てくれただが。越前の薬売りで、そうさな、四十はいっとろうね」

越前の、薬売り。聞いたこともない。

登瀬はぼんやり男衆を見返す。

「われ、まことに心当たりがないだがね」

男衆が心許なげな声を出した。

第二章　弟の手

一

その草紙は、こんなふうにはじまっていた。

〈飛驒高山《ひだたかやま》に三木秀綱《みつきひでつな》なる殿様あり。白狐《びやっこ》一匹を飼いて、若君の遊び相手とさせん。若君、白狐をことのほか慈しみ、仲睦《なかむつ》まじく過ごされんとや。

ある年、飛驒に大軍攻め入りて、秀綱が城も焼き討ちの憂き目に遭わん。親族、家臣うち揃《そろ》いて離散し、白狐、若君と離ればなれになりぬ――〉

以来白狐は山にこもり、静かに暮らしていたのだが、長い歳月を経たのちに若君が木曽興禅寺におられると耳にする。いてもたってもいられず、白狐は鳥居峠を越え、木曽川に沿うて走り、興禅寺に向かった。寺の手前で、若い僧侶に姿を変えて山門を叩《たた》くと、ややあって中から凜々《りり》しい和尚が姿を現した。

――この方こそ、若君に違いない。

白狐は一目で悟る。和尚もまたハッとして、

「もしやそなたは、あの狐《きつね》ではないか」

と、声を震わせる。ふたりは手を取り合い、邂逅《かいこう》の成ったことを涙を流して喜び合った。

その日から白狐は僧侶の姿で興禅寺に住み、和尚の若君を細やかに助けた。あるとき、念入りに掃除をはじめた白狐を不思議に思った若君が理由《わけ》を訊くと、

「もうすぐに客人が来られるので、掃き清めているのです」

と、答える。来客の話などなかったから和尚は半信半疑でいたところ、程なくして本当に客がやってきた。またあるとき白狐が薬草を山のように摘んできたので、「こんなにたくさん、なにに使うのだ」と若君が問うと、白狐はこう答える。

「近く、村に疫病が流行《はや》るでしょう。そのときに煎じて飲ませるためです」

この予言通り、間もなく疫病が村を襲ったが、白狐の用意した煎じ薬のために多くの村人が命を救われた。白狐は持って生まれた神通力で常に若君を助けたのだった。

ある年の暮れ。若君のもとに、かの戦《いくさ》で生き別れになった母上の消息がようよう届く。飛騨安国寺に身を隠していることが知れたのだ。若君は白狐に、母上へ書状を届けてほしいと頼む。白狐は承知し、すぐさま書状を持って飛騨へと走った。狐の姿に戻れば山など一足飛びに越えられるのだが、書状を護《まも》るために僧侶の姿のままで旅をし、おかげで飛騨に入る前に日が暮れてしまった。やむなく一軒の庵の前で足を止め、

「宿を頼みます」

と、願い出る。住んでいたのは親切な猟師で、

「なにもございませんが、どうぞおあがりください」

と、僧侶の姿をした白狐を招き入れ、飯を支度し、床を延べてくれた。腹一杯になった白狐は昼間の疲れもあって、勧められるがまま夜着に入る。

猟師はまだ寝ず、囲炉裏端で鉄砲の手入れをしている。なんの気なしに銃を構えてみて、彼は目を瞠《みは》った。そこに白狐が見えたからだ。銃を外すと、寝ているのは若い僧侶である。不審に思い、もう一度銃口を僧侶に向ける。と、そこにはやはり白狐の姿があった。

「これは奇怪。家に代々伝わる名銃だで、銃を覗《のぞ》けば妖怪変化の正体が映ると聞いたことがある。さてはおらが山で猟するのに怒った狐が意趣返しに来ただな。こうとなったら討ち取ってやる」

猟師は鉄砲に弾を込め、僧侶に筒を向けた。白狐は物音に目を覚まし、銃口がこちらに向けられているのを見つけて仰天する。

「どうか、お見逃しください。主《あるじ》からの預かりものを大事なお方に届ける途次にございます」

すべて言い終えぬうちに、銃声が響き渡った。

白狐は足に傷を負いながらも庵を飛び出す。ちょうどそこへ旅の者が通りかかり、白

狐を抱き上げる。

「これは可哀想なことを……」

「なにを言う。たぶらかされたから撃ったのじゃ」

銃を手に表に出てきた猟師は鼻息も荒く言い返した。

「なにをされたか知らぬが、これだけの傷を負わせれば十分じゃ。この狐はわしが預からせていただこう」

旅人は告げ、白狐を背負って山を下りた。麓で宿をとり、白狐の足に添木をしてやると、たちまちに怪我は治ってしまった。

「ありがとうございます。あなた様のおかげで命拾い致しました。この御恩は忘れません」

白狐が頭を下げると、旅人はゆったりと首を横に振った。

「私のおかげではありません。この木がそなたを治したのです」

旅人は添木を手に微笑《ほほえ》む。

「木はいつでも人の側に在って心や身体を慰めてくれると、私の郷《さと》、藪原にはそう言い伝えられておるのです」

白狐はいたく感銘し、このことをけっして忘れぬよう、旅人と別れたのちも添木を抱いて飛騨まで旅した。

若君の書状を無事届けると、母上はうれし涙にむせんだ。のちに若君と相まみえ、末永く仲睦まじく暮らしたという。旅人が白狐に与えた添木は、触れれば怪我の治りが早くなると伝えられて興禅寺に置かれた。「藪原の命木」と呼ばれ、長く村人から親しまれたという――。

登瀬は、上町《かんまち》の旅籠《はたご》、蔦木屋の茂平という男衆《おとこし》が直助の草紙を読み上げるのを、肩に力を込めて聞いていた。窓の外では、「お風呂沸いてますぞえー」、「飯もたんとありますぞえー」と、看板女の華やかな声が間断なく立ち上っている。部屋に射し込む西日が、目の前に座る旅人の強《こわ》い口髭《くちひげ》を白く光らせていた。越前から来た薬売りだというその男は、最前から登瀬に無遠慮な視線を投げかけている。直助の面影を、姉だと名乗る娘の中に見出そうとしているようだった。

「……あのなし。これを、直助が書いたいうことだか?」

「そんだと思うで。あの子がそう言うたでな」

いかつい風貌に似合わぬ柔らかな声で薬売りは答える。隣に座った茂平が「おらがも昨日《きんの》はじめて聞いたで驚《おどげ》いたわ。これまでもたまに草紙の童《わっぱ》はどこだと訊く者があっだんだ。だども、なんのこどだがおらにはわからんかっただで」と目尻の皺《しわ》を深くする。

薬売りの男は、年に二、三度、江戸と越前との往来に中山道を使うのだという。その際、藪原で宿をとって直助の描いた草紙を読むのを楽しみにしていたらしい。大の大人が童の書いた話に夢中になるのも妙なことだが、長旅で疲れた身体には洒落《しやれ》を尽くした当今流行《はやり》の戯作《げさく》よりも、御伽草子《おとぎぞうし》だの怪談だの易しい読み物がちょうどよいのだと、鬢《びん》を掻《か》きつつ語るのだった。道中の退屈しのぎにと故郷《くに》を出るときから合巻《ごうかん》を仕込んで荷の嵩《かさ》を増すのもつまらぬから、藪原で薄い草紙を手に入れては刻《とき》を持て余した夜などに開いていたのだという。木曽路は青楼《せいろう》が少ないからのう、と男は冗談めかして茂平に言ってから、若い娘のまっすぐな瞳に突き当たって気まずそうに咳払《せきばら》いをした。

「しかし見事な絵じゃ。十《とお》余りの童がこげな絵ぇ描くとはのう」

薬売りの言う通り、草紙の中に踊る狐や和尚の絵は、子供らしさの残る物語には不釣り合いなほど巧みであった。細部まで描き込まれているのに筆遣いに迷いがなく、人や獣は今にも息をはじめそうに見える。読み書きがほとんどできぬ登瀬でも、その絵を見ているだけでたやすく話の中に入っていくことができるのだ。

「買《こ》うたときには、童の手すさびじゃ、読み捨ててもええと思うておったんじゃがのう。時折広げて絵ぇ見るだけでも楽しぃてよ、気に入ったものをこうして持ち歩いとるのよ」

登瀬は、弟の絵を褒めてもらった悦《よろこ》びとともに、直助が手製の草紙を売って金を得ていたらしいことに動じてもいた。

直助はたいがい、日暮れ時に四軒町の道祖神前に店を広げていたのだという。いくつかの草紙を並べて見せて、客に合いそうな話を自ら選んでは一枚二文で売っていた。童の小遣い稼ぎじゃが、存外客がついとったようじゃから羽振りはよかったかもしれんのう、と薬売りは笑う。

男はこの一年ほど病を得て、故郷《くに》で養生していたという。身体が癒え、久方ぶりに行商に出るときまず思ったのは藪原のことで、四軒町を通るとき直助の姿を探したのだった。ところがこたびに限ってなかなか会えず、余計に一泊したのだが、これ以上足を止めると障りが出るので、思い切って旅籠の者に直助の所在を尋ねたらしかった。

「それにしても木曽いうのはええ土地なのじゃなぁ。これほど温かな話がたんと残っとるいうのは。草紙はどれも、土地に言い伝えの話を書いとるんだと、直助いう童が言うとったげ」

薬売りが語ったのに、登瀬は茂平と顔を見合わせた。

草紙に書かれた白狐の話は、確かに木曽谷に古くから伝わる昔話だ。三木秀綱というのは天正の頃に飛騨を治めた殿様で、太閤秀吉《たいこうひでよし》に攻め入られて城を追われている。けれど話の筋は、語り継がれているものと大きく違っていた。

実際には白狐は、宿を請うた先で猟師に撃たれ、死んでしまうのである。若君はそれを哀しみ、白狐を手篤《てあつ》く供養する。ところがしばらくして恐ろしい疫病が流行り、猟師一家は真っ先に死に絶える。さらに疫病は凄《すさ》まじい速さで広まり、村中に死者を出すのだ。なす術《すべ》もなく村人は、興禅寺に助けを求め、若君が白狐を奉る祠《ほこら》を建てたことでようやく災いが去る——そんな言い伝えなのだった。

木曽路は山深い地だけに、都を追われた貴人が身を隠したという伝説がいくつも残っている。そのせいだろうか、昔話は物悲しさを孕《はら》んだものが多い。誰もが幼い頃に聞かされる木曽義仲の話からしてそうだ。わずか二歳で父・源義賢を殺された駒王丸は、母とともに木曽谷へ落ち延びる。そこで乳母の夫である中原兼遠に匿《かくま》われて立派な青年へと成長するのだが、己の出自を知り、打倒平家の兵を挙げる決意を固める。木曽義仲と名を改め、信濃武者を集めて京を目指し、ついには征夷大将軍にまで上り詰める。が、その栄華も長くは続かない。源義経の送り込んだ大軍によって義仲軍は滅ぼされ、彼も短い生涯を閉じるのだ。

それでも村の子供たちにとって木曽の英雄といえば義仲であり、その生涯が悲劇に終わると知った上でも、戦ごっこをするときは誰が義仲を演じるかで必ず揉《も》めた。義仲の家臣で「四天王」と称された樋口兼光、今井兼平、根井幸親、楯親忠の役も決まって奪い合いとなる。

——それにしてもなんだっちゃ直助は、こんねな嘘っぱちを書いただか。

登瀬は、大本の話をねじ曲げて他所者《よそもの》に伝える弟の気持ちを図りかねる。ぼんやりしていると、茂平に脇を小突かれた。

「直助のこと、言わんね」

登瀬はなんのために自分が旅籠《ここ》に呼ばれたのかを思い出し、深い息を吐く。

「あのなし」

背筋を伸ばして、切り出した。

「もう、弟の草紙を読んでもらうごとはできんずら」

畳に手をついて頭を下げると、薬売りは「なしてよ」と剽《ひょう》げた声を上げた。応えあぐねる登瀬を見て彼は笑みを浮かべ、「そうか。父さまに叱られたか。童のくせに商いなぞしていうて、拳固でももろたんじゃろ」と朗らかに訊いた。直助の素行から思い渡して、そんな筋書きを浮かべたらしかった。

登瀬は拳を握りしめた。

「……死んだだが」

薬売りは笑った口元のまま、目をしばたたかせる。

「一年前に、亡《の》うなったわて」

道祖神で草紙を売っとった童はどうしとる、と宿に訊《たず》ねる旅の者はこの一年の間に幾人かあったのだ、と茂平は辰松風に結った自慢の髷《まげ》を揺らして語った。だが上町に働く男衆はいずれも、旅人たちが口にする「童」が誰なのかわからなかった。日暮れ時によく草紙を売ってた坊主だ、と旅の者はみな焦《じ》れた様子で答えを急《せ》かすのだが、夕刻は宿の仕事がもっとも立て込む頃である、男衆は奥向きの用事に追われて表に出ることはかなわない。誰のことを言っているのだろう、まさか狐にでもたぶらかされているのではあるまいな、と他の旅籠の者らと首を傾《かし》げていたところへ、直助の名を聞き覚えていた薬売りが現れたのだ、と茂平は胸のつかえが下りたといった晴れ晴れした顔で告げたのだった。

それからというもの、「道祖神の童」について客に訊かれるたび、旅籠の者は申し合わせたように登瀬の家に使いを出すようになった。直助の死んだことを自分の口から客に告げるのがはばかられるらしく、その都度登瀬が上町に出掛けて事情を語らねばならなかった。訪ねてくるのは、大店《おおだな》の隠居だという老人から若い飛脚までさまざまで、はじめて会う他所者に、旅籠の門口で、狭い客間で、廊下の隅で相対しては、弟は死んだと語るのは苦行に近いことだった。死んだ、死んだ、直助は死んだのだわて――そう繰り返すうち、登瀬の中に鮮やかに息づいていた直助の姿が、歪《ゆが》んでひしゃげて色褪《いろあ》せて本当に死んでいった。

越前の薬売りのように直助の書いたものを手にして現れる旅の者も、時折あった。読み聞かせてもらうと、いずれも白狐の話と同じく木曽の昔話に材をとったものである。

山姥《やまうば》の話、寝覚の床の主の話、姫淵《ひめぶち》の話。ただしそれぞれの哀しい結末は、直助の手で明るく、ときに滑稽なものへと作り替えられていた。

父も母も、家の誰もが、直助がどうしてそんな商いをしていたのだろうと、訝《いぶか》しむばかりだった。どうやら草紙を売って得た駄賃は絵具を買うのに注《つ》ぎ込んでいたらしい。墨や筆は村に一軒きりの小間物屋で調達し、紙は旅籠や商家で分けてもらった粗紙を使っていたということを、一家は順々に知った。紙屑屋《かみくずや》同然に一軒一軒を回っては反古《ほご》をもらっていたのだと耳にしたとき、家の者は言いようもない侘《わび》しさに包まれた。

常々近所の子らの先頭に立って、悪戯《いたずら》だの喧嘩《けんか》だのと次から次へと悶着《もんちゃく》を起こした直助であったけれども、秘密事とは縁のない子だった。ましてや家の者に内緒で金を稼いでいたというのは、弟の所業とはとても信じられなかった。

「きっと人違いだわて。その童は、直助ではないだがね」

喜和は頑《かたく》なに噂に背を向ける。母の松枝は、旅籠の者に呼ばれて登瀬が上町へ向かうたびに癇癪《かんしゃく》を起こした。なにに対する苛立《いらだ》ちなのか、当人にもわからぬようで、むやみやたらと家族にあたる。勝手場に置いたはずの梅干壺がないと騒いでは、「誰かが隠したろう」とわめき散らす。櫛磨きのために板ノ間に入れば、自分がいつも使っている粒木賊《つぼどくさ》がないと言い、「どうせおらはこの家にとって邪魔者だがね」と泣き出すのだった。いずれも置き忘れ、しまい忘れだったけれども、家の者が口裏を合わせて自分を除こうとしているという妄念が、どういうものか母の内にこびりついて剝《は》がれなくなってしまったようなのだ。

おかげで家の中には、四六時中刺々《とげとげ》しい気配が立ちこめるようになった。勝手場で松枝と過ごす刻の長い喜和は前にも増して気を逆立て、「母《かっ》さまは今まで我慢してたで、無理が祟《たた》ったずら。姉《あんね》さんがもっとしっかりしてくれねばよ」と、母の鬱積をもらい受けたかのような険しさで登瀬を諫《いさ》める。そう言われたところで登瀬には、母の剣幕を収める術もないのだった。

それは、初雪の降った晩だった。夕飯《ようめし》の席で、長らく棘《とげ》しか吐き出さなかった松枝の喉から、不意に明るい声が放たれたのである。

「もしかすっと、直助は生きとるのではないが？　きっとそうだに。でなけりゃこんなにいくつも便りが届ぐわげねぇだが」

喜和が身をこわばらせ、登瀬も、また吾助も箸を止めた。弟子の太吉は、気味悪そうに顎《あご》を引いた。

「悪戯が好きな子ね、今もどっかに隠れて草紙描いてよ、みなが驚《おどげ》いとるの見て面白がっとるんだわて」

母は高らかに笑っている。喜和が顔を真っ赤にして唇を噛《か》んだ。登瀬は、こんなに清らかな笑い声を母が立てるのだということに、ただただ嘆じていた。聞き惚《ほ》れていた、と言い換えてもいい。目の前の母は、おかしくも気味悪くも哀しくもなく、ひたすら澄んでいるように見えたのだ。

吾助が、膳に箸を置く。パチリと厳格な音が、場を引き締めた。ややあって、父はしっかり母を見据えて言った。

「直助は死んだだが」

母の顔からみるみる笑みが消える。

「あれを湯灌《ゆかん》して身体の隅々まで拭いてやっだのは、われでねが」

前より少し小さくなった母の身体が、瘧《おこり》のように震え出す。箸を放り出すとその場にワッと泣き伏した。弔《とむら》いでも新盆でも気丈に振る舞い、村人たちの前では笑みを絶やさなかった母が、声を上げて泣くのははじめてのことであった。泣き声はいつまでも止まなかった。喜和がその背をさすり、太吉が足音を忍ばせて囲炉裏端から逃げ出し、登瀬と吾助が黙って見守る中で、一刻近くひたすら泣き続けた。

松枝はそれからしばらく放心したように過ごしていたが、その後は少しずつ以前の佇《たたず》まいを取り戻していった。ただ直助のことは、二度と口にしなくなった。旅人たちが運んでくる直助の物語にも、耳を傾けることはなくなった。

二

嘉永四年、十八になった登瀬に、正月早々すこぶるつきのうれしいことがあった。吾助から粗削りを任されたのだ。

元旦、熊野大神宮に一家揃って参拝し、家に戻って歳徳棚《としとくだな》に灯明をあげたのち、吾助は板ノ間に登瀬だけ呼んで「明日からわれに粗削りさ任す」と素っ気なく告げたのだった。櫛磨《くしみが》きの合間に習練して粗鉋《あらしこ》をおおかた操れるようになった登瀬は、一昨年から時折粗削りを手伝ってはいたのだ。それでも登瀬は耳を疑い、穴のあくほど父を見る。吾助が告げるだけ告げて勝手場に戻ってしまってもなお、溶けかけた氷のように板ノ間にへたり込んで父の言葉を反芻《はんすう》していた。やがて胸から腹にかけて、熱い湯を注ぎ込まれたようになった。

その日のうちに、いつの間にか三次屋に頼んで作ってあったらしい真新しい粗鉋が登瀬に与えられた。

「はじめは暴れるかしれんが、うまぐ慣れろ」

吾助は、職人の間でも道具の使い回しということをけっしてさせない。道具には使う者の手が宿る、と言い、他人が使えばせっかく馴染《なじ》んだ道具が一瞬にして主の手癖を忘れてしまうことを、身を以て知っているからだった。普段は温厚な父がかつて一度だけ板ノ間で怒鳴ったのも、弟子についていた男が断りもなく吾助の歯挽《はび》き鋸《のこ》を使ったときである。たぶん彼は一度試してみたいという出来心で、席を外した師の道具を拝借したのだろう。が、板ノ間に戻ってそれを見つけた吾助は、いきなり破鐘《われがね》のような声を出した。弟子はもちろん、まだ十に満たなかった登瀬も肝を潰した。五つか六つだった直助が声に驚いて土間《どじ》にいばりを漏らしてしまい、その折のことは一家の中で長らく笑い話となったのだが、登瀬だけは、父の道具への向き合い方を痛いほどに感じ、以来、吾助の道具に触れることを己に厳しく禁じている。

櫛挽は誰でも、道具を自ら作る。鉋《かんな》や鋸の刃は問屋を通して鍛冶屋《かじや》に打ってもらうのだが、持ち手は自分の手に馴染む形に各々が細工した。けれども登瀬は習練の折、吾助のお古を使うことを好んだ。父の手が宿っている道具はむしろ心地よく、しかも長年使ったお陰で鉋の刃はほどよくすり減り、鋭さが増し、新品よりも切れ味がいい。非力な登瀬にも使いやすいからである。

毎朝板ノ間に入るとまず、登瀬は新たな鉋に組ませた寸四《すんし》の刃を並砥《なめど》と合わせ砥とで入念に研ぐ。それから削《はず》り棒《ぼう》に櫛木を掛けて木口をお六櫛の形に削っていく。鉱物さながらに堅いミネバリの櫛木も、鋭く研いだ粗鉋の前ではいたく素直だ。するすると薄く皮を削るときの滑らかな感触は、登瀬をたちまち虜《とりこ》にする。それでも、粗削りを任されたことは、男が櫛を挽き女が磨くのだという考えが根付いた藪原では声を大にして吹《ふい》聴《ちょう》できることではなく、松枝や喜和もいい顔をしなかろうと思えば、登瀬は絶えず湧き出す歓喜を身の内で堰《せ》き止めて、寝床でこっそり取り出してはひとり味わうよりなかった。

吾助は相変わらずなにを訊いても「見て覚えろ。われで工夫《かんこ》すろ」で通したが、ほんの時折、気の向いたときに言葉少なに助言を与える。それを汲《く》み取る登瀬の勘もよかったのだろう、上達は自分でも意外なほどに早かった。太吉が二年かかってようやくこなれた技を、登瀬は半年余りでものにしたのだ。

今年になって、ようよう仕上げ削りを任されるようになった太吉だったが、まだ歯挽き鋸を使いこなすところまでは至っていない。たまに歯挽きを手伝うのだが、当《あ》て交《が》いつきでなんとか一列挽くのに半日ほどもかかってしまう。それだけに登瀬は、間違っても太吉と張り合わぬよう気をつけていた。粗削りの上がった櫛木が手元にたまっても太吉の塩梅《あんばい》を見つつ渡していたし、仕上げ削りで出来のいいものはすかさず褒める気遣いもした。女であるのに櫛を挽いているという負い目とも誇りともいえぬ思いが、登瀬を一歩後ろに下がらせているのだった。

粗削りもすれば、これまで通り櫛磨きもしなければならない。登瀬は朝から晩まで板ノ間にこもるようになり、勝手場の仕事からは日に日に遠ざかった。水汲みまでいつしか喜和が代わってすることとなり、そのためたまに近所の女房に行き会うと、決まって「無言参りはもうやめただか」とからかわれる。

拍子に気を取られてろくに挨拶もせずに水汲みをしていた登瀬とは違い、喜和は村人とすれ違うたび逐一立ち止まって頭を下げ、老人が曲がった腰をおして重い桶《おけ》を担いでいるのを見つければ飛んでいって手助けする気働きもみせた。十七になって肌はますます艶やかに白く、ぽってりと乗った唇は紅をさしているのかと見まがうほど赤い。派手な顔立ちではなかったが、娘らしい華やかさを喜和はまといはじめていた。「あれはええ嫁になるだんね」と年増の女房たちは噂し合う。けれど女たちの興味はなぜか、喜和よりも登瀬へと集まるのだった。ぼーっと歩いていて下横水にはまりそうになっただの、山の端から顔を出したお天道様を口を開けて見ていただのと、娘盛りになっても色気とは程遠い太平楽な様をなにかと話の種にする。

だがこの頃の登瀬は、見かけとは裏腹に多くを考えていた。考えねばならぬことに頭の中が埋め尽くされて息苦しいほどなのだ。

あれから直助を訪ねてきた旅人の中に、気になることを口にした者があった。妻籠《つまご》で馬子をしているというその若い男は、直助の絵をひとしきり褒め、草紙を買ったのは儲《もう》けものだったと語ったのちに、こんな軽口を付け加えたのだ。

「はじめ袖引かれたときはのう、質《たち》の悪い餓鬼《がき》に捕まった思うてたがね。見るからに狡《ずる》がしこそうで汚い形《なり》でよ、『草紙、買え』てせっつくじゃろう。初手は相手にせんだったが、物覚えのええ餓鬼でなぁ、こっちは三月《みつき》、半年と間ぁ空けて通るに、前に通ったときの格好を覚えとるには肝を潰しただが。こないだは絣《かすり》の単衣《ひとえ》だったのに今日は縞《しま》の袷《あわせ》じゃな、髷が今風に変わったのう、なんぞと冷やかしてみたりしてよ」

そんな押し売りめいたやり方をしていたのかと、登瀬の顔に血が上った。すばしっこくはあったが、おおらかで優しかった直助を、「狡がしこそう」だと評されたことも口惜しかった。肩に力を込めると、男は慌てて補った。

「あ、あんたの弟っ子やないほうのことだでな。まさかあの餓鬼に引かれていって、こんねにいい絵を拝めるとは思わんかっただ」

「え……弟じゃないほう……もうひとりおっただか？」

「ああ。ふたりしてやっとったなぁ。あんたの弟っ子は絵ぇ見せるだけだが。もうひとりが客引きから金勘定までこなしとったで」

「もうひとり」の名や様子を登瀬はしつこく訊いたが、男は「狡がしこそう」という他はなにひとつ覚えていなかった。覚えていないというよりも、はじめから「もうひとり」については名も訊かなければ、金以外の話もしなかったのだという。直助のことは目鼻立ちまではっきり記憶にあるが、直助と同じ年格好のその童は、たぶん今、道ですれ違っても気付かんだろう、と男は言った。

この時節、藪原はとみに浮き足立っている。五月には生仏会、八品祭と村の行事が続き、六月に入ったら入ったでうぶすな祭礼が控えている。

朔日《ついたち》には凍餅《こおりもち》を食す習いがあって、それを煮るため松枝と喜和は朝から勝手場にこもっている。凍餅は、冬のうちについた餅を軒先に吊《つ》るして凍らせておいたもので、夏の頃に湯がき、砂糖をふりかけて食すのが疫病逃れの願掛けになっていた。

「支度ができたが」

勝手場から母の声に呼ばれ、粗鉋を置いて土間に降りた登瀬は、喜和の咎《とが》め立てるような目に突き当たった。相変わらず母を手伝おうとせず、櫛にかまけている姉に業を煮やしているのだ。

「すまねな。今、手伝うに」

あたふたと言い訳をして、凍餅を載せた盆を囲炉裏端へ運んだ。みなが揃ったところで手を合わせ、父から順に餅に砂糖を振りかける。滅多に口に入らぬ貴重な砂糖を、みなが神妙な面持ちで扱う様は毎年見てもどことなく滑稽で、登瀬の気持ちを和ませた。餅は噛むとほんのり甘く、つるりと喉を越していく。正月に食べるつきたての餅もうまいが、暑い時季に頬張るそれはまた格別に思えた。

昼下がりで街道筋に往き来《ゆき》が乏しいのだろう、辺りには静けさが満ちている。登瀬は皿と箸を囲炉裏の縁にそっと置き、白湯《さゆ》で喉を湿らせてから、このところずっと考えていたことを思い切って切り出した。

「あのなし、おら、直助の描いたもんをちょびっとずつでも集めてみてと考えとるんだが、どう思うね」

喜和が箸を止め、おびえた目を寄越す。

「上町の旅籠にお願いしてな、泊まり客に直助の草紙を買ったことがねが、訊いてもらおうと思うんだが」

「……姉さん、なに言い出すね」

喜和が潜め声で言い、横に座った母に案じ顔を向けた。

「したってあの子は、あんねにええ絵を遺したんだよ。放っておくのはもったいないね。おらは字が読めんだども、絵を見とるだけでも楽しいだでな」

「馬鹿《だぼこくな》言うな。そんねな手間かけてどうするね。あれは直助の仕業と決まったわげではないだがね」

「だども、直助のこどで知らんこどがあるのは、惜しい気がするだで」

母がひっそり肩を落としたのを見て気が咎めはしたが、己を鼓して登瀬は続ける。

根気よく探せば、噂を聞いた者が道中寄って直助の描いた草紙を落としてくれるかもしれぬし、中山道を通る知人に託してくれるかもしれない。そうやって刻をかけて草紙を集めていけば、直助がどんな思いで絵や話を描いていたのかわかるのではないか。あの子がただ小遣い稼ぎのために、自分たち一家に内緒で商いをしていたとはどうしても思えぬのだ、と、たびたびつまずきながらも伝えたのだが、ひとしきり話し終えたところで聞こえてきたのは、「姉さんは、なんにもわかっとらんね」という喜和の嘆息なのだった。

「仮に直助の仕業だとしだらよ、隠《かく》れて商売しとっただけだ。うちの手伝いもせんで、遊んでただけだが」

「いや、あの子のことだ、なにか面白いことを考えてたに違いないだに」

「面白いこと？　そんねな呑気《のんき》な……。あの子は跡取りだったんだで。うちの中ではひとり寺子屋に通わせてもらってよ、そこで覚えた読み書きを金儲けに使ったどしたら、おらは耐えられんだが」

　喜和の言葉はいつものように登瀬に迫って、追い詰める。そうしていつものように妹は、登瀬のいる場所から遥《はる》か遠くに隔たっている。

「だいたい直助がそんねな妙なことしてたて、わざわざ周りに広めてどうするね？　ちょびっとは母さまの気持ちを考えたらどうね」

「妙なこと」と妹に言われ、登瀬は声を失う。先程から母は絶え間なく二の腕をさすっている。沈黙が流れた。「ごっつお」とつぶやいて吾助が勝手場を出ていくと、椀の陰から様子を窺《うかが》っていた太吉が、「おら、噂を聞いたずら」と用心深く口を差し挟んだ。

「おらの妹がよ、鳥居峠下の多紀屋《たきや》いう茶屋に働きに出とるだが、そこに源次《げんじ》いう童がおる。童いうてももう十四か。小兵《こひょう》だけ、十かそこらにしか見えんだが。出は崎町じゃいうとる」

喜和が顔をしかめた。崎町は中山道から外れた小さな宿場町だが、それぞれの旅籠が飯盛女《めしもりおんな》を置いて客を取る、いわゆる色街であった。東海道のように大っぴらに遊廓《ゆうかく》を作らぬ中山道だが、青楼は街道から外れたところどころに潜んでいる。

「それがなんね」

まどろっこしい話の運びに登瀬は焦れた。

「いや、それがよ。直助は源次とようつるんどったいう話を、この間妹から聞いただに。四軒町じゃ、ふたりでおるのを見たいう者がおんもりあるらしいて」

登瀬は「あ」と小さくうめいた。妻籠の馬子が語っていた、直助と一緒に草紙を売っていた童の正体が、意外なところから転がり出たのである。

「そんねなこたねぇずら。直助の遊び仲間はおらがよく知っとる。いっつもここらを一緒に駆け回ってたのを見てたもの。その子らは直助が妙なもの描いとったのを知らんかったね」

頰から首筋にかけて真っ赤に色づかせて言い募る喜和から、太吉は困《こう》じたふうに目を逸《そ》らし、

「おらもよう知らんのだわて。妹の話だに」

自分から話をはじめたくせにとっとと人のせいにして、板ノ間へと逃げ込んだ。

——源次。

登瀬がその名を頭に刻みつけていると、喜和がやにわに囲炉裏の縁を叩いた。

「姉さんがおかしなことばっかり言うだにっ。せっかくみな忘れようとしとるに、なにかにつけて引きずり出してっ」

甲走った声が響く。

「……忘れる？」

なぜ忘れなければならないのか。あれほど大事な直助のことを、忘れていいはずもなく、忘れられる日が来るとも到底思えなかった。

「勝手場も手伝わんで、馬鹿言って《だぼこいて》、無駄に家をかき回しとるだんね」

登瀬はただ、いたずらに前掛けを揉む。自分の思いをどう説けば伝わるか、わからなかったのだ。隣の板ノ間から漂ってくる櫛挽く音だけが、登瀬の背中を優しく撫《な》でた。

再び座が長い沈黙に覆われた後、それまで頑なに黙していた母が口を開いた。

「直助はまことにそんねな子と付き合《お》うてたんだか」

喜和が素早く、ささくれだった母の手をとり、声を和らげて諭す。

「そんねなことないね。なにかの間違いね。直助のつるんどった子に崎町の子はおらんで」

母は聞こえているのかいないのか、虚《うつ》ろな顔でどこか遠くを見ている。親しい影を追い求めるように目をさまよわせたのち、ぽつりと言った。

「……われやんが直助をもうちっと面倒見てくれればね」

喜和の、母をさする手が止まる。

「あの子は末っ子だんね。一番こんまかっただが。それに、大事な跡取りだに、うちにはなくてはならん子だが。姉さんがふたりもおるんだけ、きちんと見てやっとればね。そんねな子とつるんどったのをうちの誰も知らんいうのはおかしいずら。父さまもおらも働いて家を支えるのに手一杯なのはわかっとったがね。われやんがもっとあの子を見てやっとればよ、あんねなことにはならなかったかもしれんね」

一気に吐き出すと、総身の力を吸い取られたようにぐったりとうなだれた。母の言い条はもっともに思え、登瀬は「すまね」と小さく詫《わ》びる。その拍子に、母のかたわらで呆然《ぼうぜん》と宙を見詰めている喜和の姿が目に入った。なにが起こっているのかわからぬ、という顔をしている。妹はけれどなにも言わず、真っ赤に染まった喉をただせわしなく上下させていたのだった。

三

登瀬はひとり、鳥居峠に向かっている。梅雨が明けて間もない昼下がりである。三次屋で櫛木選《い》りを終えた後、このまま峠まで行ってみたいのだと父に告げると、吾助は厳《いか》つい顔をわずかに歪めただけで理由を訊くことはせず、「気をつげろ。まだぬかるんどるとこがあるだで」と言い置いて背を向けた。あっさり許されるとかえって去りがたく、登瀬は三次屋の前に佇んで、荒縄で括《くく》った櫛木が父の広い背中で左右に揺れて遠ざかっていくのをしばらく眺めていた。ようよう父と逆向きに踏み出すも、二、三歩行っただけで正体の知れない哀しみに取り憑《つ》かれて足が止まった。後ろを振り返る。父の姿はすでに手に乗りそうなほど小さくなっている。ただ行き先を違《たが》えただけであるにもかかわらず、常に従ってきた父に背を向けたことが、登瀬にはひどく心許なく思えるのだった。

中山道が南北に通った藪原宿は、街道を輪切りにする形で町が連なっている。登瀬が住む下町《しもまち》は宮ノ越に抜ける神谷峠の麓にあり、宿場の南に位置していた。そこから北に上る順に、中の町、上町、六軒町、四軒町、歳の神、原町と続いて鳥居峠に入る。中の町には問屋の三次屋があり、上町には本陣を含めた旅籠が建ち並んでいた。「飛州岐路」の札が立った四軒町で街道はふたつに分かれる。下町から行くと左手が飛州路となり、これは境峠や野麦峠へと続いている。右手が中山道で鳥居峠へと繋《つな》がっていた。

この時季は、村の要所に注連縄《しめなわ》が張られている。熊野大神宮の祭りに備えて土地を清めるためである。登瀬は上横水や大橋を通るたび注連縄に手を合わせて、街道を上っていった。

四軒町へさしかかったとき、ふと道祖神の前で足を止めた。ゆっくり塚の周りを歩きながら、直助は本当にこんな遠くまで来たのだろうかと怪しんだ。下町からはかなり歩きでがあり、いくら派手に駆け回っていた弟とはいえ、童の足で訪れるのは容易とは思えなかったからだ。喜和が言うように草紙を描いたのは他の童かもしれぬと考え、いや、あれほどの絵は直助でなければ描くことはできぬと思い直す。

生きていた頃はなんでも知り尽くしていたはずの弟は、この世からいなくなった途端、不可思議で計り知れない存在へと姿を変えてしまった。もちろん登瀬の、弟への親しみに変わりはなく、少なくとも彼のしたことを喜和のように「妙だ」と思いはしなかったが、直助の中のなにかがひとりでに抜け出して、奔放に遠くの地を駆け回っていたように思えてならないのだった。「なにか」の正体はわからない。登瀬が、日々弟に接しながらも摑《つか》み得なかったもの、たぶん直助の深いところに大事に抱かれていたものだ。弟だけでなく、母も妹も同じように「なにか」を隠し持っているのかもしれない。父もまた、それを宿しているのだろうか。さっき見た父の、遠ざかっていく背中が思い出され、登瀬はたまらなく怖くなる。

多紀屋は鳥居峠の麓、ほとんど藪原宿の入口にあった。

頂上近くの茶屋に比べれば遥かに宿場に近かったが、それでも山道を四半刻ほど上る手間が掛かった。ぬかるみに足を取られるたび登瀬は、草履《ぞうり》履きで来てしまったことを悔やんだ。

元禄頃からある老舗の茶屋が多紀屋で、下町でもその名はよく知られている。奈良井から険しい峠道を越えてきた旅人の多くは、ここで藪原宿を見下ろして一服するのだという。そのため夏の間はとりわけ繁盛し、天保銭が山盛り入った笊《ざる》がいくつも帳場に投げ出されていると聞いたことがある。

店の名が書かれた幟《のぼり》が、風に弄《もてあそ》ばれて大袈裟《おおげさ》な音を立てていた。登瀬は立ち止まって荒い息を整える。時分時を外しているせいか、客はまばらだ。そっと近寄って覗き込むとすかさず、「いらっしゃいまし」と声が掛かった。表まで走り出てきたのは十四、五歳の娘である。太吉の妹かもしれないととっさに思ったのは、面皰面《にきびづら》と弓形の目がよく似ていたからだ。登瀬は会釈をし、茶屋に入りかけ、そこではたと持ち合わせがないことに気付く。茶のひとつも頼んでから、源次を呼び出してもらおうと頭の中でさんざん算段してきたのに、茶屋になぞ入ったこともない登瀬は、床几《しょうぎ》に座れば銭がかかるのだという道理をすっぽり失念していたのである。頭に血が上り、年下の娘を前に「あのなし」といたずらに繰り返した挙げ句、

「源次いう子はおるだが？」

と、自らを名乗りもせずぶっきらぼうに訊いていた。娘は首を傾げはしたが、「へえ」と素直に返事して奥に消える。

程なくして奥から現れた少年は、太吉が語っていた通りやけに小柄で、ちゃんと食っているのかと案じずにはおられぬほど痩せこけていた。黄土色の肌は垢染《あかじ》みて、饐《す》えた臭いが漂ってくる。身は年寄りのごとくくすんで見えるのに、大きな目だけが抜け目なく生きていた。

「あの……登瀬と言います。直助の姉だわて」

干上がった喉でなんとか告げても、源次は眉ひとつ動かさず「ああ」といかにも疎ましげな息を吐いたきりである。それでも茶屋の裏手へ登瀬を導いたのは、直助と顔見知りであった証《あかし》だろう。ところが源次は、人目のないところまで来ても、自分からはなにも語らず、用心深くこちらを窺うばかりなのだ。

「急ですまんことだども、弟のこどを訊かせてもらおうと来ただがね。直助がなんだっちゃ草紙売りなんぞしとったか知りたくてな。われと一緒に売っとっただげ、経緯《いきさつ》を訊

けねがと思うてね」

柔らかく言ってみても、彼の歪めた口は一向に開く気配を見せない。

──まことにこんねに陰気な童と、あの直助がつるんどっただか。

登瀬は改めて源次を見詰める。彼の窪《くぼ》んだ目はその間も絶えず動き、垢の溜まった爪は腕のあちこちにできた瘡蓋《かさぶた》をむしっている。剝《む》いたところから血が滲《にじ》むと、ちゅっと音を立てて肌を吸う。登瀬がそこにいることすら忘れたように、ひたすらその作業に没入している。

「なんも、おらはわれを責めに来たんではないだに。直助がどんねな話を書いとったか、なんだっちゃ商いをしようと思うたか、それだけ教《おせ》てくろね」

けれどもやはり源次はだんまりを決め込んだままなのだ。登瀬は次第に気味悪くなり、また話にならぬのでは諦めるよりなく、

「手間取らせて悪かったね。今日は帰るだども、どんねにしても訊きたいんだ。おら家《い》は下町にあるで、もし話す気になったら訪ねてくろね」

と言い置いて渋々踵《きびす》を返した。と、背中に源次の声が飛んできたのである。

「直助がおめのことを自慢《かすこい》しとったから、さぞや別嬪《べっぴん》じゃろうと思うてたが、とんだ見当違いずら」

振り返ると、狒々《ひひ》のごとく歯を剝いて笑っている。呆気《あっけ》にとられている間に、源次は

茶屋の中へと吸い込まれていった。

この日のことを、登瀬は家の誰にも話さなかった。

登瀬にとっても源次の姿は一刻も早く忘れたいものであったのだ。なぜあんな卑しげな子と直助は一緒にいたのだろう。不可解は登瀬の腹の中で日増しに太り、時折大きな溜息となって吐き出される。つい板ノ間で息をついてしまった登瀬に、太吉が間髪容れず「われのような櫛狂いもようやぐ飽《え》きが来《げ》ただか」と嫌味を言った。


うぶすな祭礼には藪原在郷や奈良井、宮ノ越からも見物客が出るために、藪原は息を継ぐのが難儀なほど人で溢《あふ》れる。旅籠の部屋はすべて埋まり、祭りの間だけ客に部屋を貸す民家もあるという。

三次屋伝右衛門が前触れもなく登瀬の家を訪れたのは、その宵宮《よいみや》のさなかである。櫛木選りや納品の折、しょっちゅう顔を合わせる伝右衛門だが、こうして直々に家を訪ねて来るのは珍しい。二年ほど前に一度、奈良井の若者を連れてきたきりである。

宵宮から本祭にかけての二日間は、板ノ間も昼過ぎには終《しま》いとなるため、吾助も日暮れ前から囲炉裏端で味噌《みそ》をなめつつ濁り酒をやっていた。去年もおととしも、うぶすな祭礼の日さえ一滴の酒も飲まずに櫛を挽いていた父であったが、今年は久方ぶりに宵宮を楽しむことにしたらしい。

一方で登瀬は、勝手場の手伝いから逃れて、正月さながらに人気《ひとけ》のない板ノ間でひとり上鉋《じょうしこ》をいじっていた。粗削りの次に行う仕上げ削りに用いる鉋で、最近使うことを許された道具だった。木の台からはずした刃を荒砥と金剛砥で丹念に研いでいく手間の掛かる手入れは、こんなときでもなければかなわないのだ。「道具を我がものにせねばよ」という吾助の言葉を胸に置き、登瀬は金剛砥に刃を滑らせて「どうか馴染んでくろ」と一心に祈る。扱いに少しは慣れた上鉋だが、気を抜くと登瀬の意に背いて動き、わずかでも力の入れ具合を誤れば取り返しのつかぬ傷を櫛木に刻んでしまう。日々、荒馬を乗りこなしているようで、登瀬は未だ上鉋が臍《へそ》を曲げぬよう機嫌を取りつつこわごわと接していた。吾助と道具との関わりにはそうした隔たりが見えない。父の道具はいつでも手と一体であるかのように従順だった。

――道具も父さまに気を許してるんだなし。

そう感じるたびに登瀬は、油断するとたちまち舌を出す手元の上鉋を怨《うら》めしく見遣るのだ。

伝右衛門は、榎茸《えのきだけ》に似た細く白い身体を板ノ間にひねり、

「こんねな日まで櫛挽いとるだか」

と呆《あき》れて見せた。

「道具の手入れさ、しとるだけでなし」

普段は登瀬のことなど気にも留めない伝右衛門であるのに、この晩はなぜか、わざわざ土間に立ち止まって登瀬の上から下まで目を走らせてのち、勝手場へと上がり込んだのだ。吾助と時節の話をする声や、松枝が酒肴《しゅこう》を勧める声がしばらくはかしましく立ち上っていたが、登瀬が刃を研ぐのに夢中になるうちいつしか隣はすっかり静まって、大人たちの低くささやく声が途切れ途切れに忍び込んでくるだけになっていた。登瀬は耳をそばだてる。が、よほど慎重に声を潜めているのか、壁一枚隔てただけの部屋だというのに話の中身を聞き取ることはできなかった。表で鳴っている宵宮のお囃子《はやし》も、会話をかき消す一助となっているのかもしれない。

諦めてまた刃を研ぎはじめたとき戸間口が開く音がして、顔を上げると喜和が立っている。てっきり、勝手場か奥の部屋にいるものとばかり思っていた登瀬は、「出掛けとったんだか」と頓狂な声を上げた。喜和はなぜか挑むような目をこちらに向けてから、不穏な笑みをくゆらせた。顔は真っ赤に上気しており、息も上がっている。下駄を踏み鳴らして板ノ間に寄ると、わざわざ大きな音を立てて縁に腰かけた。

「宵宮を見てきたずら」

言ってから、くっくと喉を鳴らす。

「どんねだった。おんもり人も出てたら」

「まぁ、出てたね。うようよおったで」

なぜかこのときの喜和は、年増女に似たふてぶてしさをその身から発していた。単衣の背中がびっしょり濡れている。汗染みかと思ったが、ところどころに草だの土だのがこびりついているところをみると、地面に降りた露かもしれない。

「われ、どこで見物してきただね」

登瀬が訊いたちょうどそのとき、伝右衛門が土間へと降りてきた。話はもう済んだらしく、吾助も見送りに立って後に続く。酒のせいだろう、ふたりとも赤らんだ顔をしている。伝右衛門はくつろげた胸元へ扇子で風を送り込みながら、また登瀬に目を送った。柔和な笑みを浮かべてはいるが、品定めするような顔つきは先刻と変わらない。

「したら吾助さん、考えておいてくろね」

吾助は黙って頭を下げた。

「なんね」

訊いたのは、登瀬ではなく喜和である。が、伝右衛門と入れ違うようにして太吉が表から飛び込んできたせいで、その問いかけもうやむやになった。太吉は、戸間口をくぐったところで吾助が仁王立ちしているのを見て、「あっ!」と顔色を変えたのである。

「なんじゃ。そんねに驚《おどけ》いて」

吾助が眉をひそめる。確かに妙であった。この日はすでに板ノ間を終っていて、太吉も祭りを見に行くことを許されていたのだ。にもかかわらず彼はまったく青ざめており、唇は細かに震えてさえいる。

「あのっ、道具。道具を家で磨いで来ようと思うて取りに戻りましたで」

逃げるように板ノ間に上がり、泥の付いた汚れた手で木枠に並べて立てかけてある道具を引ったくった。隣にいた登瀬は、大切な鋸や鉋が傷まぬかと気が気ではなく、つい太吉に言う。

「おめ、そんねに荒くいじっちゃいけんよ。壊《こわ》げるで」

櫛のことで目下の登瀬にはじめて諫言《かんげん》を投げられたことに驚いたのか、太吉が手を止めた。登瀬を見返す目が、次第に険を帯びてくる。けれどもそれは束の間で、大粒の汗が浮かんだ顔を逸らすと、「今日は帰るね」と道具も持たずに駆け出していった。

「なんね、あれはよ」

登瀬が言ったときにはもう、吾助は土間から勝手場に上がっており、低い声で松枝となにかを話し込んでいた。喜和だけが登瀬に応えて、「変な奴じゃね」とひどくせいせいした様子で返した。


うぶすな祭礼の本祭は、熊野大神宮を中心に、左右を固める津島牛頭天王、天満大自在天神と三座の祭神によって行われ、無病息災を願う祭りである。獅子《しし》をかたどった二階家ほども高さのある山車《だし》が街道を練り歩く大がかりなもので、江戸や京の祭礼にも引けを取らぬと毎年この時季、代々庄屋を務める寺嶋家の者が声高に触れ回っては村を盛り上げていた。

登瀬は家の前に出て、溜息と歓声とを交互に漏らしながら、通り過ぎる山車や神輿《みこし》を眺めた。ほうぼうから上がる掛け声が、晴れ上がった空に吸い込まれていく。去年の祭礼は雨で、おととしは暗い曇り。ぬらっとした光の中では趣向を凝らした山車も不気味に見えるばかりで興が乗らず、早々に板ノ間に戻ったのだ。

「何度見ても立派な山車だんね。京にも江戸にも勝っとるいう庄屋さんの口癖も、きっとまこととね」

隣で行列を見守っている喜和に言う。

「そんねなこと、わがるまいか。江戸や京に行ったこともない年寄衆が言うことだわて」

「まぁ、そうだな。地元の贔屓目《ひいきめ》も入っとるのかもしれんね」

登瀬は笑い声を立てた。が、喜和は目尻を吊り上げて、ひたすらに行列を睨《にら》んでいる。

「喜和……？」

大きな掛け声とともに下町獅子車がやってきた。先頭に獅子の頭をつけた、天まで届きそうな山車を男たちが牽《ひ》いている。「熊野大神宮」としたためられた幟と笹竹が、威風堂々となびいていた。

「この村の者が言うこどは、ここでしか通らねこどだ。きっと他所の村はこんねに窮屈ではないだに。江戸や京ならなおさらだ。他所はきっとここよりええだに。他所の土地をおらも見てみたいだが」

　辺りの喧噪《けんそう》に忍び込ませて喜和がつぶやいたから、登瀬は声をなくした。藪原から外にはけっして出たくないと、幼い頃から言い続けてきた妹なのだ。直助が京や江戸の話を面白可笑《おか》しく聞かせても、「そんねな怖いところ」と顔をしかめ、「ここが一番だ。父さまや母さまのいるこの家を出るのは嫌だがね」と頬を真っ赤にして唱えていたのである。「んだども喜和も登瀬も、いずれはどこかに嫁《か》して、この家を出ねばならねんだよ」と母が優しく諭してもイヤイヤをして、「この近くにしかお嫁に行かんずら。母さまの近くにずっとおるだに」と言って聞かなかったのだ。

「急に、どしたんだ？　われらしぐもねぇ」

　けれども喜和は黙したままで、山車を牽く村の若い衆を値踏みするような目つきで追っている。

「なぁ、喜和。夜《ようさま》になったらふたりしてお社《やしろ》に歌舞伎見に行がまいか？」

　言葉を継ぐとようやく、喜和は物憂げな顔を向けた。

「……込みそうだがね」

「早めに行けば、ええ場所がとれるで。ふたりで行ってみよね」

喜和は肩をすくめただけで、行くとも行かぬとも答えなかった。登瀬は妹の手を引いてでも久方ぶりに姉妹だけで出掛け、喜和の中で滞っているなにかを取り去りたいと考えていたのだが、この晩、歌舞伎どころではなくなったのは登瀬のほうだった。

夕飯《ようめし》の席で吾助から、登瀬に縁談が来ていることを告げられたのである。

昨夜、三次屋が持ってきた話だと聞いて、無遠慮にこちらを見ていた伝右衛門の仕草には合点がいったが、縁談それ自体は我が身に起こったこととはとても信じられなかった。十八の娘にとっては別段珍しくもない、むしろ遅いくらいの話なのだ。登瀬の幼馴染みはすでにほとんどが縁づいており、友の祝言には何度も呼ばれた。けれどその都度登瀬は、美しく着飾った花嫁を見て、「きれいだなし」と感嘆するばかりで、いずれ自分にもそんな日が来ようと考えることすらなかった。娘の盛りであるのに、嫁することは登瀬にとって未だ、遥か先のこととしか思われないのだ。

相手の家は、藪原在郷のひとつ、田ノ上という集落にあるという。藪原宿の西を流れる木曽川は、北東から落ちてくる味噌川と北西から落ちてくる笹川とが、宿北の村境で合わさった流れである。田ノ上は、その笹川筋を北に上っていった先にある在郷の中では大きな集落で、村人たちは主に農業と杣《そま》を生業《なりわい》としていた。登瀬の嫁ぎ先は百姓惣代《そうだい》を務め、小作を何人も使い馬や牛まで飼っている大地主ということだった。伝右衛門の遠縁にあたるらしく、由緒ある家であるから跡取りの嫁は在郷ではなく藪原からもらい受けたいと話を持ちかけられたらしい。ならば藪原でもっとも腕のいい櫛挽の娘が縁づけばなお箔《はく》が付こう、と伝右衛門は登瀬に白羽の矢を立てたのだった。

松枝はこの話に歓喜した。馬も牛もいる、広い畑もあるのなら、食うには困らない。喜和はまるで自分が嫁ぐかのように、相手の家柄や暮らしぶりを細かに訊いている。最前、山車を牽く男らを見ていたのと同じ、鋭い好奇に潤んだ目をしていた。

登瀬はそっと父を見た。吾助はうつむいて茶をすすっている。その横顔は、「もう決まったことだで」と固く閉ざされているように見える。祭りは終わったというのに、遠くからしつこくお囃子の音が聞こえてきていた。それと同じくらい遠くに、登瀬はたった今、定まったらしい自分の将来を思う。田ノ上で、額に汗して畑を耕している将来を。

「櫛は？」

つい声が漏れてしまった。

「その家は、櫛を挽いとるだか？」

「そんねなことどうでもええだが」

喜和が大口を開けて笑う。

「われが嫁す家は大きな家だけ、そんねな仕事はせんでええだに」

松枝の口振りは、朝から晩まで板ノ間に座り詰めで働かねばならぬ暮らしから娘が抜け出したことを、純粋に喜んでいるものだった。登瀬は、すがる思いでまた父を見る。

吾助は相変わらず、黙って湯飲みを弄んでいる。登瀬の視線を頰骨に感じているはずなのに顔を上げもせず、碗の中を覗き込んでいた。

登瀬はその夜、まんじりともしなかった。

床に入って、ジッと天井を見詰めていた。闇に目が慣れてくると木目がうっすら浮かび上がる。天然の文様は自在にうねりながら、大河や龍、鱗雲《うろこぐも》をかたどっていった。

——おらは、木から遠ざからねばならんのか。

登瀬は胸の内でうめく。土に生きる者に、おらはなるのか。喉や胸が重石を乗せられたようになった。上鉋にようやく慣れてきたところなのに。歯挽き鋸に未だ辿《たど》り着いていないというのに。父の櫛挽の技から引き剝がされる。永遠に手の届かぬ場所へと追いやられてしまう。天井の木目がまたうねって吾助の横顔を形作った。父は、自分を手放すことに決めたのだ——その現実《うつつ》が今更ながら骨身にしみた。寂しさは震えとなって登瀬の足下《あしもと》から立ち上り、腿《もも》、腕、胸へと這《は》い上がってくる。最後に喉を捕らえ、ちょうどしゃくり上げるときに似た震えを立てた。勝手に嗚咽《おえつ》が吐き出されるのに戸惑い、両手で喉を押さえ込む。

「姉さん。まだ起きとるだか？」

隣から喜和の声がした。登瀬はうまく返事ができなかったが、喜和はかまわず言葉を継ぐ。

「ええだな、姉さんは。玉の輿《こし》ね。馬《うんま》も牛もいるなら安心だんね」

平板な声だった。平板だからこそチリチリと登瀬をいたぶるのだ。

「やっぱり長子は得だが。なんだかんだで周りが世話焼いてええところに縁づかせてもらえるだんね。おらなんてきっと、いい加減《にっすい》な縁談まとめあげられっさ」

忍び笑いが闇の中を漂う。木目までもが不吉な笑みを浮かべて見える。

「なにがええもんかね。田ノ上には行ったこともないだに。ここから出ねばなんねのに」

「だで、ええんだ。この家から出られるのだわて」

「……それが、なんだっちゃええんだ？」

訊いても、喜和は応えない。根気強く答えを待っていると、隣から小さな寝息が聞こえてきた。

いつしか喉の震えは去っていた。代わりに身体が、氷室に入ったように冷えてくる。掻巻《かいまき》一枚も暑苦しい夏の盛りだというのに、歯の根も合わぬほど寒かった。むりやり目を瞑《つむ》ったが、眠りは容易に訪れそうにない。目蓋《まぶた》の裏に、凄まじい速さで遠ざかる父の背が映り、急いで目を開ける。けれどそこには、暗い闇が大きな口を開けて待っていただけだった。

その日から三日間、登瀬は熱を出して寝込んだ。

「夏風邪だか。珍しね」と松枝が言うのに、「嫁するのがうれしくて血が上ったずら」と喜和が上ずった声で囃し立てた。朝飯も昼飯も喉を通らず奥の八畳に臥《ふ》せったまま、登瀬は板ノ間から響いてくる櫛挽く音に耳を傾ける。夕飯時に、松の実を入れた粥《かゆ》を母が寝所へ運んでくるまで、身じろぎもせずにそうしていた。「少しは食べねばよ」と松枝は登瀬の肩に手を回して、起き上がらせる。家の中には人の気配も薄く、勝手場からは物音ひとつしない。

「喜和は？」

「ああ。飯《まんま》はいらねて。歩《あい》く言《ぐ》うて出ていった。太吉も今日は夕飯前に帰ったずら」

太吉はうぶすな祭礼が終わった頃から、月に二日、三日、夜業《ようなべ》もせずに帰るようになった。家の手伝いをしなければならないのだとその都度理由をこねたが、そろそろ独り立ちを考えはじめているのかもしれぬ、と吾助と松枝は時折語り合っている。ただいずれにしてもこの日、太吉も喜和も家にいなかったことは登瀬にとって幸いだった。父はもう飯を終えたのか、板ノ間からは整った歯挽きの拍子がかすかに聞こえてきている。

「あのなし、母さま。うちのことだがね」

松枝は、粥椀と箸を娘の手に握らせて小首を傾げる。

「ここは誰が継ぐようになるだか？」

父の技を誰が受け継ぐのか、と直截《ちょくせつ》には訊けなかった。松枝は「そんねなこと案じとっただか」と皺の増えた顔を綻《ほころ》ばせる。

「伝右衛門さんは養子でもとったらええだと言うがね。おらの親戚筋からもらうか、どうすっか。父さまは一人っ子だがらな、兄弟筋の子供らがおらんね」

そんなところまで話は進んでいるのかと登瀬は愕然《がくぜん》とする。

「だどもこれからこんまい子をもらって育てるのも難儀だげ、取るとしても十を過ぎた子じゃろうね。喜和に婿をもらう手もあるだども、うちくらいの家でそれもどうかと思うてね」

「父さまも、それでええと言うとるだか？」

「仕方ないね。直助がああいうことになったで」

登瀬は粥椀を握りしめた。松枝の中では、いや家族の中では今も昔も、家を継ぐ者は直助しかおらぬのだ。

「われも家のことなど気にせんで、己の幸せを考えればええだんね。うちのことはどうとでもなるで。それに、三次屋さんの言うことだ、従わねばよ」

問屋と櫛職人には表立った上下はない。片や櫛木を供し、片や技で応えていく。それでもひとつの問屋が多くの櫛職人を束ねていることに違いはなく、問屋がつかねば職人はどれほど技を持っていても糧《かて》を得るのは難しいのだ。

「仕方ないだんね」

松枝は繰り返す。日頃あれほど「災いに備えろ」「備蓄を心がけろ」という母は、いざとなるとすべてをたったひとつの言葉で済ませてしまう。

——仕方ない。

それは松枝に限らず女たちの誰もが、生まれ落ちたときから、また人によっては悪あがきの末に、身をゆだねている言葉なのだろう。

ひと口、ふた口、無理に粥をすってから、登瀬はまた横になった。もしも……もしも縁談を断れば、父と三次屋との間柄はひどく気詰まりなものとなるのだろうか。父は今までのように厚遇されることはなくなり、櫛木選りの順を遅くされるかもしれない。そうなれば櫛の出来にもかかわってくる——。登瀬は寝返りを打った。

——己のことばかり考えてはなんね。おらが嫁さ行げば、父さまのためになるではねぇが。

そう思い込むと少しく落ち着いた。父の技を守るのに役立つのであれば、むしろ望むところではないか。父が煩わされることなく百二十本の歯を挽ける道をなにより重んじるのがこの家に生まれた者の務めではないか。自らに言い聞かせるうち、ひとかどの櫛挽になりたいという昔からの願いは少しずつ薄らいでいくように思えた。もう幾日かすればきっと、これまで登瀬の真ん中に居座り続けた核は消え去る。微塵《みじん》の未練も残さずに洗い流されるはずだった。

翌朝、登瀬は星の出ているうちに起き出した。まだ節々に残っている熱のせいでふらつく足を運びつつ、井戸へ水を汲みに行く。家に戻ると、物音に起き出した松枝が案じ顔を向けたが、登瀬は明るく笑んでみせた。

「もうすっかりようなったで。これから嫁すまでに、勝手場のことを教てくろね」

松枝は目をしばたたかせるもすぐに頬を緩め、「あんねに嫌がってたのによ。今から で間に合うだか」と軽口を叩き、「針仕事も急いで覚えねばいけんよ」と厳しい顔を作った。

吾助が起き出して、いつものように素足のまま土間に飛び降りる。母娘が交わす会話の間をすり抜けて黙って甕《かめ》まで行き着くと、柄杓《ひしゃく》にすくった水を一息に飲み干した。

四

登瀬は、年の明けた雪解け頃に輿入れすることが決まった。

だからそれまでの半年を、櫛への思いを断ち切ることに傾ける必要があった。吾助は未だ、粗削りを登瀬に任せる。粗鉋の手触りが未練になりそうで、できれば遠ざけたかったが、作業の手が足りないこともあって、登瀬はやむなく毎日板ノ間に入る。なるたけ父の手元を見ないようにし、自分の持ち分が終われば、早々に勝手場へと逃げ込んだ。

これまで根が生えたように板ノ間にへばりついていた登瀬が、盤《ばん》の前に落ち着かなくなったことを太吉は折に触れてからかう。

「なんだかんだ言うても、われもおなごだが。祝言が楽しみでならんのだわて」

登瀬が表に出た折などわざわざついてきては、言い立てるのだった。二十歳を過ぎても一面に面皰の散った顔を登瀬はきつく睨むのだけれども、言い返せば途端に堰き止めていたものが溢れてしまいそうで、黙って背を向ける。

「そうだ、われ、こないだ源次んとこ訪ねたて？」

虚を衝《つ》かれて登瀬は振り向いた。

「妹から聞いたで。ひとりで峠、上ってきた言うとったずら」

「おらは知らん。おめの妹だっておらを見知っとるわけねぇだに」

「なに、源次と話しとるのを陰で聞いとっただに。われ、源次にひどい言われようだったらしいのう」

こめかみがズキズキと鳴りはじめる。

「まぁ、気にするな。あれは性悪で知れとるで。色街で育っとるだに、女のことも早ぐから知っとるし、手ぇつけられんほどこすっからい奴だいう噂ぜ。茶屋の主人も崎町の宿主に頼み込まれてしょうがなく雇っだいうが、金でも盗られたらかなわんいうて洗い場しか任せんのだと。直助も、あんねな奴とつるんでなにしとっただか」

太吉に弟を呼び捨てにされるたび、登瀬の肌は粟立《あわだ》った。直助のクルクルとよく動く黒目がちの瞳や、梨を思わせる褐色の肌や、ミズスマシのような長細い手足といった登瀬を惹き付けてやまなかったものが、泥だらけの足で踏みにじられるのを見る気がするのだ。

「ま、直助も村で名の知れたよたっこね。下町の子らじゃ物足りなくなってよ、源次とつるむようになっただが。女のことでも教わっとったかもしれんぜ」

　身の内で、なにかが爆《は》ぜた。気付くと登瀬は、力任せに太吉の身体を押していた。太吉はよろけたが転ぶことはなく、束の間驚いた顔をしただけですぐに卑しい笑いを取り戻す。登瀬は後ろも見ずに家に飛び込み、真っ先に甕の水で手を洗った。太吉を押した感触までも洗い流そうと、何度も何度も両手の平を擦り合わせる。勝手場から喜和が「もったいね。そんねに水を使ってはよ」と礫《つぶて》のような声を投げてきた。

　抑え込んでいるつもりでも、少しのきっかけで激したものが噴き出してしまう。母の隣で懸命に勝手場の仕事を覚え込んでいるときですら、櫛のことを考えている自分を追いやるために、登瀬は間断なく松枝に語りかけた。登瀬の縁談が決まってからというもの松枝は、以前の落ち着きといたわりを取り戻しており、手取り足取り嫁としての心得を教え込む。急に多弁になった娘の様子を嫁入り前の昂揚《こうよう》と見たのか、松枝は自分が嫁いだときのことを合間合間に語って聞かせることも欠かさなかった。

松枝が吾助のもとに嫁してきたのは十五のときだ。

三十を過ぎてようやく授かった一人息子に少しでも早く嫁を取って安心したいと、吾助の両親《ふたおや》は三次屋の先代に世話を頼んだのだった。丈夫でよく働けばそれでええから、とふたりして頭を下げたのだという。吾助はそのとき十八で、多くの跡取りがそうであるように縁談は親の運ぶがままに任せていた。好いた好かぬの話ではなく、家を守るためには共に汗して働き、子を育む相手が要りようなのだった。

松枝の家は信玄坂にある農家で、馬や牛を繋いでおけるほどだから暮らしぶりは豊かなほうに入る。男ばかり五人のあとにひとり生まれた女の子を、松枝の両親はとりわけかわいがり、一介の櫛職人などではなく、地主か、うまくすれば村役人と添わせたいと願っていた。だが、三次屋が庄屋にまで口添えを願って説きにかかったがゆえに逃れようもなくなり、渋々一人娘を下町へと送ることに決めたのだ。松枝もまた両親に請われるがまま、顔も知らぬ相手に嫁いだ。嫁することは女にとってその後の命運を決める一大事であるのに、当人の意思がなにひとつ汲まれないのを不思議に思いはしたが、他に想い人があるわけでもなく、縁談というのはそういうものだと聞かされて育った松枝は、さしたる不満も抱かなかった。もしかすると、「仕方ない」という考え方が母の中に根ざしたのは、このときだったのかもしれない。

質素な婚礼の席で、松枝ははじめて吾助の顔を見た。「岩みてだの、と思った」というのは、母が昔、幼い娘たちにこっそり聞かせた笑い話である。若い頃の松枝は今の喜和と瓜二《うりふた》つで、集まった下町の人々は、新造の美しさや瑞々《みずみず》しさを口々にほめそやした。登瀬が生まれる頃まで吾助は、「あの嫁女はわれにはもったいね」と村人たちに言われ続けたという。

実家《さと》とは程遠い家業を営む婚家であったが、松枝は不便なく過ごすことができた。義母はまめまめしく勝手場の仕事を教えてくれたし、義父と夫は板ノ間にこもりきりでまったく手が掛からない。吾助との相性もよかったのだろう。夫婦は大きな喧嘩ひとつすることもなく、ずっと昔から馴染んでいたようにあ・うんの呼吸で日々を送った。義父を葬《おく》り、義母を看取り、吾助夫婦が一家の支柱になったのは、松枝がまだ二十歳をいくつか過ぎたばかりの頃である。頼れる者を欠いた暮らしの心許なさを感じる間もなく襲いかかってきたのは、天保の大飢饉《だいききん》であった。ただ生き延びて、この子らを生かさねばならない。明瞭な本能だけで、二十代の松枝は生きたのだ。

勝手場で母が語る思い出話は、いつもその辺りでプツリと途切れる。

——生き延びて、この子らを生かさねばならない。

自分が生き延びることと、子供たちを生かすこと。本来ひとつに繋がっているはずの道が、あるとき大きく裂けて二度と重なることができぬほど遠くに隔たってしまった。そのことがまだ、母には咀嚼《そしゃく》できぬのだろうと登瀬はうっすら感じていた。

〈かの童、村一番の俊足を誇れり。焼棚山の山姥も、童の足には敵《かな》わんと噂されり。童、トヤを好む。朝暗いうちより起き出し、一番鶏の鳴く前に峠の頂に立つ。鳥の起き出す前より支度せしは、一番鶏の、他の鳥に童のことを教えんを避くるがためなり。
空の白んで一番鶏が鳴くや、山の木々さざめき揺れ、一斉に黒きもの飛び立つ。童もまた走り出す。凄まじい速さに鳥たち驚きて南へ南へと飛び続けん。いずれ藪原の宿へとさしかかる。童はなおも追い続く。藪原の下横水に張りし網ありて、そこへ鳥を追いつめんとや〉
八月の半ば、久しぶりに直助の消息を訊ねた旅人があった。小間物屋に勤める二十歳そこそこの若者で、江戸の本家と大津の店を宿下がりも兼ねて二年に一度往き来しているという。直助に会ったのはたった一度きりであったが、「この草紙をもろたときに、続きがある言うとったから」と、律儀に藪原で宿を取り、四軒町の道祖神を見に行ったらしい。登瀬が直助のことを告げると、男は驚きながらも悔やみを言った。それから、直助にはじめて接したときの様子を細かに語りはじめた。
直助は道祖神の脇にちんまりと座り、何枚もの草紙を広げていたのだそうだ。源次に袖を引かれ、半信半疑で覗き込んだ男だったが、描かれた絵にたちまち魅入られた。巧みな錦絵は江戸でさんざん見ているが、ここまで生き生きとして独特な気配を持ったものにはそう出会えない。男は、年端のいかぬ童がここまで描けるものかと嘆じつつも、小間物の宣伝絵に使えぬか、包み紙にしたらどうだろうかと商いに繋げて忙しく頭を働かせていた。直助はそうした男の様子を黙って眺めたのち、「できればおめには、これを読んでほしいのう」と中の一枚を手渡した。

「それが……これね？」

登瀬が訊くと、男は笑って頷《うなず》いた。その草紙を選んだ理由を男は直助に問うたのだという。直助は「これは続きがあるだで。長い話になるだでな、ずっと読んでくれそうな人に配っとるんだ」そう言って、こそばゆそうに鼻の頭を掻いた。

登瀬は、男が畳に置いた草紙に目を落とす。

木々が大きく揺れている。鳥がそこから一斉に飛び立っていく。朝焼けの空を引き連れて大きなうねりを見せている。羽音が聞こえてきそうな荒々しい筆遣いであった。これまでいくつか見た、愛嬌のある絵とはなにかが大きく異なっていた。読み上げてもらった話も、木曽の昔話をもじったものではないようだ。この辺りではかすみ網を張った鳥屋場《とやば》に鳥を追い込んで捕まえるトヤという猟が古くから行われているが、下横水に鳥屋場を作ることはない。すべては山頂近くで行われていることで、登瀬は、その猟を実際に見たことはなかった。

「これ、あんたに持っててもらおうかね」

男は、草紙を登瀬に手渡した。

「もう続きは読めんのやし、姉さんが持ってたほうがあの子も喜ぶやろう」

登瀬はしばしぼんやりと草紙の手触りを味わい、そこから直助の体温が伝ってくるような不思議な感覚に囚《とら》われていたが、はたと気付いて「あ、お銭《あし》」とつぶやいた。この若者が買ったのであるのなら、その分は返さないといけない。けれど男は首を横に振り、「もう二文じゃ足りんほど楽しませてもろたわ」と愛おしそうな視線を草紙に注いだのだった。

家に戻って登瀬は早速、勝手場で喜和を捕まえ、直助の草紙を見せた。てっきり自分と同じく絵の出来に目を瞠り、手触りを愛おしむだろうと思っていたのに、喜和は草紙を一瞥《いちべつ》するなり眉根を寄せたのである。

「そんねなもの持ち帰ってどうするね。直助が描いたとも限らんに」

汚らわしいとばかりに、首をすくめる。

「よーぐ見てみろね。ええ絵ずら。直助しか描けん絵だに」

必死で言い募ったのも、家を出る自分に代わって、喜和に草紙を集める役目を引き継いでほしいと考えていたからだった。直助を知る旅人があったら会いに行ってほしい、できれば草紙を買い戻してでも手元に置いてほしいのだと登瀬は重ねて言ったが、喜和は「またその話ね」と吐き捨てるのだ。

「こんねなもの集めてもしょうがないずら。直助の仕業としても、ただの悪戯だんね」

「違うだが、なにか考えがあっただに。あの子は、長い話を書こうとしていたらしいんだ。もしかすると全部《ほた》持っとる人がおるかもしれんよ。それをおらは読みたいだに」

「読むって、姉さん、いつ読むだが。離れたところに嫁してよ。送れいうだか？」

「たまには実家《さと》に帰るだから、そのときに読むずら」

喜和は、これ見よがしに溜息をついた。

「嫁する前からそんねな根性でどうするね。二度とうちの敷居を跨《また》がんつもりで行くのが嫁いうものね。向こうの家に入れば、その家の者になる。こっちとは縁が切れるいうことだんね」

わがっとる、と登瀬は返す。「だども、訪ねて来た者があったら、会いに行ってってくろね」。そう頼むのが精一杯だった。なにより直助が不憫《ふびん》であった。夢中になってしていたことが、身内にさえ忌み事のごとく受け止められている。直助は、喜和や登瀬のように歳を取らない。十二の童のままなのに、弟への解釈だけが日ごと成長し、複雑になり、直助の生きた姿までもが歪められていくのだ。

「いづまでも直助にかまけててはなんねだよ。姉さんはせっかく田ノ上の地主いう、ええ籤《くじ》引いただに。地べたがありゃあ安泰だがね。朝っぱらからうっとしい櫛挽く音もないだけ、気持ちよう暮らせるね」

「だども……」

「もうこの話は終わりだ」

　喜和は桶を手に外へ出て行ってしまった。

　登瀬はしばし虚ろな目を辺りにさまよわせたのち、重い腰を上げた。勝手場を離れて板ノ間に入る。今日のうちに終わらせねばならぬ櫛磨きが残っていた。太吉はすでに家に帰ったらしく、板ノ間では吾助がひとり鋸を動かしている。癖で、つい手元を見てしまう。気配に気付いたのか、いつもは一列歯を挽き終えるまでけっして鋸を止めない吾助が、つと顔を上げた。作業を止めてしまったことに登瀬は動じ、すぐに詫びたが吾助は応えず、代わりに、

「ここへ来《こ》」

と、かたわらを指さした。登瀬はおずおずと吾助の横に腰を下ろす。すると父は意外にも立ち上がり、自分の座を娘に譲ったのである。登瀬は驚きで声も出ず、促されるまま父の温みの残った藁《わら》座布団にくしゃりと座った。吾助が四十年近く座り続けてきた床の窪みに身体がすっぽり収まると、これまで味わったことのない安堵《あんど》に包まれた。

「挽いてみろ」

　父は、自分の歯挽き鋸を娘に手渡す。手入れのときも片付けのときでさえも、家族の者にも触れるのを禁じていた鋸であった。登瀬は不用意に受け取ってしまってから、事

の大きさに気付いて手が震えた。

「ええんだか？　触っても」

「ええもなんも、もう摑んどるだが」

吾助は小さく笑い、「一遍しか教《おせ》んぞ」と柄を握った登瀬の手ごと、鋸を櫛木に当てた。手前にグッと引く。父の手元を見続けて想像していたより遥かに激しい手応えがあった。登瀬ひとりの力であれば、よほど踏ん張らねば挽けぬ重みである。刃先まで挽き込むと、今度は鋸を向こうに押し戻す。これは手前に引くよりずっと軽く滑っていく。挽くときと同じ要領で力を込めては櫛歯を傷つけてしまうかもしれない。

登瀬は密《ひそ》かに驚嘆していた。同じ拍子、同じ力で鋸を動かしているとばかり思っていたが、父は、引くのと押すのとで微妙に力加減を変えていたのである。もしかすると櫛木ひとつひとつの堅さを見極めて、その都度歯挽きの加減を変えているのかもしれない。単純に同じ拍子と見えていた作業の裏には、長年の勘によるきめ細かな調整が隠されていたのだ。

――こんねに難しいものだっただか。

粗鉋も上鉋も一通りこなせるようになっていた登瀬は、歯挽き鋸に移っても刻をまたずに使えるようになると信じ込んでいた。むしろ、父と同じく当て交いなしで挽くにはどうすればいいか、あれだけの本数を素早く挽くにはどんな工夫がいるか、先走ったことばかり考えていたのだ。それが、一本の歯をまともに挽くことも容易ではないのだと、このとき思い知ったのだった。

櫛というものの奥深さにまたぶつかった。これまでであれば、そのたび登瀬の気持ちは高らかに鳴ったものだ。一向に飽きのこない面白さと、一生を掛けるだけの深みと、それを抜きん出た技量でものにしている父への尊崇が一気に渦巻いて、とてつもない昂揚を巻き起こしたのだ。自分も習練を重ね、どれだけかかっても技を身につけようと、新たな覚悟が湧いたのだった。この家に生まれたこと、吾助の娘に生まれたことは、櫛挽として高みを目指すと決めた自分にとって、なんという幸甚かと噛みしめずにはいられなかったのだ。

登瀬は、父の力加減を自分の手に覚え込ませようとただ一心に鋸へ向かう。拍子を乱さぬよう。心を白くして――。

ぽたぽたと、櫛木の上に水が落ちた。

それがなんであるか、登瀬自身はじめはわからなかった。手元を見詰める視界が滲んでようやく、その水が自分の目からこぼれ落ちていることを知った。

吾助も娘の涙に気付いて束の間、手を止めた。が、すぐに岩のような顔を一層いかめしくして、鋸を動かしはじめた。木を削る音が層を成して板ノ間に満ちていく。揺るがぬ拍子に守られ、音は延々と続いていった。

祝言の前に一度田ノ上を見に行くのもいい、向こうも顔を見たかろう。伝右衛門は常々そう言っており、顔合わせの日取りをほとんどひとりで決めているらしかった。行くとなれば雪の降り出す前になろうから、この秋のうちだろうと思えば、登瀬の気はおのずと鬱した。地主の屋敷で見知らぬ大勢の者たちに晒《さら》され、牛や馬のごとく値踏みされる様を想像する。田ノ上ではどんなふうに働くのか、どんな日々を送ることになるのか。登瀬は夫となる男のことよりも、暮らしの有りようばかりが気に掛かった。

田ノ上行きの段取りを決めたいから一度店まで来てほしいと三次屋から使いが来て、登瀬が両親と共に中の町に向かったのは、九月に入ってすぐのことだ。喜和と太吉の冷やかしを背に受けて街道に出ると、午後の光が景色を黄金に染め上げていた。秋の陽《ひ》は、真上から照りつける夏の陽と違って、木々の幹や葉の裏、河原の石のひとつひとつにまでも回り込んでくまなく照らす。目に映るすべてが光の粒に包まれた藪原は、天上であるかのようにまばゆかった。

「きれいだなし」

口に出してみると、少しだけ気持ちが晴れた。前を歩いていた吾助がちらりと振り返った。

伝右衛門は、吾助たちを認めるや相好を崩し、帳場奥にある居室に三人を上げた。はじめて入る十畳ほどの座敷を登瀬は物珍しく眺める。青畳は芳香を放っており、床の間には萩《はぎ》がひと枝さしてある。櫛職帳や大福帳、櫛簞笥《くしだんす》が乱雑に並んだ帳場とは趣の異なる上品なしつらえである。茶を運んできた女中に伝右衛門は、「羊羹《ようかん》を切れ」「なんぞ摘むものがあったろう」と、落ち着かなく身体を揺すってあれこれと命じていたが、菓子が運ばれてくるや「いよいよだんね」と三人を見回して声を弾ませた。松枝が笑みで応えたときだ。吾助がほんの小さな声で切り出したのだ。

「あの、その前にお願いがあって来ましたがね」

「はい、はい」と伝右衛門は笑みを残したまま居住まいを正す。が、吾助はそれきり押し黙り、なかなか口を開こうとしない。膝の上に置かれた手は、固く握りしめられている。伝右衛門が、うつむいた吾助の顔を覗き込むように首を傾け、松枝が「あんた?」と夫の袖を引いた。ようやく面《おもて》を上げた吾助が口にしたのは、その場にいた誰にとっても思いがけないことだった。

「登瀬の縁談のことだんね。申し訳ないが、なかったことにしてくろね」

いつもと異なるやけにはっきりした口振りに、伝右衛門も松枝も、吾助がなにを言い出したのか解するのに手間取っているようだった。登瀬もまた、父の言ったことが飲み込めず、見慣れた横顔をぼんやり眺める。

「詫びの入れようもないくらい申し訳ないこどはおらもようわがっとるだに。だども、この通り、登瀬のことは諦めてくろね」

吾助は畳に額を擦りつけた。そこに至って松枝がようやく「あんたっ、なに言い出すね」と金切り声を上げたが、父は頭を下げたきり岩のように動かない。伝右衛門が、「ちょっ、待ってくろ。なにを言い出すだがね。向こうはもう、登瀬を迎える支度をしとるだが。田ノ上に顔合わせに行く日取りを決めとるこども、おめ、知っとるだがね」

責める言葉は、申楽《さるがく》のごとくゆっくり繰り出される。慌てることもできぬほど、彼は驚いているのだった。

「それはわがっとる」

「だったらよ、なんだっちゃそんねに無体なことを言い出すだが」

吾助は再び押し黙った。その沈黙が、伝右衛門の驚きを怒りへと押し上げていく格好の空白となったらしかった。なぜ今更そんなことを言い出すのか、一度は納得した縁談ではないか、向こうの身にもなれ、話を持っていった自分の顔を潰す気か——厳しい叱責を、彼は矢継ぎ早に吾助に叩きつけたのである。

吾助よりも伝右衛門の言うことの筋が通っているのは、登瀬からしても明らかだった。だがそんなことよりも、父が他所の大人に面罵されていることにうろたえていた。すべての中で一番であるはずの父が、けなされてただうなだれている。しかもその大本は登瀬自身のことなのだ。

「今になって言い出したことはおらが悪い。謝るだんね。まことに詫びのしようもないことだが。だども登瀬はやれね。縁談があってがらずっと考えて、やっとそう決めたがね」

「理由はなんだ。田ノ上では不足いうだか」

「まさか。登瀬にはもったいねくれえのいい縁だ」

「だったらよ、なんだっちゃそんねなこと言うだ。おめは娘の幸せを阻む気だか」

「そうだ。三次屋さんの言う通りだよ。あんた、この子の嫁する幸せを、なんだっちゃ邪魔するね」

そう言う松枝はほとんど泣き声になっている。登瀬はどうしていいかわからなかった。「嫁する幸せ」とはなんだろうか、と混乱した頭でこの期に及んで考えてもいた。

吾助の、膝に置かれた拳が、一段と強く握られる。

「この子はこんまい頃から、おらの仕事さ、よーぐ見てきただが」

父の声は静かではあったが独特の気魄《きはく》に満ちており、それに圧《お》されて伝右衛門も松枝も口をつぐんだ。

「どんねにして道具を扱えばええか、櫛木と向き合えばええか、おらが教んでも己で学んで来ただがね」

「だども、登瀬はおなごだで」

横から松枝が口を挟んだが、吾助は首を横に振る。

「うちは直助があんねなことになった。あれが跡を取ってくれる気でおらもおっただが……伝右衛門さんが言うように今から養子とる手もある」

そこで呼吸を整えた。

「だどもおらは、こんねに櫛にのめり込んどる娘《こ》を手放して、養子とるのは異なことだと思うだんね」

「あんたっ、なにを血迷うたこと言うとるね。おなごは嫁するものだに。家に残せば、登瀬だって可哀想《かわいさい》なんだよ。この娘も十八だ。一生嫁することができんかったらどうするね。この娘を家に残したところで子が産めねばよ、うちだってこの娘の代で終わるだに」

松枝が言うのに伝右衛門も、「田ノ上に行けば、登瀬は食うものにも困らんし、下働きの者もおるだげ今より楽ができるがね」と今度は猫なで声を出す。吾助はそれに頷きながらも、

「おらの技はよ、おらのものではないだに」

ぽつりと返した。

「父さまも爺さまもおらと同じ格好で、同じ加減で櫛を挽いて生きたずら。おらは技を先代から借りとるんだ。だから次にそのまま繋がねばならんだに。それは誰にでも託せ

るものではないだに」

座が静まった。松枝も伝右衛門も吾助の非を正そうと言葉を探すも、ふさわしいものが見当たらず手をこまねいているようだった。吾助の言うことは、いかにも道理の通らぬことであった。技を繋ぐなどともっともらしいことを言って少しも娘を顧みていないと、人が思うのも致し方ないことだった。

「だから養子を……」

しかし結局、伝右衛門が口にできたのは堂々巡りの論だった。女に櫛挽を継がせるなど、そんな馬鹿な話があるか。娘を不幸のどん底に突き落とし、代々関わりを結んできた三次屋と禍根を残すようなことをしている吾助は、伝右衛門からすれば正気の沙汰とは思われなかったのだろう。夫を説きかけた松枝は、伝右衛門が吾助に向けた恐々とした目を見て、矛先を変えた。隣に座った登瀬の肩を摑んだ。

「われからも言うだがね。田ノ上に嫁したいと、父さまに言うずら。あんねに勝手場のこと覚えてたのによ、早く嫁して一人前になりたいと言ってやればええずら」

母の力は存外強く、登瀬の身体は他愛もなく揺さぶられる。ふらふらと傾いでいると、自分の軸が砕かれていくようであった。隣では父がうつむいている。膝の上では、日々細かな歯を挽いているとは思えぬほど厳つい手が、固く握りしめられている。

「おらは……」

さまざまなことが登瀬にはわかっていた。十八という女の歳も、櫛を挽くのは男の仕事だという藪原の慣習も、問屋と櫛職人との関わりも、一途に娘の幸せを願う母の思いも、すべてが身に染みていて、それらが一遍に身の内に吹き荒れていた。己というものが木っ端のごとく飛ばされそうになるのに必死に耐えていた。

「おらは……おらは櫛を挽きたい」

緊張でカラカラになった口から、箱に閉じ込めて奥深くしまい込んでいたはずの思いが、うっかりこぼれ出た。

「おらは、櫛を挽けるようになりたい」

幼稚な言い分は一旦噴き出してしまうと、羞恥をあっさり越えて止まらなくなった。

「櫛を挽きたい、おらは櫛を挽きたい」

涙と鼻水がだらしなく流れ落ちる。

「父さまみでぇに、櫛を挽けるようになりたい」

伝右衛門と松枝は、到底十八の娘盛りとは言いがたい登瀬の醜態に言葉を失っている。反して登瀬の身体は、なぜだか軽く、温かくなっていった。吾助はなにも言わない。ひとつ小さく、頷いたきりだった。

三次屋の座敷に「櫛を挽きたい、櫛を挽きたい」という登瀬の泣き声だけが、雲の切れ端のように当所《あど》なく漂っていった。

第三章　妹の声

木肌に指を滑らせると、目には見えないわずかな凹凸《おうとつ》が感じとれる。

一

登瀬は上鉋《じょうしこ》を握り直し、櫛木《くしき》に向かった。両歯の大櫛でも長さ四寸弱幅二寸ほどしかない小さな櫛木の面を、木ごとに異なる隆起に合わせて削り、平らにならしていくのはたやすいことではなかったが、どこで力を込めればよいか、どんなふうに緩急をつければよいか、登瀬の手はすでによく知っていた。削り終えたところで、いま一度木肌をさすする。櫛木の厚みが狂いなく整っているのを確かめると、上鉋を斜めに持ち替えて面取りの作業にかかった。朝一番に板ノ間に入り、仕上げ削りから寸法取りまで櫛木の下準備を黙々とこなすのが、登瀬の常となっている。手際も技も日々違《たが》わず伸びていくのが愉《たの》しかった。

六月になって程なく、新たな櫛木が牛方に運ばれて藪原に入ったという報《しら》せが下町《しもまち》にも届いた。登瀬は三次屋から声が掛かるのを辛抱強く待ち、六日目にようよう櫛木選《い》りの番が回って来るや、すぐさま太吉を伴って中の町へと向かったのだ。

「今度の櫛木はどんねな出来だろうね。楽しみだわて」

　後ろをついてくる太吉に言う。返事はない。振り向くと、なにも聞こえなかったという顔で木曽川へと目を逃している。いつものことだから気にもせず、なるたけ軽やかに歩を進めた。梅雨時の横水は溢《あふ》れんばかりの流れで、水面にはまばゆい光の輪がいくつも浮いている。登瀬は光だけを目に焼き付けて、足を速めた。

　三次屋の敷居を跨《また》いだところで、帳場にいた主人の伝右衛門と目が合った。会釈をしたが、顔を上げたときにはもう伝右衛門は、こちらに後ろを向けて奥に姿を消すところだった。

　三次屋の世話した縁談を吾助が反故《ほご》にしてからというもの、伝右衛門はそれまでの愛想が嘘のように、登瀬たち一家を遠ざけている。

　母の松枝はあれから半月近くもほとんど毎日三次屋に通い、吾助の非礼を詫《わ》び、これまで通りの付き合いをしてくろねと頭を下げた。櫛を挽《ひ》くより他なにもできぬ夫だで、とひたすら許しを請うたのだ。嫁《か》す機を逃した娘を案じるより、問屋にさからって藪原で生きていけるのかというおびえのほうが、このとき母の中では勝っていたのだろう。三次屋は松枝の懇願に不承不承応える形をとって、今まで通り吾助を抱えることを承知した。村でもっとも優れた櫛挽を手放し、他所の問屋に抱えられたときの損失を、伝右衛門は周到に胸算用していたはずだった。その代わり、以前は一番だった櫛木選りの番を後ろに回し、吾助や登瀬が店に入っても自ら応対に出ることはしなくなった。それだけでは気が済まなかったのだろう。伝右衛門は、事の顚末《てんまつ》を村中に広めたのである。誰もがはじめは、質《たち》の悪い戯《ざ》れ言《ごと》だ、あの立派な吾助さんがそんな狂態を演じるはずもないと一笑に付した。が、年が明けても登瀬が嫁入り支度をはじめぬと知るとみな一様に困惑を浮かべた。問屋に楯突《たてつ》くことも、女に櫛を挽かせることも、十八を過ぎた娘を家に置いて手放さぬことも、この宿場町においては例を見ないことだったからだ。

——いぐら直助が死んだいうても、やり過ぎだわて。やっぱり女房子供も踏みつけて平然としとるような者でねぇと、あそこまでの櫛は挽けんのかのう。

吾助をなじる声がどこからともなく立ち上る。

——結局、あの男はただの偏屈者だったずら。

——ろくにしゃべりもせん。愛想のひとつもないだでな。櫛挽くしか能のない、世間知らずだわて。

村人たちが吾助一家を避けるようになるまで、刻《とき》はかからなかった。それまで、一流の櫛挽である証《あかし》として崇《あが》められていた、無口で無愛想というその性質までもが、嘲笑の的へと変じていったのである。

登瀬は、ただただ驚いていた。のどかでおおらかに見えたこの村のどこに、これほどの悪意が潜んでいたのか、という驚きだった。自分がなにか言われるのならともかく、薄汚れた沼の中に父が引きずり込まれることが耐え難かった。

だが、そんな中でも父の生み出す櫛は卓抜した美しさを保ち続けたのだ。吾助を陰でののしる人々が、技の凄《すご》みに嘆じずにはおられぬほどに。曲げようもないこの事実は、登瀬を確かに救った。表を歩けば自然と耳にからみついてくる心ない噂話も、さほど気にならなくなった。この父がいて、自分は日々父の技に間近に接することができる。これ以上望んだら罰が当たる。そう素直に思えたからだった。

登瀬と太吉は、三次屋の手代に許しを得て土蔵に入った。早速、櫛木の束を運び出し、すべ縄を解く。土間《どじ》にしゃがんで軽く木を叩《たた》き合わせると、意外にも柔らかい音が鳴った。

「この束は駄目だ」

登瀬は手早く櫛木をまとめ、もとのようにすべ縄で結わく。他の束もいくつか同じやり方で検《あらた》めたが、どれもぼんやりした音しかしない。

「新しく入ったものはいけね。まだ乾ききってないだで。古い木から選ぶまいか」

土蔵の奥へ入ろうと腰を上げると、

「せっかく新しいのが入っだに、わざわざ古い木、持ってくんげ。行き遅れ同士憐れんどるだんね」

と、太吉が嗤《わら》った。登瀬は聞こえぬ振りで奥から二束運び出し、手際よくすべ縄を解いて一枚一枚見定めていく。時折太吉の選り分けた櫛木にも目を配り、反りがあったり筋のきついものが交じっているとさりげなく脇に除《よ》けた。太吉はそのたび眉を曇らせるが、抗弁はしない。代わりに、これ見よがしの溜息をつく。

「まだ存外、ええ木が残っとるだんね」

登瀬は太吉の溜息に呑《の》まれまいと、明るく言った。

「櫛木選りの番が後ろに回されたときは、ろくな木が残っとらんと思って青くなっただども、先に選んだ者はええ木を取りこぼしとるものだんね」

太吉はそれにも応えず、登瀬はやむなく話を仕舞う。しばらく黙々と作業を続けた。登瀬が、太吉の足下に置かれた腐《ふ》の入った櫛木を避けたときだ。不意に太吉が顔を上げ、

「われ、あの家をこのまま継ぐ気だか？」

甲走った声で訊《き》いたのだった。

「婿でもとって、家を継ぐ気か？　それともこのまま独りでいるつもりね」

「……そこまで考えとらん」

「考えとらん？　二十歳にもなって、なんだっちゃ考えとらんだが」

なぜそんなことを太吉に問い詰められねばならぬのか、という怒りよりわずかに早く、喜和の顔が浮かんだ。

太吉と妹の仲が一通りのものでないことに、男女のことには疎い登瀬もさすがに気付

いていた。太吉はおそらく、喜和と一緒になって吾助の跡を継ごうと考えているのだ。実家《さと》に戻ったところで、猫の額ほどの土地を耕して得られる作物で細々と食いつなぐよりない彼が、他家に婿入りする形をとってでも家長に収まりたいと願うのは無理からぬことかもしれない。

喜和はどう思っているのか。家のこと、嫁すことをどんなふうに考えているのか。十九になった妹は前にも増して登瀬から遠くなった。姉《あんね》さんは櫛のことしか考えとらん――かつてはたびたび口にしていた不服も仕舞い、あれほどいたわっていた母にも背を向けるようになった。一家に冷ややかな目を向ける村人たちとはもちろん、家族とさえもなるたけ関わらないよう用心し、息を殺して暮らしている。

「われが漬物石みてぇにおるせいで、あの家では誰もなんもできんのだわて」

漬物石とまで言われて身体の芯が冷たくなった。が、登瀬はもう、そんなことで竦《すく》みはしない。一徹《いちこつ》に櫛師を目指すと腹を据えてから、周りの目に揺らぐ余裕さえなくなった、と言ったほうが正しいかもしれない。

「おめは、どうしたいんだ？　喜和と一緒になりたいんか？」

強く言い返すと、太吉は束の間ひるんだ様子で肩を引いたが、鼻の頭に皺《しわ》を刻むや、

「江戸のほうじゃずいぶん物騒なことになっとるだに。藪原もいつまでも平穏《おんか》とは限らんね。一刻も早く地固めせねばならんときに、呑気《のんき》なことだ」

と、答えになっておらぬことを吐き捨てた。そうして勢いを付けて立ち上がり、土蔵の奥に進むと、乱暴な音を立てて櫛木の束を選り分けはじめた。

嘉永六年、癸丑《きちゆう》のこの年、江戸で起こった騒擾《そうじよう》は、梅雨に入ってしばらく経《た》った頃に街道筋から運ばれてきた。急飛脚や早駕籠《はやかご》が増え、板ノ間の人見戸《しとみど》越しに伝わってくる外の気配が一変したのだ。

「京か江戸で、なにかあっただね」

平素、世事にはまったく頓着しない吾助が、そうつぶやいたほどだった。

間もなく、異国船が浦賀という江戸に近い港に現れた、という報が聞こえてきた。大変なことになったと村中騒ぎになったが、異国船がどんなものか、またその出現がなにを意味するのか、登瀬には見当もつかずにいる。蒸気船は真っ黒な船で三沢山をゆうに越える大きさだ、と言う者もあったし、異人というのは赤ら顔で背が十尺もあるらしいとささやく者もあった。そうして村人たちは、異人は海から陸に上がり、いずれこの山中まで攻めてくる、と御伽草子《おとぎぞうし》の妖怪談めいた話を交わし合っては震え上がっているのだった。

宿に働く男衆《おとこし》らは、江戸からの旅人に浦賀辺の様子を訊いて回り、男衆らが仕入れた報を聞くため村人たちは用もないのに上町《かんまち》を訪《おとの》う。若い衆は付け焼き刃の武術稽古に精を出し、有事の折の心構えを諭す講も賑《にぎ》わっているという。不安に覆われているはずの藪原であるのに、あたかも祭りのごとく活気づいていくのが不思議であった。

櫛木選りを終えた帰り道、太吉と話すこともなく街道を行きながら黒船のことをあれこれ思い渡すうち、ふと、蔦木屋の茂平を訪ねてみようかと考えが湧いた。かつては直助を知った旅人が宿を訪れるたび律儀に報せに来てくれたが、ここ二年ほど顔を見せていない。もしかすると村の櫛職人たちと同様に、茂平もまた自分たち一家を避けているのではないか。直助の描いたものを持った旅人があっても、報せるのをよしてしまったのではないか、そうした恐れが登瀬の内に長らく燻《くすぶ》っていたのだ。異人船のことを口実にすれば、それとなく直助の草紙のことを訊けるかもしれない――。

思い立ったら気が急《せ》いて、明くる日登瀬は板ノ間を少し早く退かせてもらい、上町に走った。日が長くなったせいか、七ツ半を過ぎたにもかかわらず街道には人が出ており、途中、顔見知りの女房数人とすれ違った。登瀬はそのたび声を張って挨拶したが、向こうは大抵きまり悪そうに目を伏せる。かつては気安く冗談を言って寄越したのに、今やその目には憐れみの色しか見えない。おかしな父親によって板ノ間に閉じこめられ、女の道を閉ざされた者への憐れみなのだった。

上町では、旅籠《はたご》の前に立つ看板女たちの威勢のいい呼び込みが盛りを迎えていた。右から左から、こだまのように響き合う声をくぐって蔦木屋の裏に回る。そこにいた丁稚《でっち》に自らを名乗り、茂平を呼んでほしいと言伝《ことづて》た。「へい」と腰を落として小僧が裏木戸に消えた後、名乗らぬほうがよかったろうか、自分のような者が訪ねては迷惑になるのではないか、と一条の悔恨が射す。が、すぐに、そんなふうに思った己の卑屈さを打ち消して、背筋を伸ばした。

けれど、裏木戸はなかなか開かぬのだった。居留守を使われていたら、とまた疑心がかすめたとき、

「待たせてすまんのう」

すぐ後ろで声がした。振り向くと、茂平が立っている。

「外に出てたもんでな、中を通らずに路地を抜けて来たんだが」

人柄のよさがにじむ、いつもの笑みである。

「遥《はぁる》かぶりだのう。どうしとるかと思っとっただに。息災でおったげ?」

まっすぐに訊かれて、登瀬は目の奥が熱くなるようだった。これほど真《ま》っ新《さら》な笑顔にも、親しみのこもった言葉にも、長らく縁がなかったことを思い知らされた。登瀬の身に起こったことを茂平は知らぬのかもしれない。いや、知っていて知らぬ振りを通しているのだろう。宿に働く者たちは、下世話な詮索を控えるものだ。

「ええ。まめにやっとるだんね」

登瀬も以前と変わらぬ笑みを返す。

「そだがぁ。なら、よがったで。このところ直助を訪ねてくる者ものうなったでな、わ

れにも報せに行けんだで、すまんのう」

「そんねなこと言わんでくろね。もう直助が逝って何年にもなるだもの」

にこやかに応えながらも、直助の残した草紙があれきり出てきてはいないと知って、ひそかに肩を落とす。かつて宿を訪れた小間物屋の若者が見せてくれた、「長い話になる」と直助が語った草紙がすべて出てくることはもうないのかもしれない。

「このところの異人船の騒ぎだで、街道筋もえらい慌ただしいずら。誰もかも草紙どころじゃないようだぜ」

茂平は朗らかに言ってから、慌てた様子で「直助の草紙がつまらんものいうことではないだでな」と、上目遣いに繕う。登瀬は笑みを浮かべて、かぶりを振る。童《わっぱ》が描いていた草紙と、天下を揺るがす黒船とではその重さを比べようもないのだ。

「異人船いうのはどんねな船だ？」

「さぁな、いろいろに言われとるだが、なにしろメリケンいう遠国から来たいうだにそれは大きな船なのだわて」

茂平は首をすくめる。

「なんだっちゃ浦賀まで来ただがね」

「はてなぁ。おらも客の話を聞きかじるだけだで、確かなことはわからんだども、なんでも異人たちは御公儀に、国を開いて交易をせよ、と訴えとるいうぜ。船の大筒は陸地に向けて据えられとるだでな、もし御公儀が首を縦に振らねば、大筒を撃つつもりかもしれんだが」

鳥居峠と神谷峠に囲まれた内で育った登瀬には、その光景を思い浮かべることすら難儀なほど途方もない話だった。

「まさか、戦《いくさ》になるようなことはないだがね」

「さあな、おらもそこまではわがらん」

「戦になったら、異人はここまでやってくるだかね？」

辺りをはばかり小声で訊くと、茂平は小さく噴き出した。

「われ、そこらで異人が聞き耳立てとるとでもいうような顔だで」

そのとき、閉《た》ててあった裏口の戸が荒い音で開き、年若い男衆が顔を出した。

「あの、表、掃き終わりました」

勢い込んだわりには、陰気な声で告げる。

「いちいちおらに言うこだねぇ。黙って次の仕事すろえ」

慳貪《けんどん》に返す茂平の様子から、この若者の旅籠での受け入れられ方が透けて見えるようだった。彼は「へえ」と低く応え、背を向ける。その動作の中で素早く登瀬に目を走らせた。油断のない山猿に似たその動きには見覚えがあった。男衆もハッとした顔でわずかに立ちすくみ、しかしなにも言わずに勢いよく戸を閉めて姿を消してしまった。

「こらっ、源次っ。静かにやらねがっ」

戸の向こうに茂平が怒鳴る。

——源次……あの子だが。

直助と一緒に草紙を売っていた童である。だが源次は、鳥居峠の茶屋にいた時分とはまるで趣が違っていた。髷《まげ》や着物も整い、あれほど小さかったのに背がずいぶん伸びて、そのせいか歳よりずっと大人びて見える。薄暗い陰を宿した目にぶつからねば、垢染《あかじ》みた着物をだらしなく着て、瘡蓋《かさぶた》を掻《か》きむしっていたあの源次とは気付かなかったろう。

——直助も生きておれば、あんねな若者になっとるんだな。

つい重ね合わせてしまい、登瀬は静かにうつむいた。

「一年前にうちに来たんだが、しょうがねぇ奴だで。仕事の飲み込みは速《はえ》ぇんだが、愛想もへったくれもねぇ。崎町の出だで、どっかで世を僻《ひが》んどるだんね」

茂平が苦々しく語る側で、登瀬は源次が消えた戸口を見詰める。あの子もまた、生まれ落ちた場所を生涯背負って生きていくのだ。そう思った途端、太吉の吐いた「漬物石」という言葉がぶり返して胸苦しくなる。

仕事に戻るという茂平を、「ありがとえ」と見送って、登瀬は街道を下っていく。ゆるゆると下駄を転がしながら、土地に根付くことと土地に囚《とら》われることの違いを思う。幼いときから休まず、床が窪《くぼ》むほど同じ場所で櫛を挽いている父は、囚われているのだろうか、それとも根付いているのか。いくら考えても吾助は、そのどちらでもないような気が登瀬にはしていた。

二

極楽寺の四万六千日詣を済ませると、先祖を迎えるために家に精霊棚を設《しつら》える。女郎花《おみなえし》や桔梗《ききょう》を摘んで棚に備え、茄子《なす》で作った馬を門口に置く。七月の十三日には一家で直助と先祖の墓に参り、夜が更けてから軒に燈籠を吊《つ》るした。闇に点々と灯《あか》りが浮かぶ様は幻のようで、登瀬は長い刻、年に一度の幽玄な光景に見入っていた。けれど今年はその間も、街道を行く気忙《きぜわ》しげな旅の者が絶えることはないのだった。

黒船は七月に入る前に浦賀を去ったと聞くが、騒擾は未だ収まらないらしい。通行は増える一方、しかも二本差しがやたらと目立つ。これまで牛を引いてのんびり旅する行商人や修験者が多かっただけに、武士たちの無骨で性急な足運びはいたずらに不穏を撒き散らした。

世情の不安を吹き飛ばそうという目論見《もくろみ》か、翌日に行われた肩組祭《かたくみまつり》は例年になく賑わった。若い男女が頰被りして一晩中踊りながら村中を練り歩き、祖霊をお迎えする祭りであるから、ただでさえかしましく活気があるのだが、今年は他村からも大勢見物人が訪れて、街道筋だけでなく裏路地にまで人が溢れるありさまである。
喜和も祭りに加わると言って、夕刻には太吉と一緒に出ていった。登瀬は人いきれが苦手であったし、肩組祭に交わるには薹《とう》が立ち過ぎていることもわかっていたから、大人しく家にいて板ノ間で仕事をした。

〽踊りを踊らば　歳の神ござれ
清し水よし清し水よし男よし
わたしゃ寺町のとっけさの倅《せがれ》
いくらつんでもいくらつんでもねっから痛くない
扇子投げたに届いたか

遠くに歌声を聞きつつ、櫛に粒木賊《つぼどくさ》を滑らせる。かたわらには父の歯挽《はび》き鋸《のこ》の拍子がある。先の見えぬ世情や自分の将来への虞《おそ》れも、この板ノ間にまでは及ばぬと思えば少しく気がくつろいだ。

〽鳥居峠が海ならよかろ
かわいあの娘とかわいあの娘と舟で越す

踊り踊るなら品良く踊れ
品の良い娘を品の良い娘を嫁に取る

その晩、喜和は帰ってこなかった。

翌朝、朝飯の粥《かゆ》をよそいながら母が、

「ひと晩、家さ空けるだなんて、嫁入り前の娘がなにしとるだが」

と、尖《とが》った声を出した。

「寝ずに寺院に参る祭りだもの、ええだが。それに太吉と一緒だで心配ないだに」

登瀬が庇《かば》うと母の顔はいっそう曇った。喜和が太吉と所帯を持つことを、松枝は受け入れたくないようなのだ。太吉の家の貧しさをなにかと持ち出し、吾助ほどの腕を持つ櫛挽の家に入る者としてはふさわしくないと常々口にする。登瀬が櫛挽として吾助の跡目を継ぐことは母の考えにはないらしく、誰を婿にし、どんな男に跡を任すか、日々頭を悩ませているのだった。

ちょうど膳が済んだ頃だ。太吉がやって来て普段と変わらぬ様子で板ノ間に入った。それを見つけた松枝が、

「われ、喜和と一緒じゃなかったんげ?」

と訊く。太吉はとっさに意を汲《く》めぬふうだったが、ややあって「え?　まだ帰ってお

らんのですげ」と表情《かお》をこわばらせた。

「なに言うとるの！　こっちはてっきりわれと一緒だと思うてよ」

ここに至って登瀬も青ざめた。何事かに巻き込まれたのではないか。若い娘が肩組祭の混乱に乗じて男らにさらわれ、山の中で手込めにされるような話は珍しくないのである。

「途中までは一緒で、だども、昨夜のうちにもう帰る言うてひとりで歩《あい》いて……人込みで見失って……」

太吉のはっきりしない物言いに、松枝は箸を叩き付けた。

「そんねにいい加減《につすい》なことしてええと思うとるだがねっ。娘ひとり、祭りん中に置き去りにして、よう平気な顔しておられるね。喜和とはぐれて、われ、ひとりで家さ帰っただか？」

「だども、喜和が……」

「なにを馴《な》れ馴《な》れしく呼び捨てにしとるだが。われはうちに雇われとるんだよ。うちで食わしとるんだよ。喜和はわれの師匠の娘だが。それをよう、そんねにのうのうとしておられるだんね」

母は、ささくれだった言葉を容赦なくぶつける。太吉は顔を真っ赤にして押し黙り、見かねた吾助が「やめねが」と松枝を制した。

「おら、捜しに行ってきますで」

太吉が戸間口をくぐりかけたときだ、喜和がひょっこり戻ってきたのである。何食わぬ顔で敷居を跨ぎ、大儀そうに伸びをした。

「われっ、今までなにをしとったがね」

怒鳴ったのは、母でも父でもなく太吉であった。喜和はそれを鼻であしらい、「片付けものはおらがやるだで」と、勝手場に入る。

「今までどこをほっつき歩いとっただが。われは娘だで、こんねなこと許されんだで」

母は、竈《くど》の前に立った喜和の襟首を摑《つか》まんばかりにして声を投げた。振り向いた喜和の目には険しく哀しい色が宿っていたが、それはほんの束の間で、口角をぎこちなく上げると、

「久しぶりに咲ちゃんに会ったげ、つい話し込んで夜《ようさま》が明けてしまっただけだがね」

と、軽やかに答えた。咲ちゃんというのは喜和の幼馴染《おさななじ》みだが、すでに所帯を持っていて肩組祭に出てくるとは思えなかった。みなが押し黙る中、喜和はひょいと甕《かめ》の中を覗《のぞ》き込み、「水、汲んでくるえ」と言い置いて、手桶《ておけ》とともにさっさと姿を消してしまった。登瀬も母も、また太吉も、煙に巻かれたようになって、喜和の出ていった戸間口を声もなく見詰める。

「おい、仕事すろ」

吾助の声で我に返り、登瀬は慌てて板ノ間に入る。喜和の朝帰りのことも、それきりになった。

太吉が人が違ったように寡黙になったのは、この頃からだ。もっと言えば粗暴にもなった。とはいえ、もとから気のいい若者とは言えなかったし、肩組祭のあとしばらくは、極楽寺に施餓鬼《せがき》を聞きに行ったり、送り火を焚いたりと村の行事が重なったせいで、登瀬がそれと気付いたのは九月も半ばになってからのことだ。その頃には太吉は辺りをはばからず投げやりな態度をとるようになっており、寸法取りをしくじった折など、櫛木を台に叩き付ける真似までした。吾助が叱ってもろくに謝りもせず、かえって恨みがましい目を向ける始末である。

板ノ間が意味なく荒れていくのに耐えかねて、登瀬は仕事を終えて家に帰る太吉を追いかけ、「なにかあっただが?」と問うたのだ。太吉は立ち止まることもしなかったが、しつこく付いていって問い続けると、八幡様に差し掛かる辺りでようよう足を止めた。そうして背を向けたまま、

「おら、じきに吾助さんとこ辞めるだで」

意外なことを打ち明けたのだった。あまりに唐突で、登瀬は理由《わけ》を訊くより先に、

「辞めてどうするね」

と、その将来《さき》を案じた。と、太吉は鋭く振り向き、叫んだのだ。

「別に、われんとこにおらんでも、おらは生きていけるだが。われやんの一家にすがって、おこぼれにあずかって生きてきたわけではないだに」

「……そだぁこどは言っとらんずら」

登瀬は継ぐべき言葉も見つからぬまま、無言で歩き出した太吉の背に従う。

どうして急に辞めるなどと言い出したのだろう。吾助の跡を継ぐ気でいたはずではなかったか。三次屋や村の櫛師たちの、吾助に対する冷ややかな目がたまらなくなったのだろうか。そこから逃れたくなったのだろうか。家族でもないのに、自分たちと一緒くたにされることが我慢ならなくなったのではないか——。さまざまに浮かんでくる憶測に揺り動かされている間に、太吉は突然駆け出して、下横水を越えるや路地へと入り込んで見えなくなってしまった。

このことがあって十日も経たぬうちに、太吉は本当に「暇をもらいたい」と吾助に告げたのだった。吾助は顔を曇らせ、松枝は喜色を浮かべた。水汲みから戻った喜和は、太吉の辞めることを聞いても「そうね」と至って素っ気ない。登瀬と松枝は顔を見合わせたが、なにを訊くこともできなかった。遠慮や気遣いからではなく、今の喜和は何者をも寄せ付けぬ厚い壁に囲まれているようで、容易に踏み込めないのである。

太吉はその月の末日に、なにかに追われるようにして板ノ間を退いた。吾助に一通りの挨拶を述べ、持ってきた頭陀袋《ずだぶくろ》に道具一式を放り込むと、登瀬や喜和とは目を合わせることさえなく原町へと帰っていった。

太吉を欠いた板ノ間はやけに広く感じられたが、寂しさよりもむしろ、風通しの良さを登瀬は覚えた。これからは、太吉を慮《おもんぱか》って気兼ねせずともよくなるのだ。ただ父の技を追いかけて堂々と精進できるのだ。人手が減った分、日にこなさねばならぬ仕事は増えるだろう。松枝や喜和が手伝う粒木賊掛けを除けば、他すべてを吾助と登瀬だけでこなさねばならない。もう吾助の弟子にしてほしいと頭を下げに来る者は、この村にはいないのだ。それでも朝から晩まで父の技を独り占めできることは、登瀬にとってなにも代え難い喜びなのだった。

夜更けの板ノ間で、父に言った。

「おらが今までの倍、励むだげ、安心してくろね」

毛羽取りをしていた吾助は手元に目を落としたまま、

「なんも、案じてはおらん」

と、はっきり返した。そのひとことで、登瀬の胸をざわめかしていたあらゆる危惧は跡形もなく霧散した。

十月に入ると、浦賀に続いて長崎にも露西亜《ロシア》船が来航していたらしい、という話で村は持ちきりになった。

雪が深くなる時節であるのに街道は人が絶えず、もののしさが板ノ間に伝ってくるのを厭《いと》うて、いつもは一段を障子にしておく人見戸をこの頃はすべて閉め切っている。そのせいで家の中は昼というのに真っ暗で、家族揃《そろ》っての昼飯の折も燭台《しょくだい》に火を入れねばならなかった。

「嵐の日みたいだなし」

こうして家族だけで一所にこもっていると、得も言われぬ安堵《あんど》に身が浸されて、登瀬は茶漬けをすすりながら他愛ない話を口にする。

「昔はよーぐこうして風の過ぎるのを待っただが」

珍しく吾助が応えた。登瀬は無性に浮かれ、

「母《かっ》さまが甘酒作ってくれたこともあっただなし。特に美味しく感じただんね」

言うと松枝も久方ぶりに顔を綻《ほころ》ばせ、「直助がはしゃいで……」と言いさすも一旦口をつぐみ、

「登瀬が一度、鍋をひっくり返したことがあっただなし」

と、話を変えた。

「こんまい頃の話だで」

登瀬は膨れっ面を作ってみせる。

「早ぐ飲《はい》もうと、慌てて運ぶからだで。あのときは甘酒なしになったな。な、喜和」

母が言ってはじめて喜和は膳から顔を上げたが、それには応えず、登瀬の顔をひょっと見て冷笑を浮かべた。

「姉《あん》さん、なんて顔しとるんだなし。童っ娘でもないに甘ったれて……。おれやんはもういい歳だで。立派な行き遅れだでな」

登瀬は耳まで赤くしてうつむき、松枝も興ざめした様子で押し黙った。座には、おのおのの咀嚼《そしゃく》の音だけが満ちていく。

「そうだ、おら、父《とっ》さまに言わねばならねことがあるだんね」

思い出したように喜和が言った。喜和から父に話があるなど、はじめてのことである。吾助は箸と椀を置き、「なんだ」とまっすぐ喜和に向いた。すると喜和はまるで世間話でもするように告げたのだ。

「おら、約束した人ができたがね」

登瀬は意を汲めずにいた。父も母もただぼんやりと顔を見合わせている。家族の鈍さに焦《じ》れたふうに、喜和は性急に言葉を継ぐ。

「嫁さ行ぐんだ。そんねな人ができたんだがね。近く、挨拶に来るで会ってくろね」

「嫁さ行ぐて……」

母が惚《ほう》けた声を出す。

「なにをいきなり言い出すだ。太吉か？　太吉とそんねな約束をしとっただか？」

「まさか。太吉なんぞ。あんねな男と一緒になっても抜け出せんだが」

抜け出せるいうのはなんね、と登瀬が訊くより早く、喜和は続けた。

「宮ノ越の人だ。旅籠の次男だで。兄さと家を手伝《てつど》うとるんだわて」

「宮ノ越？　隣の宿じゃまいか。そんねなこど勝手に……嫁す先を勝手に決めてくる娘がどこにおるだ」

母がうろたえるのも無理はなかった。普通に考えれば、冗談としか聞こえぬ言い条なのだ。村で恋仲になる男女は多くあったが、そのことと所帯を持つことはまた別の話だ。結婚は家と家を結ぶものであって、親が勧める縁談か、村の世話役が運んでくる話に従うのが習いである。当人同士の一存で決めるなど、しかも親にも相談せず娘が嫁入りを決めてくるなどという話は聞いたこともない。

「勝手に決めでもせねば、おらは一生嫁に行けんでな。順番守って、姉さんが嫁すのを待っとったら婆さんになってしまうずら」

いつから喜和は、これほど棘《とげ》のある物言いをするようになったのだろう。登瀬はゆえなく自分に向けられた嘲《あざけ》りよりも、喜和自身を突き刺すようにして繰り出される言葉に、なにより傷ついていた。

「どんねにして宮ノ越の者を知っただか。われとはなんの縁もないはずだがね」

声をなくした母に代わって、父が訊く。

「肩組祭で会《お》うたんだが」

松枝が、手にしていた椀を取り落とした。肩組祭は、若い男女の出会いの場でもある。因習に縛られている村人たちが羽目を外す数少ない機会であり、一夜限りの契りを交わす者もあると聞く。だが、そんな場で知り合った、しかも他郷の者と一緒になるなぞ、村で笑いものになるような所業でしかない。

「先様はどう言っとるだがね」

父はそれでも、いつもの拍子を乱すことなく淡々と問う。

「向こうはその気だ。親御さんにも話をしてあってな、喜んどると。相手ももう二十五だで、早《はい》ぐ嫁をとらねばと慌てとったんだが」

「あちらの家にわれが入るだな？」

「それはそうだ。女は嫁いでいぐものだで」

「われはそれでええだか？　その男と生涯添い遂げる覚悟はあるだか」

喜和の面《おもて》に深い陰が差した。それきり黙り込んでしまった妹に、登瀬はただ、見知らぬ者に接するような目を向けることしかできない。薄暗い屋内には、灯心の燃えるジリジリという音だけがある。誰もが思いを表に出すことさえできず、身を硬くしていた。家族であるのに、長年この家で暮らしを共にしてきた者同士であるのに、それぞれの間に等しく通っているものはなにひとつないように感じられた。

「この家のことはどうするつもりね。われが他に嫁して……どうして家を続ければええだがね」

母の震え声が、長い沈黙を心許なく裂いた。

「もう、直助はいないんだよ」

それは果てない呪文のようにも、終わりのない呪詛《じゅそ》のようにも聞こえる。同時にいつも、自ら吾助の技を継ぎたいと願う登瀬の心を切り刻んできた言葉だった。喜和の、蠟《ろう》のごとく白い顔がゆっくりと上がる。静かで凜《りん》と澄んだ声が吐き出される。

「この家のこどさ考えねばならんのは、おらではね。姉さんだ。おらには関わりねぇこどだんね。おらは櫛挽くこどもできんしな」

深い川底に潜ったら、こんなふうにひんやりとした場所があるかもしれない、と登瀬は思い、それこそが直助の死んだ場所であるかのような錯覚を抱く。目の前の現実《うつつ》から気が逸《そ》れていくのを止めることもできず、登瀬は居すくまっているよりなかった。その間に喜和はさっさと椀を重ね、膳を流しへと運ぶ。母は、喜和を引き留めようとでもしたのか腰を浮かし、けれどひとことも発することができずにくずおれる。背を丸めているせいか、老婆のように小さく見える。父は大きく息を吐いてから立ち上がり、黙って板ノ間に戻った。

喜和が椀を洗う音が立ちはじめる。水音に、かすかに鼻歌が混じっているのを聞いて、登瀬の肌は粟立《あわだ》っていった。

その晩、一家は、喜和の嫁すことについてなにも話し合わなかった。夕飯《ようめし》の折も、寝支度の間も、いつものように陽気や櫛の話をして過ごした。あれほど他所《よそ》の土地へ行くのを恐れていた喜和のことだ、宮ノ越に嫁すというのはただの世迷い言だろう、なにか気に障ることがあってそれでみなを困らせようとして吐いた嘘だ、ひと晩経てば消えてなくなると、みなどこかで思っていたに違いなかった。少なくとも登瀬は、そう信じていたのだ。

翌朝も変わらず、いつも通りの刻に板ノ間に入った。程なくして吾助も盤《ばん》の前に座り、歯を挽きはじめる。登瀬は寸法取りをしながら、心地よい鋸の拍子に心を添わせていく。

「宮ノ越のこど、本気だが？」

一刻ほど経ったところで、勝手場から母の低い声が聞こえてきた。普段は板ノ間に入ると櫛挽く音以外のすべてを遮ってしまう登瀬の耳がその声を拾ったのは、それでも喜和のことが胸に引っかかっていたからだろう。

「本気ずら。昨日《きんの》、言うたげ。向こうとも話がついとることだで」

きっぱりと喜和は返す。

「そんねな勝手はいくらなんでも許せね。な、もう一度考え直してくろね」

「もう決まったことだに」

喜和の口調はあくまで朗らかだ。けれどその芯に、鉄のように固くて冷たい場所があるのを登瀬は感じとっていた。

「婿ならば、おらが必ず見つけるだで、な。縁談は親が決めるもんだ。村の者でええ相手を探すで。な、それが習いだで」

「親を当てにしてもどうもならんでな。おらが勝手に決めでもせねば、一生涯、嫁には行けんのだわて」

「したって、なんも肩組祭で会ったような、しかも他所の村の男と所帯を持たんでも……」

「だったら訊くがよ、藪原でおらが嫁に行ける家があるだか？　おら家《い》のことはみな、変わり者としか見とらんよ。それでまともな嫁ぎ先があると思うだか？　村の者がおら家を、なんと噂しとるか知っとるだか？　娘より櫛さ大事にしとる家だと、そう言うとるんだよ」

「われは、なんてことを言うだね……」

母の声は擦《かす》れていた。

「直助が死んで父さまはおがしくなった。娘をいづまでも手元に置いて、直助の代わりに櫛を挽かせとると、みな言うとるだんね。村中から白い目で見られとる家の娘をもらおういう家がどこにあるだが。おら家と一緒に嗤われることになるのをわがっとって、誰が嫁にもろうてくれると思うだがね」

　登瀬の木口を削る手が、自分でも気付かぬうちに止まっていた。慌てて鉋を再び動かし、それとなく吾助を窺《うかが》う。父は表情ひとつ動かさず、櫛木に向かっている。

「だども、おらにとっては藪原で嫁に行ける家がねがったことは、幸いだった。おらはなにより、この村さ出るこどが目当てだったげ。誰もおらのこど知らん土地で生きていくんだが」

　喜和の声が、次第に鋭さを帯びていく。

「そんねなこどを、おなごが考えてはいかんのだわて」

　反対に母の声は次第に弱く、不確かになっていく。

「おなごの道は昔から決まっとるだがね。己で見つけるものではないだんね。ええが、喜和。おなごはよ、親が勧める縁談に従って、嫁いだ家を無心に守っていくのが役目だが。おらはずっとわれやんに言って育ててきたはずだ」

「それは耳さ痛ぐなるほど聞いてきただっ」

　喜和の金切り声が、母の言葉を遮った。

「ならば訊くが、母さまはおれやんを守ってくれただか？　家を守れたと思うとるんかね？」

いつしか櫛挽く音が消えていることに気付き、登瀬は慎重に吾助に向く。父の手が止まっていた。端から端まで百二十の歯を挽き終わるまでけっして止まることのなかった手が命を失ったように歯挽き鋸にもたれかかっている。

「母さまは、なにひとつ守っとらんよ。家のこど、なんも守れとらん。直助のこどにしたって守れなかったでねぇか。おらのこども……」

登瀬はとっさに土間に飛び降りた。勝手場に駆け込み喜和の袖を引くまではしたが、場を収めるにふさわしい言葉はなにひとつ出てこない。

「おらは、こんまい頃から家に、家族に、守られたいう覚えがないんだわて。ずっと婢女《はしため》みてぇに煮炊きの手伝いをさせられてきただけだ。家族のひとりではなくて、ただの人手だ。おらがなにを考えとるか、どうしたいか、どんねな気持ちでおるか、うちの誰も気にならんのだわて。直助のいた頃は父さまも母さまも直助にかまけてよ、いねぐなった後も母さまはずっと直助、直助でよ。はなから、おらの居場所はこの家のどこにもないんだが」

喜和が登瀬の手を払って叫んだ言葉を、母は黙然と受け止めている。どうかすぐに、「それは違う」と言ってくれぬかと、祈る気持ちで登瀬は母を見詰めていた。われのことはいづも気に掛けとった、人手なんぞでなく大事な娘だ、と。喜和がどれほど母を慕っていたか。いかに母に憧れ、母の考えや在り方を受け継ぎたいと願い、その生き方をなぞろうとしていたか——どうか喜和の深いところにある思いを汲んだ言葉を掛けてくれぬかと一心に願っていた。そうしながらも、登瀬が日々板ノ間で享受していた櫛挽く悦《よろこ》びとは無縁のものが、同じ家の中に積み重なっていたことにおののいていた。登瀬の知らぬそれら心思《しんし》が、膨らみ過ぎて崩れ、今この家に荒々しく渦巻いているという事実に、頰を打たれたのだった。

「それが……おらのせいだと言うだがね」

母は、思いもよらぬ言葉を娘に放った。その顔にも声にも憤りが宿っていることに、登瀬は愕然《がくぜん》とする。おそらく喜和は、登瀬とは比べものにならないほど深い傷を負うたはずだった。

「おらが悪い言うだかね？　直助が死んだのは、おらが守らなかっだからだと言うだがね」

「母さま、喜和はそんねなこと言っとらんだに。な、喜和」

登瀬が割って入ったが、母も喜和も、登瀬がそこにいることにすら気付かぬ様子で睨《にら》み合っている。

「母さまは間違っとる。ずっと間違っとる。家のこどなど、なにひとつわがっとらんのだわて」

諦念に湿った声が、喜和の口から漏れた。

「おらはこれまで生きてきて、家族に救われたこども助けられたこどもねがった。気持ちが辛いときに話を聞いてもらえたり、困ったときに導かれたり、そんねなこどは一度もねがった。この家におる限り、おらは死んどるも同じだ。直助よりもっと死んどるだに」

「やめねが」

太い声が響いた。父が板ノ間を降りて、ふたりを引き離したのだった。

「そんねなこど、互いに言い合ってはなんね」

喜和と母が、すがるような目を父に向ける。だが吾助は、それ以上言葉を重ねることをしない。慰めたり取りなしたり、理由を言い添えることをせぬのが父なのだ。櫛挽きの技を登瀬に伝えるときでさえ、ひとことふたこと口にするだけなのである。けれど吾助のそうした呼吸は、板ノ間にいる刻の少ない者には摑みづらいのだろう。

「まずはその男さ連れて来《こ》。それからだ」

父が告げた途端、喜和の面《おもて》に射した陰がまた一段、濃くなった。

登瀬には、父の言わんとしていることがよくわかる。喜和が決めたことであるなら思うままにするほうがいい、この家に縛り付けようとは考えていない、ただ、相手がどういう者か親として見極めねばならんから会わせてほしい、そう言っているのだ。子供たちが自ら選んだ道を、父はなにより尊ぶ。だがそれも喜和には、娘をすっかり見放し、なんら期待をしていない親の、冷めた物言いにしか聞こえなかったのかもしれない。

「もちろんだわて。向こうも話を進めたがっとるだでな。こんねな家にいづまでもおらんで、早《はい》ぐこっちさ来いと言うてくれとるんだわて」

切り返した口調には、おびただしい棘が含まれていた。

「話がまとまったらおらはすぐにでも、ここを出て行ぐ。今までのすべてを捨てて生きるんだわて」

「われは……なんてこと……さっきから親をなんだと思っとるんだがね。こっちはどれだけ苦労してわれやんを育ててきたかっ」

これまで見せたことのない剣幕で母が怒鳴った。

「母さまはいっつも自分のことばっかりだなし。自分のことが大事でしょうがないんだなし」

喜和は首筋まで赤くして細かに震えている。

「おらがなにより逃れたいものがわがるか？　心の底から逃れたいのが、なんだかわがるか？　母さまだ。なにより母さまから逃れたいんだわて。おらは牛や馬《うんま》とは違うだでな。母さまの都合のいいように動かされてはかなわんだげ。母さまの思う因習で雁字搦《がんじがら》めにされるのももう耐えられんのだわて。おらは一刻も早ぐ母さまと離れたいんだ。これ以上母さまといたら、おらは本当に死んでしまうだが」

ひと息にまくし立てると、ワッとその場に泣き伏した。土器《かわらけ》を擦り合わせたような声だった。父も母も、泣きじゃくる娘を前に立ちすくんでいる。母の、襷《たすき》がけした袖から覗いた腕は、向こうが透けて見えるのではないかと危ぶまれるほどに白かった。ああ、母の肌は喜和と同じなのだなと今更ながらに気が付いて、登瀬はそっと家族から目を背けた。

三

宮ノ越で旅籠を営む家の次男坊だというその男は、通された囲炉裏端で土産の包みを抱え込んで小さくなっていた。肩組祭で馴染んだというからどんな遊冶郎《ゆうやろう》かと身構えていたのだけれども、会ってみれば拍子抜けするほど朴訥《ぼくとつ》とした若者であった。まるで清水だけで育まれたようだなし、と登瀬は竈の前から遠慮のない視線を男に向ける。

吾助が板ノ間から囲炉裏端に移って腰を下ろすや、男は冬瓜《とうがん》のように大きな顔に汗を浮かべて、「このたびはまことに、どうも、お日柄もいい中で」と不得要領な挨拶をした。実家《さと》から持たされたという干菓子をしゃちこばった動きでかたわらの松枝に渡し、ずんぐりと大きな身体を折りたたむように縮める。登瀬は湯を沸かしながらも、男の一挙手一投足から目が離せずにいる。喜和も座には加わらず竈の近くにいて、隅のほうで身を硬くしていた。

男は自らを豊彦《とよひこ》と名乗ってから、実家は奉公人が二十人ほどいるそれなりに大きな旅籠であること、朝から晩まで仕事に追われるが人並み以上の暮らしはできるということ、家族みなが喜和を心待ちにしていることなどを吾助に伝えた。けっして口はうまくなかったが、それがまた誠実さを裏打ちしているようで好もしかった。茶を淹《い》れ終えて登瀬は、

「われ、持ってぐか？」

と、相変わらず息を詰めている喜和に訊く。喜和は小さくかぶりを振り、口を引き結んだ。登瀬は「心配ないだで、な。父さまもわがってくれる」と妹に声を掛けてから、盆を手に囲炉裏端に移る。

「それで、あのっ……」

と、豊彦がちょうど身を乗り出したところであった。話を邪魔せぬよう、そっと茶碗を置いたのだが、彼は尻を浮かせたままの格好で首をひねり、「あ、姉さんですな」と、頭を下げた。その首の突き出し方が櫛木を運んでくる牛とよく似ていて、登瀬の口元が勝手に弛《ゆる》む。いけない、大事な話をしとるのに、と咳払《せきばら》いして笑みを追いやる。豊彦は吾助に向き直り、最前よりは幾分落ち着いた様子で切り出した。

「肩組祭で会《お》うたというきっかけは、汗顔にございますが」

それでも、堅苦しい口調はそのままである。

「だども一目で見初めた、その心はまことにございます。どんねにしても一緒になりたいと思いまして、不躾《ぶしつけ》なのは承知でこうしてお願いに上がりました」

吾助は頷くだけで、黙っている。豊彦は、己の緊張を逃すためか矢継ぎ早に言葉を継ぐ。

「おらは今年で二十五になります。いい歳まで嫁をもらわんでいるのを怪しまれるかもしれませんが、ただ喜和さんに会うまで嫁をとることに考えがいかんだったもんで」

「なんだっちゃ考えがいかんだった」

ようよう吾助が口を開くと、豊彦の身体が鞭《むち》で打たれたように反り返った。

「あの……なんと言うたらええか……ひとことで申しますと、家業が面白うて他に気がいかんかったのです」

申し訳なさそうに答えて、彼は首をすくめる。

「おらは器用ではないだども、旅籠の仕事が面白うて、そればっかりに夢中でおって」

そこで、大きな音を立てて唾を飲んだ。

「仕事いうてもたいしたものではないげ、こんねなこど言うと笑われるけが、掃除するのも厨《くりや》を回していぐのも覚えることは山ほどありましてな。親も兄さも手取り足取り教《おせ》てくれるようなことはしませんげ、己で見て覚えていぐんだなし。顔が映り込むまで床を磨く法や、夜着の干し方から、配膳の仕方。自分なりに工夫《かんこ》すて、人よりうまいやり方を思いついたときなんぞうれしくってなぁ、誰にも言わんでおこうと思うとるのについついみんなにしゃべってしもうて」

　だんだんと豊彦の頬が紅潮していく。目が大きく見開かれ、雪解け頃の横水のように光り出す。

「近頃では、厨の回し方を任されるようになりましてな、客の数に合わせて差配をするんですげ。それがまた……」

　豊彦はそこで息を呑んで、話を切った。紅潮した顔がみるみる青くなる。

「すんません。おら、つい夢中になって、宿のことばっかり……。そんなな話で来たんではないだども」

　しおしおとうなだれる。同時に吾助が大きく頷《うなず》いた。それから豊彦に向かい、柔らかく告げた。

「おらはええ。われと喜和がよければ、否《いな》やとは言わん」

　豊彦が「え？」と目をしばたたかせ、松枝が「あんた」と諌《いさ》めるように耳打ちする。

　それらすべてを受け流し、

「喜和をよろしゅう頼みます」

　父は豊彦に深々と頭を下げた。はあ、と腑《ふ》抜《ぬ》けた息を吐いた豊彦に松枝はにじり寄り、

「あのなし、おめがうちに婿に入るいうことは考えられませんじゃろうか？」

と、持ちかけたのを、吾助は素早く制して、

「これでええ。この人のもとに喜和が嫁ぐのが一番だで」

と告げたのだった。父の言い条には諦念らしきものの欠片《かけら》も見えなかった。豊彦への満足が宿っているようにさえ感じられた。豊彦はまだ狐《きつね》につままれたような顔をしている。その横顔を見ながら、喜和はこの人によって解かれていくのだな、と登瀬は強く思っていた。


そこからは、とんとん拍子に運んでいった。

十一月の熊野宮御火焼《おひたき》までに両家が顔を合わせ、大師講《たいしこう》が終わり次第、喜和が宮ノ越へ越すという段取りが組まれたのである。

もともと悪目立ちしない娘であったから、喜和の縁談は近所の女房連の口にもほとんど上らず、またこの頃では吾助を腐すのにも飽いたのか、もっぱら村人たちは登瀬の一家を話題にせぬことで関わりを避けていたから、わざわざその家の娘の縁談に首を突っ込もうという物好きなどいなかった。

にもかかわらず松枝は、街道筋や井戸端で顔見知りに会うや、訊かれもしないのに娘の嫁入り話を持ち出すのである。下手な噂が流れる前に布石を打とうとでもいうのか、

躍起になって口を入れた。

「まぁ、この頃の若い者は相惚《あいぼ》れで一緒になるだんね。なんでも婿さんが、ずっと喜和のことを思い詰めてたんだわて。他郷の者だで、そうそう藪原にも来られんだが、商いにこっちへ来た折に見かけてから忘れられなくなったいうてな。あまりにけなげでうちも仕方のう首を縦に振ったんだがね」

　事実を見栄えよく曲げて、あくまでも朗らかに言い立てる。誰もがあからさまに聞き流しているのに、道化のごとく唱え続ける。うちにはなんの困ったこともない、他の家と同じようにつつがなく幸せに睦《むつ》まじく暮らしている――母は喜和のことを報せながら、実はそう叫んでいるのだった。それはすなわち、どうか自分たち一家を分け隔てせずにいてほしい、という切なる願いのようでもあり、母親としての自分の子育てはどこも間違っていなかったのだ、という頑《かたく》なな訴えのようでもあった。

　あれほどの言い争いをした喜和が側にいても、松枝は村人に会えば平気で同じ台詞を口にし、けたたましく笑う。喜和はそういう母に、もはや楯突くこともしない。ただ、強い侮蔑の色を帯びた目で見詰めているだけだった。

　登瀬は日増しに曇っていく妹の気をなんとかほぐそうと、夜になって並んで夜着にもぐるたび幼い頃の話などして和やかに一家を振り返る。けれど喜和は、思い出話に相槌《あいづち》を打つこともしなかった。

「だどもよかっただなし。父さまがすぐにわれの嫁入りを許してくれてよかっただ。父さまを説くのに難渋したらこんねに早《はい》ぐ嫁せなかったものな」

大師講も近づいた夜、登瀬は寝床で、もうすぐに離ればなれになる妹に言ったのだ。両親の寝ている隣室からは寝息が聞こえてきていたから声は潜めたが、調子に明るさを込めることは忘れなかった。

「別に父さまが認めんでも、おらは宮ノ越に嫁したがね」

珍しく喜和が返事をした。

「そだな。われはよっぽどの覚悟を決めとったもんな。豊彦さんと一緒になりたいいう気持ちはまことのものだがね。ええな、想い合って一緒になるのは」

暗がりにフッと息を抜く音が漂う。喜和が笑ったらしかった。

「姉さんは相変わらずおぼこだなし。女のことをなんも知らんでその歳まで……。櫛さえ挽いとればそれでええだなんてな」

クックと嗤う声がする。

「それに毎晩そうして家の話をするだども、姉さんはまことにうちのこどをわかっとるだが？　父さまの挽く櫛だげしか見でこなかっだに。弟子入りする職人と同じね」

「……そんねなこどはねぇ。確かに父さまの櫛は好きだども。神州《しんしゅう》一の櫛だと思うだども」

言葉を継ぎながら、だんだんに心許なくなる。板ノ間のことが常に一番で、暮らしからはどこか気が逸れていたのは確かなのだ。

「神州一？」

喜和がまたひんやり嗤った。

「なんだっちゃ姉さんにそんねなこどがわかるだが。一度もこの村から出たこどのない姉さんに」

「それは……」

「藪原の外にも、櫛職人がたんとおるんだよ。江戸にも京にも名人と呼ばれる櫛職人がおんもりおるんだわて。そんねな櫛師の技を見だこどもねぇのに、どうして父さまが一番だと言えるだが。それは姉さんの思い込みでしかないだに。姉さんは思い込みだけで父さまの技を偉いと思っとるんだ。他所へ行ったら、そうは思えんがもしれんのに」

「そんねなこどはねぇ。父さまが凄いのははっきりしとるだがっ」

つい声が高くなってしまい、登瀬は身を縮めて隣の気配を窺った。両親の部屋からは物音ひとつ聞こえてこない。

「えれえ言い様だなし。まっこと、童と話しとるようだわて。世間をなーんも知らんで、ただ父さまが一番だとなんの証もねぐわめいとるだけだが。二十歳過ぎて、あの板ノ間しか知らんで、他を見ようともせんで、恥ずかしぐないのが？　姉さんは母さまとええ勝負だな」

妹の内面が登瀬の考えも及ばぬほど変じていることに戸惑い、櫛を深くは知らぬ妹に父の凄みがわかるはずもないと憤り、そうしながらも自分はまったくあの板ノ間しか知らぬのだと改めて思い知らされ不安が萌《きざ》した。

「おらは母さまや姉さんのように、この村の中だげで終わるのは嫌なんだわて。あのとき、そう決めたんだわて」

「あのとき？」

登瀬は訊いたが、喜和はそれには答えない。

「必ず他村に嫁すと決めたんだわて。ここから抜け出してやる、そのためならどんなこどでもすると、決めとったがね。相手の人柄なんぞどうでもええんだ。この村の外の、活計《たっき》の定まった、嫁としていらん苦労を背負い込まんで済む家に嫁ぐ機を探して探して、逃さんようにしてきただがね。父さまにも母さまにも否やは言わせね」

勢いに圧《お》され、登瀬は声を呑む。

「それに、もし父さまが許してくれなくとも、おらは宮ノ越へ嫁に行っただ。この機を逃さねぇようにすべて支度しておいたんだもの」

低い声だった。

「支度？」

登瀬はつられて、声を落とす。しじまにかすかな笑い声が漂った。

「ややこがおるだが」

「え？」

「おらの腹にはややこがおる。豊彦さんの子だ。たぶん三月《みつき》になる。まだ腹は目立たんけどな。宮ノ越はもうこのことをわがっとる。あの人の兄さま夫婦はまだ子がないで、向こうにとってもおらは入り用になっだんだわて」

喜和が子を宿していることよりも、妹が自らのことをあたかも道具のように表したことに登瀬は動じていた。喜和はけれど自棄《やけ》になっているふうもなく、嬉々《きき》として言い募るのだった。

「おらは、宿の跡継ぎを産む大事な嫁だ。これからおらは、家に入り用な者になるだがね。豊彦さんもな、今まで食客同然で肩身が狭かったが、おらのおかげで家の中で兄さまより大きな顔ができるいうて、喜んどったがね」

喜和は再び、いかにも楽しげな笑い声を立てた。

四

大師講が終わってすぐ、喜和は宮ノ越へ越していった。あたかも夜逃げするように慌ただしく、妹は他家の者になるのだった。

嘉永七年が明け、初午《はつうま》を過ぎてから執り行われる婚礼には、父と母だけが加わることになった。他村で開かれる宴に一家総出で出向くのは難儀だ、と松枝が言い出したためである。行かず後家の姉が顔を出しては家の恥だと母が気にしてのことだろうと登瀬は察し、また登瀬は登瀬で、おめでたい席に自分のようなものが加わっては座が白けるだろうとの気兼ねもあって、ひとり家に残ることを決めた。娘の遠慮に気付いた父が「われも来《こ》。そんなことは気にするな」と差し延べた手に、母がすかさず「大勢で押しかけても、ご迷惑かもしれんで」と曖昧な言辞で蓋《ふた》をした。

家族のいない家で粒木賊掛けをしながら、時折顔を上げて人見障子の隙間から街道を見遣る。まだ雪の残る時季であるのに行き交う者は絶えず、その多くが浪士風情であることが登瀬を落ち着かなくさせていた。

この一月に黒船は再び姿を現し、武蔵国小柴沖に停泊しているらしい。異人たちは国を開くよう訴え、腰を据えて御公儀との折衝に入ったともいう。旅塵《りょじん》をまとった浪士の往《ゆ》き来《き》が増えたのは、そのせいかもしれない。が、まさか異人を成敗できるわけでなし、彼らが険しい顔で街道を行く目的が登瀬には計り知れず、ただもう世の不穏の一端が板ノ間と壁一枚隔てたところを絶えず行き交っていることばかりが空恐ろしかった。街道はもはや、直助の描いた草紙が運ばれてくる、希望に満ちた道ではなくなってしまったのだ。

灯ともし頃に、仕上がった櫛を詰めた笊《イザル》を抱え、三次屋へと向かう。板ノ間を終《しま》うには早すぎたが、いつもであればなんでもない夜道も、家に誰もいないと思えば容易ではなく思えたからだった。藁沓《ふんごみ》をつけた足を急がせる。すれ違う旅人と目が合わぬよう、下だけを見て行く。山の木々が遠くにざわめく音が鮮明に聞こえてきていた。それなのに、街道筋から立ち上る営みの音は、風に遮られてしまうのか、まるで耳に届かない。自分ひとりしかおらぬ世を、やみくもに進んでいる気がしてくる。なにか途方もないものに囚われる前に家に戻らねば、といっそう逸《はや》る。

そのとき、足首を強く摑まれた。あっと思う間もなく、視界が傾《かし》いでいく。倒れると同時に、新雪が高く舞った。手にしていた笊から櫛がなだれ落ちる。

どうやら、埋もれていた枯れ草に足を引っかけたらしい。どこも痛みはしなかったが、登瀬は雪に寝そべったまま動かなかった。着物が湿っていくことも、身に伝ってくる冷たさも、気にならなかった。そうしながら、かつては歩くときに欠かさず櫛挽く拍子をとっていたことを久しぶりに思い出していた。身体に拍子を刻みつけようと必死だったことを。自分で編み出したそのやり方さえも知らぬ間に抜け落ちていた。櫛に没頭している振りで実は世俗に足をすくわれて、ぼんやり歳だけとってしまったのだろうか。

肺腑に溜まった息を吐き出し、のろのろと起き上がる。濡れた髪や着物を拭くこともせず、雪の上に散らばった櫛を拾い集める。少し離れた場所に落ちている櫛に手を伸ばしたとき、向こうに人影を見つけた。

若い男が雪にしゃがんで、櫛を拾っている。見覚えのある顔だと登瀬はしばし思案し、ああ先だって蔦木屋で会った奉公人だと思い当たる。それでもなお、源次という名が出てくるまでに刻がかかった。登瀬にとって、直助の幼馴染みである源次は今でも、鳥居峠で見た薄汚い少年でしかないのである。

「悪いだなし。手伝わせてしまって」

「いや」

源次は、手早く櫛を拾いながらこちらを見ずに応える。

「うっかり足さとられてまって。通い慣れた道だのにな」

登瀬はなんでもないように繕った。

「なかなか起き上がらんだで、足でも挫《くじ》いたかと思いましたで」

淡々とそう返され、一部始終を見られていたと知って顔が火照った。源次は拾い集めた櫛についた雪を袂《たもと》から出した手拭いで丹念に拭い、登瀬に差し出す。改めて間近に若者を見て、これがまことに峠の茶屋にいた源次だろうか、と登瀬はしつこく訝《いぶか》しんだ。きれいに撫《な》でつけられた鬢《びん》も、袷《あわせ》を乱れなく着付けた様もすがすがしく、肩幅の広いがっしりした体軀《たいく》に至極似合っている。

「早《はい》ぐ行かれたほうがよろしい。夜歩きは物騒だげ。唐人船の騒ぎで、ここらにも他国者の往き来が増えとるだに」

源次から櫛を受け取って、「われもどこか用事へ行くだか?」と登瀬は訊く。自然と、弟に言うような親しい口振りになってしまう。源次は居心地悪そうに頬を歪《ゆが》めたが、すぐに宿の男衆の顔になって「へえ」と腰を屈《かが》めた。

「うちが泊まり客で一杯だで、御贔屓《ごひいき》さんを他の宿に案内した帰りでなし。この時季には滅多にないことだども」

「われの宿も、お武家様が多いだか?」

「武家だかなんだか……攘夷《じょうい》攘夷と夜通し叫んで、他のお客もおちおち寝ておられん始末だんね」

「じょうい?」

「へえ。なんでも異人を成敗するために江戸に向こうとるんだわて」

登瀬は身震いする。成敗などと、本気でそんなことを考えている者があるのだろうか。異人というのは背が十尺もあり、熊のように毛むくじゃらで、天狗《てんぐ》みたような面相で、鎮守の森の怪物よりも恐ろしげだと聞く。そんな化け物相手に、どうやって戦うというのか。

「したら、おらは行きますげ」

源次は軽く会釈をして背を向けた。登瀬は慌てて笊を抱え、「待ってくろね」と呼び止める。

「われ、直助と一緒に草紙を売っとっただが」

源次は足を止め、「へえ」と顎《あご》を引いた。

「おらはそのことがまだ気になっとるんだわて。あの子が、なにを描いておったか……」

かつて一度、鳥居峠で問うたことではあった。あのとき源次は答えず、ひどい態度で登瀬を追い払ったのだ。

「しつこいようだども、どんねにしてもおらは知りたいんだ。茂平さんの宿には、直助の描いた草紙を持ってくる客が前はよくあっただども、今はもうないだに。これから先、直助の話を読むことができんかもしれんのだわて。だでわれに、直助がどんねなものを描いとったか教《おせ》てほしいと思うて」

源次はわずかに目を上げたが、困ったふうに首筋をさするとまたうつむいて、

「おらは、直助から手伝えと言われてつるんどっただけで……」

小さく応えた。

「だども一緒に売っとっただら、少しくらいは中を見たはずだがね」

「それは、見ましたども」

彼はまた首筋に手を遣る。

「絵は覚えとります。続き物の長い話を最後まで書いたいうてうれしそうにしとったのも見とる。んだども、中身はわがらん」

「なんだっちゃわがらんね？」

畳み掛けると、源次は下唇を噛《か》んでうなだれた。

「……おらは字が読めんだに。だで前におめが鳥居峠に来たときも、それが知れるのがどうにも恥ずかしいてあんねな態度《ざま》を……」

今度は登瀬が黙り込む番だった。

「直助は、草紙の話を聞かせようとしとったが、おらが聞かんかった。その頃は話の中身より、高値で売っ払うこどに夢中だったでな」

直助は、筆や墨といったわずかな絵具を買うのに使う以外は、儲《もう》けのすべてを自分に渡してくれたのだ、と源次は言った。そもそもは、その頃源次の母が病に臥《ふ》せっており、薬代もなく途方に暮れていたのを見かねた直助が編み出した商いなのだという。看病の甲斐《かい》なく源次の母は間もなく息を引き取ったのだけれど、草紙を求める客が絶えず、直助と源次はそのまま商いを続けた。もう薬代はいらんから、と断っても、直助は上がりを源次に託した。母が亡くなり崎町の奉公先を追い出されて、鳥居峠の茶屋に引き取られたばかりの源次にはともかくありがたい金だったのだと、彼は弱く笑んだ。

「弔いにも行ったんだ。直助の。んだども、おらみてぇな者が顔を出しては迷惑が掛かると思って、遠ぐがら拝ませてもらいました」

登瀬は相槌も忘れて聞き入る。やはり直助は、単に小遣い稼ぎをしていたわけではなかったのだ、と安堵が足下《あしもと》から満ちてくるのも感じていた。

「だで、おめが峠の茶屋に来だとき、誰だがすぐにわかっだずら。弔いの列に居《お》っだのを見とっただげ」

それであのとき、源次はやけに淡々としていたのか、と登瀬はようやく合点がいく。直助の弔いを離れたところから見ていた源次と、喜和の婚礼にも行けぬ自分とを、ふと重ね合わせた。

「直助はよぐ、この村の外へ伝えたいことがあると言うておったが。だで、しばらく草紙売りは辞めとうない、長い話を書いてたくさん売ると言うとっただに」

「伝えたい……いうのは、なんね？　誰になにを伝えたいだがね」

登瀬は前のめりに訊く。

「いや、それは教てくれんかった。おらも訊いただが、それだけは言わんかった」

すまんことで、と源次は頭《こうべ》を垂れた。登瀬は西の空へと目を向ける。そこに直助がいるような気がして、ジッと見澄ます。さっきまで黄金だった空は茜《あかね》に変じていた。

「さ。早《は》よせんと、暗《くろ》うなるで」

促された登瀬はまだ頭の中に霞《かすみ》が掛かったようで、「そしたら、あばえ」とおざなりな挨拶をして源次に背を向けた。街道を辿《たど》るうち、直助はどこで源次と知り合ったのだろうと、疑問が頭をもたげてくる。草紙を売った実入りを源次に渡すというのはいかにも直助らしいが、それにしても父や母に隠してまで、源次を助けたのはどういう理由だろう――。

登瀬は足を止めて振り返る。先を急ぐ旅人の姿はポツポツと見えたが、源次の姿はもうどこにも見えなかった。

五

両親が宮ノ越の祝言から戻った翌日、吾助が板ノ間に入って座布団に腰を下ろすのを待って、登瀬は膝《ひざ》を進めた。

「あのなし父さま、おら、己の歯挽き鋸を作りたいんだども」

早口で言い切って、倒れ込むように頭を下げた。身の程知らずな申し出であることは承知している。当然父は眉をひそめるはずで、その顔を見るのが怖かったのだ。「われにはまだ早い」と、突っぱねられるのは覚悟の上であった。それでも言わずにはおられなかった。以前のように他のことはすべて忘れて櫛に打ち込むためにも、自らに負荷をかけたかったのだ。

「まだ歯さ挽くのが早《はえ》ぇいうのはわがっとる。だども、今のうちから鋸さ作って、少しずつならしておきたいんだ。おらは必ず近いうちに歯さ挽けるようになる。立派に父さまの役に立つ櫛挽になるだんね」

ひと息にまくし立てた。首筋から顔が熱を持ち、額には粘りのある汗が滲《にじ》んだ。息が浅くなって、動悸《どうき》が喉を打つ。

父はなにも言わない。

登瀬はわずかに目を上げた。胸に組まれた太い腕が見えたが、表情まで窺う勇気はなく再び目を伏せる。板ノ間はしばらく、世の中からさっぱり切り離されたように森閑としていた。

「鋸を作るには、まず弦と鋸身を誂《あつら》えねばならんだに」

緩やかな吾助の声が降ってくる。

「どんねな幅や厚みが挽きやすいか、見当しでおげ」

登瀬はおそるおそる顔を上げる。すでに父は盤に向かって作業をはじめており、その横顔はいつもとなんら変わらぬ平穏な様子で、登瀬はとっさに、父が自分の言葉を取り違えているのではないかと疑った。

「あのなし、父さま。おらが言ったのは、おらの鋸のことだども……」

「わがっとる」

吾助は自分の歯挽き鋸のメド釘《くぎ》を確かめながら返した。

「弦と鋸身を誂えるには鍛冶屋《かじや》に頼まねばいかん。鍛冶屋の手配は、三次屋を通すよりないだが、それでもええだか？」

登瀬はまったく惚けて、父を見詰めた。いつまでも娘が黙り込んでいるのを不思議に思ったのか、吾助がつと顔を上げる。

「なんじゃ、おかしな顔すて」

「んだども、おらが鋸なんぞ誂えてまことにええんだか？　未だ半人前だのに」

「なにを言うとる。われが言い出したことだがね」

「んだども……」

「ええと言うとるんだげ、行って来《こ》。おらもそろそろ、われに鋸を作らねばと思うとっただに」

吾助はそれきり話を打ち切り、盤に櫛木を据えて歯を挽きはじめた。その拍子が、いつにも増して鮮やかに登瀬の耳に響いた。

翌日早々、登瀬は三次屋に向かった。足が跳ねそうになるのをこらえながら、大股に街道を上っていく。鋸を誂えるにはまず櫛問屋を通し、村に一軒ある鍛冶屋に頼むのが習いなのである。三次屋で応対に出た手代に弦と鋸身を頼んで、細かな寸法を伝えた。弦の長さ七寸、鋸身五寸。力がなくとも扱いやすいよう、吾助の鋸よりやや短めにしてある。弦の厚みは父の鋸と同じく二分にすると前から決めていた。

手代はその寸法をすべて帳面につけて、

「でけるまでひと月ほどはかかると思うだども、ええかね？」

と訊いた。登瀬はいっそう高らかに鳴り出した胸に手を遣って、大きく頷く。薹の立った女には似合わぬ、いかにも子供染みた所作だったが、それでも本当は飛び跳ねたいのを懸命に抑えているのだった。「よろしくお願いします」と何度も何度も頭を下げ、三次屋を辞した。

「おらの鋸で、櫛が挽ける。歯挽きができる。まことの櫛挽になれるだがね」

中の町から家に戻る途次、空を仰いで何度となく唱えずにはおられなかった。

ところが三次屋からは、ひと月経ってもなんら音沙汰がないのだった。櫛を納めるたび手代に鋸の進み具合を訊くのだが、彼は注文を受けたときとは別人のような素っ気なさで、「少し手間がかかっとるんだろう」と曖昧な返事を放るだけである。

夏の終わる頃、宮ノ越の喜和が、無事に子の生まれたことを文《ふみ》で報せてきた。男の子であったという。見事跡取りを産んだのだ。けれど文にはそれだけで、吾助と松枝にとっては初孫となるその子を見せに行くとも、見に来てほしいとも書かれておらず、子の名さえ報せては寄越さなかった。

そしてその頃になっても、登瀬の頼んだ鋸は仕上がって来なかったのだ。

さすがに吾助も不審がり、自ら三次屋に出向いて、逃げ回る伝右衛門を捕まえ、なぜこれほど刻が掛かるのかと問い詰める。伝右衛門が言葉を濁すと、鋸の造作は櫛師の命であるから、自分がじかに鍛冶屋と話を付けてもいいのだが、と遠回しに催促をした。すると途端に伝右衛門は青筋を立て、

「鍛冶屋の仕事はすべて問屋を通してもらうのが、藪原の決まりだで。おめとこだけ扱いを変えるわけにはいかん。それともなにか。おらに任せるでは心許ないいうだかね？」

と店先で怒鳴ったのだという。この一件はたちまち櫛職人の間に広まり、吾助に対する心ない噂がまたささやかれはじめる。

どう考えても三次屋が鍛冶屋を手配していないのは明らかで、しかしそれを証《あか》す術《すべ》もないまったくの袋小路だった。どうして伝右衛門が自分たち一家に対してここまでの憎悪を抱き続けることができるのか登瀬には解せず、しかしもう自分の歯挽き鋸は諦めるよりないと胸の深くで悟ってもいた。それはとてつもない絶望には違いなかったが、板ノ間では鋸のことなど忘れたといった素振りで通し、父の使い古した歯挽き鋸を使って黙々と拍子をとる習練に精を出した。

三次屋の仕打ちは母にも知れたが、囲炉裏端でもこの件が話題に上ることは一度もなかった。ただ、登瀬とふたりで勝手場に立ったときなど「喜和はどうしとるだろう。こ

こを出ただけ、愉しくやっとろうね」と、それまでは口に出すことも厭うていた名を、母は折に触れ懐かしむようになっていった。

冬が来て、年を越し、やがて街道の雪が解けはじめた。その頃には登瀬はもう、歯挽き鋸のことはすっかり見切りをつけて、ひたすら吾助の手伝いに徹していた。

閉め切ってあった戸間口が叩かれ、「すんまへん」と軽やかな男の声がしたのは、四月も間もない日のことである。松枝が返事をして土間を横切っていく。この家を訪ねてくる者など長らくなかったから、板ノ間にいた登瀬もつい伸び上がった。

潜《くぐ》り戸《ど》の外には、男がひとり立っていた。洒脱《しゃだつ》な袴《はかま》が見て取れる。都からの旅人だろう、きっと道案内を請うために戸を叩いたのだと合点して、登瀬は手元に目を戻す。と、旅の者は確かにこう告げたのだ。

「どうも、すっかりご無沙汰をしとりまして」

馴染みのない声である。訝《いぶか》しんで顔を上げると、戸惑う松枝ごと押し込むようにして男が敷居を跨ぐところだった。

「吾助さん」

と、彼は親しげに板ノ間へ呼びかけた。父が歯挽きの途中であるにもかかわらず、遠慮もせずに近づいてくる。

「覚えてますかのう。わしです。以前、こちらに通わせていただいた」

まだ若い男だ。役者絵のような整った顔立ちをしている。隙のない身のこなしで辞儀をした。着ているものから立ち居振る舞いまで、この辺りでは見ないほど垢抜けている。こういう者に昔一度、会ったことがある、と登瀬はうっすら思い出す。吾助が手元から顔を上げ、男を見て、記憶を辿るように目を細めた。

「江戸に遊学する前に、こちらに通わせていただいた実幸です。もう六年も前になりますなぁ。あのあと江戸で一通り習《なろ》うてきたんですがな、やればやるほど吾助さんの櫛挽く様が思い出されまして、こうしてお邪魔させてもろたんです」

そういえば、櫛師の修業に江戸へ出る前に、ここに通っていた者があった。確か、奈良井の宿の三男だか四男だか……。男は柔らかな笑みを絶やさず、江戸土産だと言って蒔絵櫛《まきえぐし》を数枚、吾助に手渡した。

「うちの師匠の作ですわ。ようできとります。でもわしには吾助さんの作る櫛のほうが遥《はる》かに上回っとるように見えましてな」

現れたなりまくし立てる男に、吾助も登瀬もただ見入るよりない。松枝が、「今、お茶を」と言い置いて、勝手場に駆け込んでいく。

「いやぁ、しかし藪原は静安ですな。江戸の騒ぎはそらもうえらいもんです。御公儀がペルリに押し切られて下田・箱館の二港を開く言うてから、攘夷だ人斬りだと血気盛んな連中がやりたい放題して物騒なことや。そのうち江戸は異人のものになるんやないかと、みな兢々《きょうきょう》としとる。隣の清国は、エゲレスに領地を乗っ取られたとも聞きますからな」

男はなぜ吾助を訪ねてきたのだろう。江戸の遊学を切り上げてきたのか、それとも帰省のついでに寄っただけか。登瀬はさまざまに憶測しながら、身ぎれいな若者を窺う。

男はしかし、登瀬を一顧だにしなかった。吾助の手元に目を遣りながら、「しかしこの村は静安でよろしいな」と猫柳《めえぼ》を思わせる笑顔の中から言うばかりなのだった。

第四章　母の眼

一

実幸が、吾助の弟子についてもうすぐに三年が経《た》つ。

「江戸では近頃、こんな戯《ざ》れ歌が流行《はや》っとるそうです」

飯時に座を見渡して、実幸はいつものように話をはじめた。板ノ間では黙々と仕事をこなすのだが、囲炉裏端では、いつ飯を飲み下しているのかと怪しまずにはおられぬほどよくしゃべる。弟子という立場に対する気おくれや、師匠の一家と暮らしを共にする気詰まりを、彼は初手から微塵《みじん》も見せずにいるのだった。

「へ外国交易せぬが井伊《いい》

叡慮《えいりよ》もちっとは立てるが井伊

西洋さっぱり止めるが井伊――。

さすが、江戸者は洒落《しゃれ》が巧みですな」

吾助は弟子の話を黙して聞き、松枝は、「よう知っておいでじゃな」と、逐一感嘆の声を上げる。

実幸の語る話は幅広い。こと江戸や京の様子に詳しく、それというのも彼が弟子入りしてから毎月かかさず、奈良井の実家《さと》から送られてくる荷に、世情を報《しら》せる文《ふみ》が添えられているからなのだった。脇本陣を任された家だけあってさまざまな報が耳に入るらしい。離れて暮らす実幸だけが知らぬでは哀れだと思うのか、兄弟たちがこまめに書き送ってくるのだ。荷はといえば、乾物や餅、茶や漬け物といった糧《かて》で、実幸の両親《ふたおや》が息子を預かってもらう礼にと支度したものである。よって中味はすべて吾助に渡される。

「おら家《い》で修業する間、駄賃のない代わりに、飯はこっちで持つこどにしとるで」と、いくら吾助が断っても実幸は譲らないのだ。

「わしが押しかけて、無理言って弟子につかせてもらいましたんや。このくらいさせてもろうて当然です」

親が用意した品であるのにそんな言い方をして、彼は半ば強引に勝手場へ荷を置く。登瀬は、弟子から施《ほどこ》しを受けるようで馴染《なじ》めなかったが、松枝は膳の潤うことを素直に喜んだ。いそいそと荷を解いては、「これで幾分蓄えができる」と胸をなで下ろすのである。

「メリケンは、御公儀に通商条約を迫っとると言いますな。はて、井伊大老はどうなさるおつもりか。お手並み拝見やな」

実幸は声を弾ませてから、「通商条約」とはつまり異国と交易せよ、という約束で、神奈川、長崎、新潟、兵庫の開港、江戸、大坂の開市といった自由貿易を主とした多くの項目で成っているらしい、と子細を語る。時勢を話題にする実幸は至って楽しそうであったけれども、櫛挽《くしひ》く身、しかも修業の身であるのにどうして世の中のことにまで目を配れるのか、その余裕が登瀬には謎だった。といって彼が心底から世事にのめり込み、時勢を案じているようにも見えないのである。その証《あかし》に、

「条約が結ばれると、世はどんねになるだがね?」

と、調子を合わせて松枝が訊《き》いても、「はて、どうなりますか」と、他人事《ひとごと》のように笑うだけなのだ。実幸は一事が万事この調子で、たいていのことに頓着しない。唯一執《しつ》拗《よう》さを見せたのが、吾助に弟子入りを願い出たときなのだった。

実幸はそのとき土下座せんばかりにして、どうしても弟子にしてほしい、と頼み込んだのである。吾助の櫛挽く様を見せてもらってから、いずれその下で学びたいと思い決めていた、江戸で蒔絵櫛《まきえぐし》の修業を一通り終えてから梳櫛《すきぐし》を学ぶつもりでいたのだ、と。その頃板ノ間は、太吉が辞め、喜和が嫁《か》した後で人手が足りてはいなかったが、吾助は新たな弟子を取ることに二の足を踏んだ。三次屋に冷遇され、村の櫛職人とも疎遠になった自分についたところで、独り立ちしたあとの苦労が絶えぬだろうというのが、その理由だった。

が、実幸は少しも退《ひ》かなかった。藪原に宿をとり、ひと月もの間、毎日通って頭を下

げ、終《しま》いに吾助が根負けして実幸を板ノ間に上げることにしたのである。登瀬はそのとき、かすかな落胆を覚えた。ようやく父の技を存分に学べる機が訪れたところで他人に水を差されたようで、実幸の強引さが恨めしくさえあった。

　奈良井が実家であるから通いというわけにもいかず、実幸は弟子入りを許された日からこの家に住み込むこととなった。ところが部屋が足りない。ふたつの居室のうち、ひと間は父母の寝所であり、もうひと部屋は登瀬が使っている。仕様もなく登瀬が両親と寝て、ひと間を実幸にあてがうことにしたのだが、これは実幸が即座に断った。師匠一家に狭い思いをさせて、弟子の自分がひとりで八畳間を使うのは心苦しいというのである。結局、道具置き場にしていた土間《どじ》奥の小室を片付け、実幸の寝所とした。たった二畳ほどの暗く湿気た場所だったが、「寝るだけやから」と彼はここでも頓着しなかった。

　小室は、登瀬の部屋と近いところにある。みなが寝静まった夜更け、時折、実幸の寝息や寝返りを打つ音が聞こえてくる。登瀬はそのたび身をこわばらせ、息を殺して暗闇を凝視する。

　二十五になったこの年、登瀬は歯挽《はび》きを任されるまでになっていた。

　それは幼い頃から待ち望んだ瞬間《とき》であったのに、気持ちは凪《な》いだままである。ようよう誂《あつら》えることのかなった自分の歯挽き鋸《のこ》を道具立てから取り出すことさえ、気ぶっせいなのだった。

この鋸を手に入れる前に使っていたのは、吾助からもらい受けた使い古しである。伐《き》り出してきたカスシメの木で新たな柄をこしらえ、自分の手に馴染むよう作り替えてあった。吾助の柄よりも幅一寸ほど寸法を縮め、弦のコミを差し込む角度を幾分狭くし、ちょうど弦と柄がくの字に折れる形に細工した。こうすることでわずかだが、挽くときの力の弱さを補うことができるのだ。

鋸身は新たなものを誂えることができなかったから、古いものに念入りに荒鑢《あらやすり》をかけて補った。切り込みひとつひとつがきれいな三角を保つよう、登瀬は常に神経を使っていたし、歯の厚みが均一になるよう下目と上目に擦り出し鑢をかける「目立て」という作業も、ほとんど一日おきにしてきた。

「そんねに鑢ばかりかけておっては、刃がのうなるずら」

と、父にいなされるほどだった。

この古びた歯挽き鋸に目を留めたのが、実幸である。ちょうど一年ほど前のことだ。どうして新しい鋸を誂えぬのか、と彼は飯時にあっけらかんと訊いてきたのだった。吾助が経緯《いきさつ》を語ろうとするのを見て、登瀬は慌てて、

「おらは父《とっ》さまが使ったものがええだで」

と、遮った。すると実幸は、小首を傾《かし》げてこう言ったのだ。

「道具いうのは職人の命です。ほんまに櫛を挽くつもりやったら、人のお下がりからは

じめてはいかん。それがどんなに尊んでいる師匠であっても、その人のものをいただいては、師匠を越える技は身につかんよってにな。櫛で生きていくと決めたのなら、一から己の道具で勝負せなあきません」

実幸の口吻《こうふん》は柔らかかった。しかし登瀬の総身は、串刺しされたような痛みに震えていた。そんなことは、言われるまでもなくわかっている。わかってはいるが、どうにもならないのだ。登瀬には、生まれてからこの方ずっと吾助の仕事をつぶさに見て、櫛挽としての在り方や心得を学んできたという自負がある。それをどうして、藪原のことも吾助のことも知らぬ他郷者《よそもの》に、しかつめらしく諭されねばならぬのか——。

「鋸身が誂えられんでな。それでやるよりないんだわて」

吾助が静かに補った。

「え？　せやけど藪原では三次屋さんに頼みゃあええと聞いとりますが……」

実幸が、遠慮がちに聞き返す。

「おらはこの鋸がええだで。これで、ええんだ」

登瀬が強く重ねると、実幸は得心いかぬ顔のまま話を仕舞った。吾助もそれ以上、詳しくは語らなかった。

そのことがあって十日ほど後のことだ。櫛木選《い》りのため、登瀬が実幸と連れ立って三次屋を訪《おとの》うた折、彼は唐突に、帳場にいた主人の伝右衛門に声を掛けたのである。

「いつまでも冷えますなぁ」

そう言って帳場の框《かまち》に悠然と腰かけ、人懐こい笑みを浮かべた。伝右衛門は、後ろに佇《たたず》む登瀬へ疎ましげな視線を投げてから、実幸に向かって小さく頷《うなず》く。もともと実幸の実家と三次屋は懇意である。江戸遊学に赴《おもむ》く以前の実幸に吾助を紹介したのも伝右衛門ならば、このたび吾助に弟子入りすると決めた実幸を強く引き留めたのもまた、伝右衛門であった。

「わしがいずれ歯挽き鋸を作る段がきたら、三次屋さんにお願いすればええんですかのう？」

実幸は茶飲み話でもするようにのんびり訊く。

「ほう。もう歯を挽くだがね。さすがに江戸で下地を作ったで、腕が上がるのが早いのう。師匠を越すのも、すぐだんね」

ちらと登瀬を見遣って、伝右衛門はいびつな笑みを浮かべた。

「まさか。吾助さんほどの腕を持つ櫛師は江戸中探してもおらんです。追いつくまでにゆうに十年、いや二十年はかかるわな」

実幸が朗らかに返すや、伝右衛門は苦い汁を飲んだような顔になった。

「ときに伝右衛門さん。ひとつ、新しい歯挽き鋸を頼まれてくれんかのう」

「おめの鋸かね？」

「いや。わしは歯挽きにかかれるまでにまだまだ修業せなあかん。せやけど、この登瀬さんはもう大方できるんや」

いきなり名を出されて、登瀬は肩を跳ね上げた。伝右衛門が刺すような目を向けてくる。一家と三次屋の間にある確執の顛末《てんまつ》を、登瀬が実幸に密告《つ》げたと勘繰っているのは明らかだった。

「登瀬さんは、今使《つこ》とる吾助さんの鋸がええと言いなさるんや。新しいものはいらんのやと。せやけどわしは、こう言うたらえげつないですが、登瀬さんに三次屋さんで新しい鋸を誂えてもろうて、その出来を見てからわしの鋸をどうするか決めたいと思うとりますのや」

「それは……どんねな意味ね？」

「つまりやなぁ」

そこで言い淀んで、実幸は額に手をやる。傷ひとつない真っ白な長い指が、細竹のようにしなって小鬢《こびん》を撫《な》でつけた。

「気を悪うされたらすまんのですが、奈良井にはええ鍛冶屋《かじや》がようけありますやろ。うちの父が懇意にしとる者もある。そこに頼めば間違いなくええ鋸が作れます。三次屋さんのことや、鍛冶屋の手配も万々整うとるとは思うんやが、櫛師にとって道具は命でっさかいにな」

伝右衛門の顔が一遍に朱を注いだようになった。

「おらんとこで雇うとる鍛冶屋に信が置けんいうことだが？」

「まぁ、大雑把に言うたら、そないなりますな」

実幸はあくまで恬淡《てんたん》としている。どうにかしてこの場を収めねばと登瀬は焦った。これ以上、三次屋と揉《も》めるのは父のためにも避けねばならない。握りしめた手の平が汗に濡れていくままに惑っていると、実幸が振り向いて片手拝みをした。

「すまんのう、登瀬さん。勝手なことを言うて。うちの父がのう、親しゅうしとる鍛冶屋を使えと、うるさく言うてきとるんや」

そんな話は初耳だった。奈良井から送られてくる文に書かれてあったのだろうか。登瀬はうろたえ、つい首を縦に振ってしまう。

乱暴に帳簿を閉じる音が響き、顔を上げると、伝右衛門が背後の抽斗《ひきだし》から櫛職帳を出すところであった。見回せば、三次屋の奉公人がみな、こちらを見ている。登瀬は恐ろしくなって、またうつむいた。

「鋸を作るいうても、なんでもええわけではないのだわて。うちは櫛職人のええように誂えるだげ、長さや幅を細こう訊かんと鍛冶屋に頼めんだがね」

伝右衛門はそう吐き捨て、手代を呼んで登瀬の希望を書き取るよう命じた。すでに以前歯挽き鋸の注文を登瀬から受けていた手代は束の間気まずい色を浮かべたが、何食わぬふうを装って「どんねな形がええだね」と訊いてきた。登瀬は動揺を封じ、自分の歯挽き鋸を作ると決めて以来、片時も忘れたことのなかった弦と鋸身の寸法を口にする。手代は以前と同じように帳面にそれを写し、「仕上がったら知らせるだで」と、登瀬の目は見ず告げた。

「楽しみやなぁ。三次屋さんでええ鋸があがれば、奈良井もうるさいことを言わんようになるで」

実幸は磊落《らいらく》に笑い、「そしたら櫛木、選ばせてもらいます」と伝右衛門に向けて声を張った。

土蔵に入っても登瀬は、実幸にどう言ったものか、判じかねていた。単純に礼を述べるのも、当てこすりのようなやり方を責めるのも、どちらも違うような気がし、どちらも正しいように思えたのである。蔵の中は静まり返っており、登瀬は気詰まりになって結局はそのどちらでもないことを口にする。

「奈良井から鍛冶屋のことまで言ってきとるのを、おら、知らんかっただが」

しゃがみ込んで櫛木を選んでいた実幸はつと面《おもて》を上げ、少し意外そうな表情《かお》をした。けれどすぐにふわりと首を傾げ、

「そうでっか？　わし、言うとらんかったかな」

しなやかに返して、目をたわめた。

実幸は櫛木選りも巧みである。吾助が一度コツを教えただけで、間違いなくふさわしい櫛木を選び出した。太吉のように何度言っても白筋やヒビの入ったものを選ぶしくじりもしない。そのうえ三次屋に掛け合って、櫛木選りの順番を前に送るよう、はからってもくれたのである。伝右衛門をどう説いたのか、訊いても彼は「腕のええ櫛師が、ええ櫛木を選ぶのは道理やから」と、笑ったきりだった。

「頼りになるだが、実幸さんは。おら家《い》に足りなかったものをすべて補ってくれとるようだわて」

松枝はなにかにつけて、惚《ほ》れ惚《ぼ》れとした様子で言う。その言い条には皮肉など含まれていようはずもないのに、登瀬は自分の力不足をいちいち指し示されているようで気が滅入った。

人当たりがよく、身なりが垢抜《あかぬ》けて、顔立ちも整っているせいか、実幸は近所の女房連にも評判がいい。彼を通じて、長らく吾助一家を遠ざけていた村人たちまでが緩やかに間を縮めていく。母もまた、以前の明るさを取り戻しつつあった。それらはいずれも自分が果たすべき役目であったのに、というチリチリした焦燥が登瀬の内側をかき乱す。

それだけに、実幸の気働きによって手にすることのかなった自分の歯挽き鋸を使うのは、漠とした負い目を感じて気が重いのだ。

二

「喜和がまた子を産んだて」

板ノ間の仕事を終え、勝手場で汗ばんだ首筋を拭っていた登瀬に、松枝がひっそり告げた。登瀬は呆然《ぼうぜん》と母の顔を見返す。なにしろ、妹が二人目の子を身ごもったことすら知らなかったのだ。母にしても寝耳に水であったらしく、めでたいことであるのに声は沈んでいる。

喜和は宮ノ越へ嫁したきり一度も帰省していない。四年も経った今では、いつも頬を真っ赤にしていたあの妹がどんな母親になっているのかと思い渡すのも億劫《おっくう》なほど、遠くの者になっていた。家族というのはここまで他人になれるものかと、喜和を思うたび登瀬は見たくもない現実《うつつ》を突きつけられる気になる。

「いくらか包んで送らねばいけんの。まったく物入りだわて」

冷淡に言うことで母は、喜和の他人行儀な仕打ちに抗しているようだった。子をなしたというのに、実の母に、乳のやり方ひとつ訊くこともなく、孫の顔を見せにも来ぬ娘に対する寂しさに、そうやって蓋《ふた》をしているのかもしれない。表から聞こえてくる岩燕《いわつばめ》の健やかな鳴き声のせいか、竈《くど》の前にしゃがむ母の横顔が余計にうら悲しく見えた。

「喜和はよ、今がええときだわて。嫁いで、その家に慣れて、子供らのまだ小さい頃が」

火を熾《おこ》しつつ、母は言う。

「舅《しゅうと》の世話をして、子供らの世話をして。大変だどもいくらでも身体は動くで、ひと晩眠れば疲れもとれる。家中のみなに頼られて、おらがいなければどうにも家が回らんだで、毎日気を張って」

喜和の話のはずが、いつしか松枝自身の話にすり替わっていく。

「あの頃が一番よかっただんね。大変だども、己が入り用だった頃が。おらの歳になると、女はもう、どうしようもないだでな」

「今だって、母《かっ》さまがおらんと、父さまもおらも困るで」

登瀬は急いで縋ったが母は応えず、顔を上げることすらなく、炭火が熾っていくのをただ見詰めている。しばらく経ってから、

「そんねなことはね。もうずっと前から、おら家《い》はみな、銘々《てんで》に生きとるだで」

そう言って、火吹竹を取り上げた。

藪原は、安政五年の夏を迎えていた。この六月に幕府の大老・井伊直弼《いいなおすけ》がほとんど一存で日米修好通商条約を結んでから、街道には旅人の往《ゆ》き来《き》がいっそう増えていた。さ

らに十三代徳川家定が退いて、慶福《よしとみ》公が新たに将軍の地位につくという報がもたらされる。一橋慶喜《ひとつばしよしのぶ》を擁立しようとする一橋派と、徳川慶福を立てようとする南紀派とで争っていたものが、南紀派に軍配が上がったのだという。これによって幕政は、南紀派を率いる井伊直弼が握るだろうと実幸は言い、

「また風向きが変わりますな。井伊大老は、開国派やと聞きまっさけ。これ以上物騒なことにならんとええけど」

と、顎《あご》を揉《も》んだのだった。

七月には、また別の気鬱な報せが街道筋からもたらされた。

長崎でコロリが出た、というのである。

腹を下し高い熱が出て、二、三日うなされて死に至るというこの恐ろしい伝染病はまたたく間に広まり、すでに江戸でも罹《かか》った者が出たと聞く。

コロリを持ち込まれては一大事だと、上町《かんまち》の宿屋は江戸や西国からの旅人の様子を窺《うかが》い、少しでも顔色の悪い者、具合のすぐれぬらしい者は泊まりを断るなど考え得る限りの手を打っている。

姿形の見えぬものゆえ登瀬もひたすら恐ろしかったが、松枝のおびえようはことにひどく、旅人と見れば「身体にコロリの種が付いとるかもしれん」と暑い時期であるのに板ノ間の人見戸《しとみど》を閉め切るのだった。

「種などあらしまへん。コロリは木や草と違いまっせ」

実幸が笑っても、母は頑《かたく》なに首を振る。

「だども、どこから忍び込んでくるかわからんだでな」

執拗に用心して、井戸から汲《く》んできた水も必ず一度煮立たせてから使うほどだった。母はおそらく、嫁いできて間もない頃に見舞われた飢饉《ききん》を思い出しているのだ。そうして、不幸というのは内から湧くのではなく、たんぽぽの綿毛のように外から飛んできて密《ひそ》かに家の中にまぎれ込み、次第次第に家族を壊していくものだと考えているのだ。

父もそれと悟ってか、母が強引に人見戸を閉めても文句のひとつも言わない。暗い板ノ間では手元が不案内であるから、夜業燈《ようなべとう》を顎でしゃくって「灯を点《とも》せ」と登瀬に命じるだけである。

「お内儀《かみ》さんはずいぶんと用心深いお方やな」

櫛を納めに三次屋に向かう道すがら、実幸がふと漏らした。コロリへの母の恐れ方を指しているのだろうと登瀬は察し、「天保の飢饉で怖い目に遭っとるだに。おらはこんまかったで覚えておらんのだども、母さまは災いは繰り返すと思い込んどるだが」と言い添える。すると、実幸は嬉々《きき》として、「そうでっか。でも、わしが来たからには平気や。災いも避けて通るわ」と胸を張って見せた。

「天保の飢饉のときは奈良井も高地やさけ糧がのうなって難儀やったようやけど、わしはそのとき上方におりましたんや。弟を産んだばかりの母が産後の肥立ちが悪うてな、幼い子の面倒は見られん、ちょうど礼儀作法を仕込む時期やし、上方の親類に預けたらええと父が決めよって、わしだけひとり家族から離されて、前の年から大坂で暮らしてましたんや。そしたら飢饉や。ま、うちは蓄えがありましたで、なんとかなったようやけど」

それで実幸は上方言葉に似た訛《なま》りがあるのか、と登瀬は密かに得心する。

「それにこないだの地震かて、わしが江戸を出たすぐあとですやろ？」

誇らしげに言われて、複雑な心持ちになる。実幸が、弟子入りを請いにやってきたのは、安政二年の四月である。江戸に大地震が起きたのは、同じ年の十月のことだった。その前年にも大きな地震があって、この辺りもだいぶ揺れた。下田では露西亜船が大破するほど高い波が立ったとも聞こえてきており、きっと毛唐から神州を救うために地の神様が一暴れなさったのだと、村の誰もが噂していたのだった。そこへ翌年、藪原でも家々が傾ぐほどの地震が起こったのである。板ノ間で粗削りをしていた登瀬は、

「地震や」

という実幸の声を聞くまで自らの身体の揺れに遮られて気付かなかったのだが、道具を抱えて土間に降りる頃には家はミシミシと不穏な音を立てはじめていた。大きな揺れはその一度だったけれども、小さな揺れはその後しばらく続いたから、どこか近くで地

の神様が暴れたのだろうと村の者は話していたのだ。まさか遠く隔たった江戸で起きた地震が藪原まで伝ってきているとは、そのときは思いも寄らなかった。

江戸の町はおおかた潰れたらしい。

庄屋の寺嶋家に働く男衆《おとこし》が村にそう触れ回ったとき、登瀬は真っ先に実幸が奉公していた先を頭に浮かべた。江戸には知り合いもなく、他に案じる先もなかったためである。

ところが実幸は意外にも、

「間一髪や」

と、明るい声を上げたのだ。あともう一年、江戸で修業を続けていたら、自分も巻き込まれていたと、修業先の蒔絵師の安否を気にするより先に、自らの幸運を喜んだのである。

「飢饉も地震もこの通り、これまでどんな災難もわしを避けて通りましたんや。そやさけ、コロリもあの板ノ間には及ばんはずや」

登瀬は返事もせずに歩を進める。実幸は構わず話を続けた。

「せやけどお内儀さんの用心は、コロリのことだけやないですな。わしへの気遣いも少し度が過ぎとるのと違いますやろか。腫れ物に触るようっちゅうか。まるでちょっとでも気ぃ悪いこと言うたら、わしがヘソ曲げて出て行くんちゃうかと怖がっとるように見えるんですわ」

確かに、その通りだった。母は常に実幸の顔色を窺っている。彼の話には欠かさず耳を傾け、律儀に相槌《あいづち》を打ち、どれほど小さなことでも褒めるべきところを見逃さないのだ。

「けどそれは杞憂《きゆう》ですわ。わしは、たやすく出ていきまへんで。吾助さんの技を身につけるまでは、石にかじりついてでもおるつもりです。あそこまでの櫛師にはそうそう出会えませんからな」

「江戸でついたお師匠さんよりも？」

喜和が嫁いで行く前に放った言葉が、まだ登瀬の身に刺さっている。

――江戸にも京にも行ったことがないで、どうして父さまの櫛が一番だとわがるだが。

「そらそうや。蒔絵櫛と梳櫛は主となるところが違うさけ、たやすく比べることはできまへんが、江戸の師匠はわしには物足りなかった」

容赦ないことを実幸は言った。

「なんと言うたらええか、身に染みついとるもんが違う気がしますのや。吾助さんは歯挽き鋸が身体から生えとるようにさえ思えますんや。櫛木も鋸もすべてが味方についとる言うたらええかな。あるがままに挽いて、櫛木そのものの材を見事に生かしきって櫛に変えとる。作るいうより、もともとあるべき形を導き出しとるような気さえしますんや」

登瀬はしみじみと安堵《あんど》した。実幸に説かれる以前から信じていたことではあったけれど、他と比べることのできぬ登瀬には、父の技が他所の櫛職人と比べてどのように優れているのか計りようもなく、過《あやま》たずに言い表せる言葉も持たなかったのだ。

「風変わりな方やさけ、はじめは入り込めるか案じておったんやけど、思い切って弟子入りを請うてよかったと、今では感謝してますんや」

「風変わり……父さまがか？」

責めるつもりはなかった。ただ、驚いていた。三次屋の運んできた縁談を断ったことから変わり者だと噂されることはあったけれども、それは伝右衛門の広めた悪口《あっこう》が偏っていたせいで、吾助はそもそも至極真っ当な性分なのだ。

「いやぁ、師匠に限ったことではのうて……なんというか、登瀬さんの家の様子がわしには珍しいいうだけのことやと思うんやけど」

胸裏に仕舞っておいた師匠への存念をうっかり漏らしてしまったことに実幸はうろたえ、なんとか取り繕おうとしたようだったが、余計なことを言い添えたために登瀬にさらなる引っかかりを与える羽目になった。

「おら家《い》は変わっとるだがね……」

くどいと知りつつも、訊かずにはおられなかった。地の櫛師を知らぬだけでなく、登瀬は、自分の家より他に家族の有りようをよく知らないのである。親戚付き合いも乏しく、繁《しげ》く出入りしている隣人があるわけでもなく、たいていは身内だけで家にこもっている。そのせいか、他人と自分の家を引き比べることなど、これまで考えつきもしなかったのだ。

「いや、そないな意味と違うんやが……どの家かてそれぞれ他と違うところがあるもんです。ま、気にせんでください」

実幸は手際よく煙に巻いて、荷を抱え直すと大股で街道を上っていった。

このことがあって登瀬は、実幸と話すのが変に怖くなった。ために櫛を納めに行くのも、なにくれとなく言い訳をして二日に一度は実幸任せにする。時には具合がよくないと言い、時に明日の分の筋付けをしたいからと言い、村で開かれる祭りまで口実にして避けた。実幸の冷静な目が絶えず一家を検《あらた》めている、という妄念が内に巣くって消えずにいるのだ。きっと内心では妙な家だと蔑んでいるのだと思えば、父母との会話も板ノ間や勝手場での振る舞いすらも気詰まりだった。この家を保ってきた柱を、世間という物差しでいたずらに測られている居心地の悪さなのである。

七月から八月にかけて祭りが多いのは、だから登瀬にとって幸いだった。板ノ間を終えたのち、八幡宮燈籠祭や、八朔《はっさく》に行われる湯立神楽にひとり出掛けては、実幸から少しでも遠ざかることに腐心した。前は人混みを嫌って祭りを煩わしがっていたのに、と

松枝は娘の変わりようを不思議がり、

「誰か、表で会う相手があるだかね？」

と、睫毛《まつげ》の塵《ちり》を払うようなまばたきをして探る。

登瀬が喜和と同じ成り行きに至るのではないかと勘繰っているのだろうが、そこに憂う影は薄い。どんな形でもいいから相手を見つけてほしいと、見合いの先を探すことすらおぼつかない薹《とう》の立った娘に対して密かに願っているのかもしれなかった。

ただ、寺町立符祭に出掛けると告げたときだけは、松枝も険しい顔で首を横に振ったのである。立符祭は木曽川の対岸に上がる花火が見物《みもの》の、村人のみならず他所《よそ》からも押しかけて大いに賑《にぎ》わう祭りで、それゆえ見物客の懐を狙う者や女をさらおうと企む者が多くまぎれ込むことでも知られている。花火を見上げている間に狙われるらしく、毎年祭りの後にはいくつもの被害が聞こえてきていた。

「娘ひとりで行ってはならね。わざわざ危ない目に遭いに行ぐようなもんだ」

「おらはもう娘っこいう歳ではねぇげ」

気恥ずかしさもあって返したが、といって、嫌がる母を説き伏せてまで行くほどのことでもなく、そもそもすべては実幸を避けるための口実で、登瀬とて別段花火など見たくはないのだった。だからさして粘らず、「わがった。なら行がね」と素直に頷いたのだけれども、勝手場でのこのやりとりを聞いていたらしい実幸が、「なんなら、わしがお供しましょうか？」と余計な嘴《くちばし》を挟んだのだ。

「物盗りも多く出るで、われが一緒に行ってもなぁ……」

そこまで言って、母はなにか思いついたように口をつぐんだ。そのまましばし思案にくれていたが、登瀬を見遣り、それから実幸を見て真反対のことを告げた。

「ふたりならええが。行って来《こ》」

実幸とふたりで祭りに行くなどもっとも避けたいところであったが、自ら言い出しておいて退くわけにもいかない。実幸は、

「花火なんぞ久々やなぁ」

と能天気な声を上げ、そこから江戸は大川の花火がいかに鮮やかであるかを得々として語りはじめたのだった。

当日まで登瀬は一切祭りに触れなかったのに、実幸は律儀に覚えていて、陽《ひ》が落ちて板ノ間を終うなり「登瀬さん、そろそろ行きますか？」と、こちらを覗《のぞ》き込んだ。すぐ側には父がいて、登瀬はとっさに聞こえぬ振りをする。それを母が目敏《めざと》く見つけ、「今日は三次屋さんも休みだで、早《は》よ行って来」と、急《せ》き立てたのである。

やむなく街道に出たものの、登瀬は横を歩く実幸からそれとなく間合いをとった。そうして小走りに、木曽川のほうへと進んでいった。

実のところ登瀬は、ふたりになった途端に実幸がまた一家について思いも寄らぬこと

を言い出すのではないかと気が気でなかったのだ。が、彼が道々話題にしたのは、櫛挽く話一辺倒だった。歯通しの際に櫛木を押さえる左手の角度、中抜き鋸を使って筋付けの位置に歯を揃《そろ》える際の力加減……。

「歯挽きのとき、師匠は櫛木に添える指それぞれの力加減を変えとるようですな。表《おもて》面《めん》に置く親指はグッと踏ん張る、裏の平面を支える中指は幾分弛《ゆる》め、薬指、小指は添える程度にして櫛木が多少遊ぶのを許しとる。それで間違いないですか？」

弟子としては一応登瀬より格下であり、まだ寸法取りや筋付けを任されているに過ぎぬのに、板ノ間で吾助の手元を細かに窺っているらしく、彼は少し前から折に触れ、己の見立てをこっそり登瀬に確かめる。登瀬はこれまで父の技のほとんどを、自分の仕事をこなす合間合間に盗み見て、会得してきた。だからこそ技に関するさまざまな問いを、吾助本人にではないにせよ、直截《ちょくせつ》に問うてくる実幸に対し、「そんねなふうにしとるかね」と、とぼけずにはおられぬのだった。

ただその見立ては常に鋭く、ときにこれまで登瀬さえ気付かなかった技にも及んでひやりとさせられる。そういうときは、ひとまず「ええ。そうしとるだね」と確からしく応え、次の日の板ノ間で父の動きを見直すのだ。今のところ、実幸の指摘が誤っていたことは一遍たりともなく、そのたび登瀬は身を脅かされた。

地鳴りに似た音が立ち、東の空が真昼のごとく明るくなった。

「やぁ、これは見事や」

実幸が無邪気な声を上げる。花火に向けて大歓声が上がり、すると異国船の脅威もコロリの猛威も、実はまやかしなのではないかと疑いたくなるほど、辺りには健やかな活気が満ちた。

川岸はすでに、入り込む余地がないほどの人だかりである。登瀬たちは河原に降りることを諦めて、街道沿いの山肌を登ることにした。そのほうがゆったり見られるだろうと実幸が言ったからだが、同じ考えの者があるらしく、山道もまた見物人で賑わっている。

「やけに込んどるなぁ」

実幸のおどけた声が背中に聞こえた。

「この祭りは毎年こうだで」

直助が死んでから一度も足を運んでいない祭りであるのに、登瀬は声高に返す。藪原のことは自分のほうが通じていると躍起になって訴えることで実幸と張り合うなぞ、なんとさもしいことかと無性に恥ずかしくなり、やみくもに足を速めた。その拍子にうっかり苔《こけ》で草履《ぞうり》を滑らせた。よろけたところを、腕を摑《つか》まれ引き戻される。思いがけず強い力だった。

「大事ないですか？　気をつけなあきまへんで」

実幸の顔がすぐ近くにあって、登瀬はとっさに彼の腕を振り払う。と、実幸がすっと肩を寄せてきたのである。

「登瀬さんは」

いつもとは調子の異なるくぐもった声だった。

「ずっとお独りでおるつもりですか?」

登瀬は鋭く実幸を見上げる。また、他家と違うところ、変わったところをあげつらわれる、という恐れと怒りに襲われていた。よほど引きつった顔をしていたのだろう、花火の明かりの中で実幸が息を呑《の》むのが見えた。彼はしかし、程なくしていつもの柔らかな笑みを取り戻し、「それにしても豪儀な花火やなぁ。これは大川の花火に勝っとるかもしれまへんで」と素早く話を変えたのだった。

登瀬は再び山肌を登りはじめる。着物の裾をはしょって歩幅を大きくとっていく。

「速いのう、登瀬さん」と、実幸の弱音が背後から聞こえても応えず、夢中になって歩き続けた。

どれほど来たものか、気付けば辺りに人影がなくなっている。ずいぶん登ったらしい。

登瀬は足を止め、

「ここらでええが」

後ろに振り向いて言ったのだが、そこにあるのはぽっかりとした暗がりだけである。

慌てて辺りを見回す。足下にうっすら群衆が見えたけれども、声の届きそうな範囲には人ひとりいない。どこかで実幸とはぐれてしまったらしい。引き返そうと山を下りかけた。が、思い直してそのまま、かたわらの杉の幹にもたれた。川から吹き上げてくる風がゆるやかに頰を撫でる。暗闇にひとりいても、なぜだか心細くはなかった。むしろ、実幸から逃れたことで安らぎさえ覚えていた。登瀬は肩の力を抜き、次々と夜空に咲く花を眺める。

――こんねに気がくつろぐのは久しぶりだなし。

しみじみと思い、実幸の存在が自分の中のなにを乱し、脅かしているのかと不可解を募らせる。けれど実幸はあの家にずっといるわけではない、いつか独り立ちしていなくなる、こだわるような者ではないのだ――そう思い直して、身の内に積もった澱《おり》を洗い流した。

杉林の奥に、物音を聞いた。

登瀬は野ウサギのように身を伸ばす。なにかが草を踏み分けて近づいてくる。とっさに木の幹に身を隠した。足音は動物ではない、人のものだ。しかも何人もいる。女をさらう輩《やから》の話が頭をかすめ、四肢が震え出す。

やがて男のものらしい荒い息が響いてきた。

「早《はよ》う。早うせい」

潜め声の次に、ザッと大きな音が立つ。危うく悲鳴が出掛かったのを、手で口を押さえてすんでのところで飲み込んだ。

「なにをしとるだが」

「すまん、足を取られた」

ひとりが転ぶか滑るかしたらしい。だがそのことよりも登瀬は、声のひとつに聞き覚えがあるようなのが気に掛かった。怖さを追いやり、そっと幹から顔を覗かせる。脚絆《きゃはん》をつけた浪士風の男と、それを抱え起こそうとしている若者の姿が花火の光に一瞬浮かんだ。ほとんど同時に祭りの名物である狼煙《のろし》が上がり、けたたましい音が山々にこだました。

若者がうるさげに顔を上げる。

目が合った。

登瀬は「あっ」と小さく声を漏らしてしまう。

向こうもひどく動じた様子だったが、顔を歪《ゆが》めて舌打ちすると、

「誰にも言うな」

鋭く言い捨てて、浪士風の男とともにまたたく間に木立の向こうに消えてしまった。

「源次……」

足腰から力が抜けて、地べたに尻餅をつく。

浪士風の男は誰だろう。源次は、なにをしていたのだろう――。

また花火が上がる。その光は、今見たことはすべて幻だと訴えるように、辺りを真っ白に塗り変えていった。


翌日、歯挽きの最中に登瀬は誤って櫛の歯を折った。鋸の刃先が櫛木に引っかかったのに、無理に引き込んだためである。薄氷の割れたような音を立てて歯が落ちるや、吾助が顔を上げて言った。

「考え事をしながら挽いてはなんね」

すみません、と頭を下げた拍子にかたわらの実幸が目に入る。彼は、父娘のやりとりなど一切耳に入っておらぬ様子で、一心に筋付けをしている。

どうにかその日の分をこなし、実幸とともに三次屋に櫛を納めたのは五ツを過ぎた頃である。月さえない夜だった。賃銭代わりの米を受け取り、問屋を出ると街道は暗く沈んでいた。米袋を背負った実幸が先導し、間を空けて登瀬が従う。

実幸が、こちらに振り向く気配がした。

「登瀬さん。あまり口を利かんですな。昨夜から様子が変や。山ではぐれた後、なんぞありましたんか?」

登瀬は返事をしない。

「わしが登瀬さんを見失《みうしの》うたんで、怒っとるんやったら、この通りや」

実幸は半身を開いて頭を下げる。

「せやけど、あないに速《はよ》う歩かれたら、追いつけんですわ。わしは山道に慣れとらんさけ」

ひとりごちて、彼は前へ向き直る。雲間からわずかに月が覗き、実幸の肩や袂《たもと》を照らした。上質な布地が銀色の光をまとう。彼の、一分の弛みもない整った後ろ姿を見るうち、また負い目に取り憑《つ》かれそうになった。わずかに速く月が雲に潜り、登瀬は安堵の息を吐く。

そのとき、不意に道端の繁みが大きく揺れた。

なんだろうと思う間もなく人影が飛び出してきたものだから、登瀬は引きつった悲鳴を上げる。行く手に立ちはだかった影は男のものであったが、暗くて顔までは見えない。とっさに、前を行く実幸に目を遣る。彼は背後の異変に気付いてこちらに振り向いているようだったが、その場を動く気配はない。男が、一歩踏み出した。登瀬ははっきり救いを求め、「戻ってくろね」と実幸を呼んだ。声は届いているはずなのに、なぜか実幸は動かなかった。すくんだ足が、震えを帯びてくる。

「おらだ。源次だ」

影が、声を発した。

言われてみれば、しっかりした肩幅も太い首も、確かに源次のものである。

「驚かせてすまん。用があっておめのこどを待っとったで、つい勢い込んで出てしもうて」

「あ……」

源次の用向きはおおかた察しがついたが、登瀬は「なんの用ね」と、とぼけてみせる。

「ここではあれだげ、今、少し、ええげ？」

街道筋の飯屋を源次が指し示した段になって、ようやく足音が鳴り、「大事ないか？登瀬さん」と声がした。登瀬を守るように立ったのは実幸で、源次は、前を歩いていた男が登瀬の連れであったことに驚いた素振りを見せた。

「わしは吾助さんについとる弟子です。師匠の娘さんになんの用や」

最前まで息を殺して様子を窺っていたのに、急に居丈高な言葉を源次に浴びせる。登瀬は思わず実幸に向いて、

「先、帰っててくろね」

と、邪険に言い捨てた。実幸は少しく動じたふうであったが、

「とんでもない。夜道をひとりで家まで帰らせるわけにはいかん」

と、退くことはしない。

「……あの、わしが送っていきますげ。話が済んだらすぐ」

源次が小腰を屈《かが》めても、

「氏素性の知れん者に、師匠の娘さんを預けるわけにはいかん」

と、かえって胸を反らす始末である。いかにも自分が源次より上だという物言いが癪《しゃく》に障り、

「余計なこど言わんでええだげ。よう知っとる者だで、大事ないずら。少し話して帰るで、父さまにそう伝えてくろ。母さまにも心配いらんと言うてくろね」

登瀬は敢然と告げた。実幸に対してここまで強い物言いをしたのははじめてで、彼もさすがに眉をひそめたが、結局は源次を一瞥《いちべつ》してのち、「ほな、くれぐれも気ぃつけて」と、ふてた口調で言い置いて背を向けたのだった。

「すまんな。気ぃ悪くさせて」

実幸の影が消えてから、源次が詫《わ》びた。登瀬は、自分の内でとぐろを巻く苛立《いらだ》ちを持て余しつつ、大きくかぶりを振る。

飯屋は、夜も遅いせいか閑散としており、一、二の飲み客がいるばかりである。ふたりは奥まった座敷に上がった。「腹は減っとらんか?」と源次が訊くのに登瀬は黙って首を振る。注文をとりにきたお運びに、源次はぬる燗といくつか肴《さかな》を頼むと、登瀬に向いて「すまんのう。手間をとらせて」と、改めて詫びた。

藪原に住みながら、登瀬が旅人相手の飯屋に入ったのは、これがはじめてであった。

三度の飯は家で済ませるのが当たり前だったし、誰かと表で落ち合う機会もこれまでなかったのだ。そういえば、旅籠《はたご》で湯を使ったこともなく、茶屋で休んだこともない。これほど多くの店が並ぶ宿場町に住みながら、自分はあの家の中しか知らぬのか、と登瀬はその事実に愕然《がくぜん》とするようだった。

「用というのはよ、昨夜のことだげ」

酒と肴が運ばれると、源次は単刀直入に言った。

「誰にも、言っとらんよ」

「そうげ……いや、おめのことだで、言わんと信じとった」

源次は登瀬にも猪口《ちょこ》を勧めたが、登瀬は手を膝《ひざ》に置いたままかぶりを振る。

「悪いことをしとるわけではないだに。盗人を手引きしとるわけではないだわて」

「おらはそんねなことを思っとらん。われは悪事をするようには見えんだで」

登瀬が返すと、源次は虚を衝《つ》かれたような顔をした。しばし落ち着かなく目を動かし、それから居心地悪そうにうつむいた。その挙措《きよそ》の意を登瀬が計りかねていると、源次は一気に盃《はい》をあおり、「あれは、勤王家だがね」と低く打ち明けたのだ。

「あの浪士がか?」

「ああ。天子様を中心にした世を作ろうと働いておる者らだ。みな士分だども、藩を抜けて江戸に向かっとるだが。天子様の叡慮も受けずに井伊大老は勝手に通商条約を結んだ。もう天下のことは幕府に任せておけんと、みな思うとるんだわて」

藩を抜けるなど大罪である。しかも、御公儀に異を唱えるような謀叛人《むほんにん》と源次は通じているのか——そうと思えば登瀬は総毛立った。まだ盗人を手引きしていたほうが、罪が軽いのではないか。

「このままなし崩しに国を開けば、いずれ神州は異国に蹂躙《じゅうりん》される。わしらは異人の下で牛馬のごとく使われるしかのうなるだで。今、国を変えねば取り返しのつかんことになる」

登瀬は世情のことなど一切わからなかったけれども、源次の舌疾《したど》に圧《お》されて聞き入るよりない。確か数年前まで源次は、攘夷と声高に叫ぶ浪士を冷ややかに見ていたはずだ。それがどうして脱藩の士を手引きすることになったのか。

「ともかく、奴らは国のために働いとる。世を変えてぇいう志を持っとるんだ。だども脱藩者だ、見つかればお咎《とが》めを受ける。だで、わしが手引きをしとるだが」

「茂平さんは、承知だが？」

蔦木屋がそうした役目を負うているのかと思料《しりょう》し、問うと源次は口を歪めた。

「いや、知らん。脱藩者は街道筋の宿に堂々と泊まることなどできんのだわて。この頃周りの目が厳しゅうなったで。だで、みな、崎町にまぎれ込むだ」

源次は、生まれ育った崎町と未だ往き来があるのだろう。その意気から察するに、崎町の者に頼まれて渋々手を貸しているというよりも、実情を知って自ら志士たちに力を貸すと決めたのかもしれない。

「コロリが流行っとろう」

源次は、いつになく饒舌《じょうぜつ》だった。

「あれも異国船のせいだわて」

「まさか」

眉をひそめるや、源次は飯台の上に身を乗り出した。

「江戸でたくさんの死人を出しとるコロリはのう、長崎についた異国船が運んできたものだわて。異人が港に降りた途端、あっという間にコロリが広まったんじゃ。井伊大老が異人との交易を許して、これからどんどん異国船が入ってくるようになったら、もっと酷《ひど》い流行病《はやりやまい》が運ばれてくるだんね」

母の案じ顔が脳裏に浮かぶ。「攘夷《じょうい》」という自分の暮らしとは遠くにあるはずの語彙《ごい》が、唐突に間近に迫ってきた気がした。登瀬は一段声を落として訊く。

「脱藩の士は、異国と交易するのを止めるために働いとるだがね？」

源次は難しい顔で顎を引く。

「だども、なにせ相手は井伊大老だで、そうたやすくは運ばん。各所で働いとる志士が今、捕吏《ほり》に狙われとるいう噂もある。京や越前、長州、水戸や肥後の者まで」

「御公儀は、そんねに遠くまで目が利くだか？」

「だで、おれやんも用心に用心を重ねて手引きしとるだがね」

「だどもそんねな手引きをして、われがお縄になるようなことはないか？　おらは脱藩の士よりコロリよりも、われのこどが心配だで」

源次はまた目を丸くし、きまり悪げにうつむいた。なぜいちいち意外そうな顔をするのだろうと、登瀬は訝《いぶか》しむ。それなのに、そうした源次の仕草ひとつひとつに、弟の直助を重ねずにはおられないのだ。直助がこのくらいの若者に成長していたら、同じような表情《かお》をしたろうか、こんな話をしたろうかと、つい思い做《な》してしまう。もしかすると、偶然見てしまった源次の行いを家の者にも打ち明けなかったのは、直助を守るような心持ちだったからかもしれない。弟の描いた草紙がもたらされなくなってずいぶん経った今、源次を見詰めることだけが直助を忘れぬただひとつの手立てという気もするのだ。

「おらには、世事の詳しいことはわがんね。それにわれが選んでしとることだに、間違っとるとは思わね」

登瀬は噛《か》んで含めるように言う。源次はまだ目を上げない。

「昨夜のことは誰にも言わん。われがしとることも言わん。安心してくろ。ただ、くれぐれも用心だけはしてくろね。われが危ない目に遭うようなことがないようにしてくろね」

源次はそれにも応えず、飯台に乱暴に勘定を置くと、

「行がまいか」

ぶっきらぼうに言って腰を上げた。なにか気に障ることを言ってしまったろうか――戸惑いながら、登瀬も急いで下駄をつっかけ表に出る。

ふたりはそれから会話もなく、下町《しもまち》まで歩いた。集落の井戸端で「ここでええげ」と声を掛けると、源次は足を止め、ようやく登瀬を見た。また背が伸びて、面立ちもより精悍《せいかん》になった。

「慣れとらんだよ。案じられるのも、信じられるのも」

彼はほんの少しだけ笑った。

「わしは童《わっぱ》の頃からずっと、周りの者から塵芥《ちりあくた》のように扱われてきただに」

小さな声でそう言うとすぐに背を向け、源次はまた、今来た道を上っていった。

三

暦の上では冬になったが、この年はまだ雪も舞わず、山の木々が色づく様も緩やかである。村人たちの交わす「凍《し》みますのう」という挨拶さえ空々しく聞こえるほど、温《ぬく》い日が続いている。

コロリは幸い、藪原へは降り立たなかった。それでも母はひどく不機嫌なのだった。登瀬が街道筋の飯屋で男と差し向かっていた、という噂が、村に巡って久しい。しかもその男が崎町の出であることが、村人たちの興味をいっそうかき立てたらしかった。登瀬もいい歳だで、男女のことに通じた者でないと満足せんのだわて――下卑た勘繰りがもっともらしくまかり通っていく。あの日実幸は、「旅籠の者と話して遅くなる」としか家には告げなかったから、飯屋の主人が触れ回ったのか、誰か他に見ていた者があったのか――。

いつまでも嫁にいかんだで、あんねなことを言われるだがね、と母はここぞとばかりに登瀬を責めた。一方で吾助は、この件には一切触れない。代わりに、板ノ間で珍しく多弁になった。歯挽き際の鋸の角度、拍子のとり方、親歯の押さえ方といった技を細かに登瀬に指南するのである。これまで「見で覚えろ」「われで工夫《かんこ》すろ」一辺倒だった父であるのに、己の手にしたものをすべて娘に託す勢いで、登瀬の仕事を正しはじめたのだ。

おかげで登瀬は、村人たちの心ない噂に関わっている余裕などなくなった。当然ながら、登瀬の歯挽きは吾助のそれと比べれば、まるで覚束ないものである。まだ当て交《が》いなしには挽けなかったし、その上、吾助が二枚挽く間にようやく表の歯挽きが終わるといった遅さで、実幸が手際よく下準備をこなしているから一日に仕上げる数こそ保ててはいるものの、それにしても板ノ間にふたりも歯挽きのできる者がいるにしては少ない量には違いないのだ。

——煩わされている暇はないだんね。

登瀬は、歯挽き鋸を手にするたび身を引き締める。それは、追う者との開きを見せつけられているというばかりではなく、後ろから追ってくる者のせいでもあった。

実幸は与えられたすべての仕事を着実にこなすだけでなく、吾助が教える前に難しい技をも会得してしまう。しかも、それぞれの工程を自分のやりやすいように組み替える工夫まで凝らしている。筋付けに使うカタも改良し、粗鉋《あらしこ》も作り直した。吾助も、自分とは異なる弟子のやり方に口を挟みはしない。どうやら、実幸の工夫を尊重しているようなのだ。その様子に登瀬は、近く父が実幸に歯挽きをさせるのではないかと予感せずにはおられぬのだ。

「いずれ鋸の刃を作るとすたら、三次屋がええかね。われの実家と昵懇《じっこん》の鍛冶屋があると言うてただんね」

飯時の四方山話《よもやまばなし》の折などに吾助がこんなことを言い出すたび、冷たい汗が背中を流れる。せっかく摑んだ歯挽きの仕事を弟子に奪われるのではないかと焦燥に駆られる。

板ノ間で歯挽きをする者は三人もいらぬのだ。

当の実幸はしかし、師匠の問いかけに対して微塵の昂揚《こうよう》も見せず、「いや、まぁそうですな。三次屋さんでええと思いますが」と、気の逸《そ》れた返事をするばかりであったが、裏庭に初霜が降りた日、板ノ間に入るなり彼は意外なことを口走ったのである。

「師匠はこのまま、お六櫛だけでやっていくおつもりでしょうか？」

慎重で、極めて丁寧な問いかけではあったが、それは途方もない放言に違いなかった。お六櫛を作る以外に、なんのすべきことがあるというのか。吾助もまた、ツグから目を上げて眉根を寄せた。板ノ間にはわずかの間、互いを探るような剣呑《けんのん》な沈黙が満ちた。

「藪原の梳櫛は抜きん出た工芸です。江戸にもここまで細かな歯を作る櫛師はおらんよってに、都にまでお六櫛が名を轟《とどろ》かせておるわけはようわかりますんや。しかし、それだけ優れた櫛にしては割が合わんように思うんですわ」

実幸は言葉を切って、吾助の顔を窺った。師がなにも言う気配がないと見るや、ひとつ咳払《せきばら》いをして続けた。

「下世話なことを言うようですが、実入りが少ないんやないか、と。毎日毎日あれだけ櫛を挽いて、しかも師匠のお作りになるような上物を納めとるのに、せいぜい一日分の米しか得られん。おかしなことやと、わしは思うんです」

登瀬はひたすら驚いていた。弟子が実入りの話をするなど、あってはならないことである。一人前に歯が挽けるようになるまでは習練あるのみだし、農地を耕す苦労もせず櫛を挽くだけで飢えないのはむしろ、ありがたいことなのだ。実幸は、師の戸惑いを見て取ったのか、「出過ぎたことを申しまして」と一旦は殊勝に頭を下げた。しかし、一度切り出した話をやめることはしなかった。

江戸では、櫛職人がここまで酷使されることはない。刻《とき》をかけて丹念にひとつの櫛を仕上げ、その出来に見合う賃銭がもらえる。腕が良ければ値が上がる。実入りも増えれば、その分作業にいっそうの手間を掛けることができ、また質も上がる。仕事を高めていけるのだ。だが藪原では、腕の善し悪しが多少加味されるとはいえ、あまりに簡易な換算で、上下の差がさしてないように思える。問屋ばかりが潤っているのではないか。もっと櫛挽への配慮があるべきだ。職人が豊かにならねば、せっかくの技も次第に潰《つい》えていくのではないか――。

あくまで穏やかに、けれどこれ以上ない手厳しさで実幸は己の考えを告げたのだった。登瀬にはそれが、今まで父のしてきた苦労や一家の暮らしをことごとく腐《くさ》しているように聞こえ、身がわななないた。

「奈良井でも、櫛師はもう少し潤っとりますんや。あそこは塗櫛ですけどな」

なおも実幸は続ける。

「そこでです。梳櫛とは別に、飾り櫛を作る、いうのはどないでしょう？　もちろん今まで通りお六櫛は続ける。その他に土産物になるような華やかな模様入りの櫛を作るいうことですわ。塗師《ぬし》は奈良井の職人で心当たりがありますよって」

吾助はなおも黙している。登瀬は焦《じ》れたが、実幸の流麗な語りに、無口な父が口を差し挟めるはずもないのだった。

「飾り櫛はうちで作るようなものではないだわて。梳櫛に誇りを持って作っとるだげ」

父の代わりに、登瀬が話を引き取る。

「それはわかっとります。せやけどこれまでの村の習いを大本から変えるのは難儀や。それより他で儲《もう》けたほうが手っ取り早い。それに飾り櫛も、そないに馬鹿にしたものやありまへんで」

にこやかに言うと実幸は、かたわらの桐箱から上質な絹で包まれた一枚の櫛を取り出した。黒地に金で大ぶりな牡丹が描かれた蒔絵櫛だった。

「江戸で修業しとったときに、わしが作った櫛ですわ」

登瀬は目を瞠《みは》る。蒔絵櫛には詳しくないが、一見して見事な出来映えであることは十二分に見て取れる。江戸の頃にこれだけ手の込んだものを作っていたのであれば、今、板ノ間で任されている仕事など目を瞑《つぶ》ってもできるだろう。

「未熟な作ですが、これでも一両の値は付きました。これは絵師の下絵をわしが彫り込んだもので、手間が掛かっとりますが、もっと簡易な図柄の塗櫛にすれば、奈良井の塗師ならたやすくできまっさかい。飾り櫛は実入りがええんです」

「だども、われは、梳櫛が一番じゃ思うてここへ来たのではないんかね」

すべてを金勘定で計ろうとする実幸に、登瀬は懸命に楯突《たてつ》く。

「無論、それは今でも変わらしまへん。やればやるほど梳櫛の深みにはまっていくようや。せやから、その梳櫛を心ゆくまで手間暇掛けて作るためにも、ゆとりをこさえるべきやと思いますんや。それに藪原《ここ》ではなんやかんや言うても、三次屋の機嫌に左右されますやろ。わしはそういうのも好かんのですわ」

世は変わりつつある、と実幸は言う。御公儀が国を開いたのであるから、このの ち異国からさまざまな技術や文化が入ってこようし、商品も多彩になるだろう。西欧の品に負けぬよう、工芸品に携わる職人は今までとは異なる工夫を凝らさねばならぬ時期に来ている、そう吾助を説くのだった。

先だって源次が言っていたことと真逆の考えであるように登瀬には思えた。源次は、異国を払うことこそが急務であると語っていたのだ。

吾助がおもむろに背筋を伸ばした。登瀬も実幸も自然と居住まいを正す。

「おらには世事はわがらね。明日、どうなるかも考えとらん。今日の分の櫛を挽くだけだ」

それだけ言って、父は仕事をはじめてしまった。今までの実幸の長広舌はなんだったのか、といった白けた気配が板ノ間に漂う。登瀬も父に倣って櫛木を挽きはじめ、話は終わったかに思えた。

が、実幸はこの件については退くことをしなかったのだ。その翌日から折に触れて飾り櫛のことを唱え続けたのである。どちらかと言えば恬淡としてすべてを受け流しているかに思えた彼には珍しく、「いい仕事をしているのだからその分豊かにならなあきまへん。梳櫛を高みに押し上げるためにも余禄がのうてはなりまへん」と執拗に繰り返した。もっとも吾助はとりつく島がなかったから、次第に登瀬を懐柔するようになる。三次屋への行き帰り、水汲みに行った井戸端――ふたりになると実幸は決まって同じ話を持ち出すのだった。

「父さまがああ言っとったで」

登瀬は言葉を濁して、話には乗らない。おざなりな態度に接しても彼は不満を漏らすこともなかったが、といって引き下がる気配も見せなかった。面白いと思うんやけどなぁ、としつこく首をひねる。櫛についての考えであるのに、その様はまるで、せっかく思いついた遊びを仲間に嫌われた童のようであり、登瀬にはことさら不遜に見えた。

四

安政七年、年明けの木曽路は、不気味なほど静かであった。

冬の間旅人が少ないのは常であったが、それでもここ何年かのおびただしい往き来を見てきた身には、異様な気配を感じずにはおられぬものだった。

その日、奈良井から届いたいつもの荷を解いた実幸は、中から取り出した文《ふみ》を開くなり、「ほう」と喉を鳴らした。囲炉裏端を片付けていた登瀬は、実幸の頰に笑みが浮かんでいるのを見て、兄弟の誰かに慶事でもあったのだろうと推量したのだが、書面から目を上げた実幸はまるで異なることを薄笑いの下から言ったのだった。

「井伊大老がまたえらいことをしよりましたわ」

勝手場から松枝が顔を覗かせ、囲炉裏端で茶をすすっていた吾助も実幸に向いた。

「一昨年から、開国に異を唱える志士たちを御公儀は次々と牢《ろう》に繋《つな》いでおりましたやろ。巷《ちまた》で大獄いわれとるやつです。その罪人らを手討ちにしたようですわ」

登瀬は身の毛がよだった。江戸で酷《むご》いことが起こっているというよりも、それを告げる実幸の、あくまでも朗らかな声音におののいたのである。それとともに、浪士を手引きしていた源次のことが案じられた。

「なんだっちゃ手討ちに。志士いうんは、夷狄《いてき》から神州を守ろうと働いとったんじゃないだがね」

松枝がおそるおそる訊く。

「そやから邪魔になったんやないですか？　井伊大老は、異国との交易を大っぴらにはじめたいようやから。わしらも考えんといかんな」

最後は独り言のようにつぶやいて、実幸はそそくさと板ノ間に入る。登瀬も下午《かご》の仕事をはじめるため、急いで椀を流しに運んだ。隣で母が溜息を吐く。

「怖いことばかりだで。コロリといい、手討ちといい。こんねなことが起こると、おらはわれがこののちどうするか、気が気でね。きっどこれからいぐらでも、怖いことが起こるだで。おらはまだ、父さまがいたでこうしておられる。だども、われは独りでどうしていくかと、それが気懸かりなのだわて」

母のひとことひとことに、登瀬は素直に頷いた。頷くより他に、術《すべ》もないのだった。もしかすると母の辿《たど》ってきた道には、怖い記憶しかないのではないか。天保の飢饉、直助のこと、喜和のこと、地震、黒船、コロリ、大獄――。世事も家族も、母の願う形とは異なるところへ転がっていき、途方に暮れ続けたのがその人生だったのではないか。そうと思えば登瀬は胃の腑《ふ》が重くなるようだった。いつになっても嫁がず、女だてらに櫛挽の道を選んだ自分もまた、母の願いに背いているのである。

実幸が歯挽き鋸を作ることを許されたのは、それから間もない一月半ばのことだった。この父の判じに、登瀬は合点がいかずにいる。間違いなく尚早だ。なにしろ、弟子に入って五年に満たないのだ。いかに江戸でひと通り櫛を挽けるようになっているからとはいえ、お六櫛の細かい歯を挽くのはたやすいことではない。それに、一度も歯挽きの腕を試すことなく鋸を作らせるのも異な事である。が、登瀬はその不満を胸中に仕舞った。吾助に意見できる立場ではなかったし、不満の底に根を張った妬みを見透かされそうで怖かったからだ。

実幸は、奈良井の実家が懇意にしている鍛冶屋を使いたい、と吾助に申し入れた。三次屋に頭を下げるのはどうにも得心がいかぬのだと、登瀬の鋸を作らせるときにあれほど伝右衛門に迫ったことを忘れたのか、

「奈良井には口外せぬよう言いますさけ。こちらにご迷惑はかけません」

あっけらかんと言うのである。登瀬は呆《あき》れたが、吾助は「われの好きにすろ」と意外にもそれを許したのだった。

ひと月も待たず実幸の歯挽き鋸は仕上がり、登瀬は、自分が鋸を手に入れるまでに掛かった年月と苦労を思って複雑であった。ただしその真新しい鋸には、ひとつの落ち度があった。当て交いがついていないのだ。

ミネバリの木は金物さえはねつけるほど堅い。そのため熟練の者でもたびたび挽く手をとられる。飾り櫛が挽けたところで、ミネバリに余程慣れてからでなければ当て交いなしで挽くのは難しい。吾助の板ノ間を訪れた他郷の櫛職人はみな、まともに歯が立たぬ櫛木に尻尾を巻いて帰っていったし、幼い頃より父の手付きを眺め、櫛挽く拍子を身体に叩《たた》き込んだ登瀬でさえ、未だ当て交いなしに細かな歯を挽くことはかなわない。鋸

を使い続け、当て交いがとれるまでが、歯挽きを任された者の習練なのである。

「われ、それで挽けるだが？」

だから登瀬は親切心から訊いたのだった。実幸は束の間、なにを案じているのかわからぬという顔で見返してきたが、つと向かいにいる吾助に目を移し、なにかに気付いた様子で背筋を伸ばすや、うなじを叩いて「下手打ったのう」と声を上げた。

「当て交いをつけてもらうのを忘れましたわ。師匠の鋸ばかり気にしてたよってに」

しかし登瀬にはその仕草が、どうにも芝居じみて見えたのである。事実実幸は「困った」「困った」と繰り返しはしても、当て交いをつけようとはしないのだ。二月の半ばになって吾助が「ひとつ挽いてみろ」と実幸に歯挽きを試させる段になっても、そのままにしていたのである。

寸法取りを終えた櫛木を、実幸はおもむろにツグに挟んだ。

登瀬は仕事の手を止めて、彼の手元に見入る。むやみと鼓動が逸《はや》っていた。奥底から突き上げてくる「どうか、しくじってくろね」というさもしい願望が自分のどこから湧くものか、戸惑ってもいた。

鋸の柄を持って実幸は、

「ほな、挽かせていただきます。櫛木を無駄にせんとええんやけど」

軽口を叩く余裕まで見せてから盤《ばん》に目を落とす。長い指が、櫛木にひたりと吸い付いた。登瀬は、一見清らかに映るその手が含んだしたたかな湿気を思い、息を詰める。

実幸の上体がしなり、鋸がぐっと挽かれた。木屑《きくず》が大きく舞う。

鋸の歯は、すんなりと櫛木に吸い込まれていった。実幸は上半身で拍子をとり、しなやかに鋸を操っていく。彼の歯を挽く様は果てしなく堂に入り、いともたやすげに見える。登瀬は、自分の息がみすぼらしいほど速くなるのを感じていた。

筋まで挽き終えると実幸は、親歯に添えていた左手人差し指の指革を、わずかに右へずらした。鋸は指に押されて右に移り、なんのためらいもなく次の歯を挽きはじめる。登瀬はほとんど戦慄していた。はじめての歯挽きであるのに、実幸の技には非の打ち所がない。そしてその動作は、吾助のやり方を見事に踏まえたものだった。

歯挽きの音は一定の拍子を保って、続いていった。登瀬も吾助も、ジッと動かず実幸の手元を見詰めている。表を挽き終わるのに、吾助の倍近く刻はかかったろう。が、できあがった櫛の歯は見事な形を成している。はじめての歯挽き、それも当て交いなしで挽いたものとは、この目で確かめたにもかかわらず信じがたかった。

実幸は、挽き終えたばかりの櫛を師匠に渡す。吾助はそれを手に取り隅々まで眺め、「ん」とひとことうなって顎を引いた。出来に満足しているのだと知った途端、登瀬は目の前が一気に暗くなった。

「やはり難しいですなぁ。ともすれば間合いを誤りそうになる。次の歯に移るときがどうも、幅を違えそうで怖うてかないません」

実幸はなぜか決まりが悪そうだった。隠していた爪を、つい本気になって見せてしまった照れなのかもしれない。

「師匠のように滑らかに挽くには、相当年月がかかりそうや。もっと修業に励まなあきまへん。これからもよろしゅうしごいてください」

「いや。ここまでできあがっとれば、おらはなにも言うことはね。あとはわれで工夫《かんこ》すろ」

褒めも驚きもしない吾助のあまりに素っ気ない返しに、実幸は幾分拍子抜けしたような顔をした。けれどなにも言わぬことこそが父にとって最上の褒め言葉なのだと登瀬にはわかって、気が遠くなるようだった。


実幸は二月の終わり、本式に歯挽きを任されるようになった。

板ノ間では、登瀬と実幸が交互に寸法取りや歯先切りといった下準備にまわり、挽き終えた櫛の粒木賊《つぼどくさ》掛けは松枝が一手に引き受けることになった。おかげで、三次屋に納める櫛の数はこれまでより日に十枚近くも増えたのだが、上がりとして渡される米の量は一握りほどが増えただけである。それどころか伝右衛門は、実幸が他で歯挽き鋸を誂えたのをどこからか聞き及んだらしく、櫛木選りの番をこれまでより後に回させてほしいと持ちかけてきたのである。だが実幸は、伝右衛門に対してあくまで強気であった。

「そうでっか。ほんなら、問屋を変えまひょか、登瀬さん。ええ仕事をしても、ええ櫛木が選べぬではしゃあないですわ」

あっけらかんと明るく、しかし店中に響き渡る声で彼は言ったのだ。問屋の番頭から手代までが一斉にこちらを睨《にら》む。登瀬は、実幸の前へ出てとっさに詫びたが伝右衛門は取り合わず、手にしていた櫛職帳を机に叩き付けて奥へ入ってしまった。

登瀬はたまりかねて、三次屋を出るなり、

「あんねなことを言うたら、商売が成り立たなくなるだわて」

と実幸に嚙みついた。

「先代、先々代から、うちは三次屋さんと付き合《お》うとるだんね。長い間かかって築いた間柄なんだよ。あそこが櫛を引き取ってくれるだげ、うちは飯が食えるんだわて」

自分もまた、かつて縁談を断って三次屋との関係に水を差したのだと苦い思いに駆られながらも、登瀬は責めずにはおられなかった。実幸のような他所者に、一家のやり方を壊されてなるものか、という憤りであった。

「わかっとります。せやけど三次屋のやり方はいかにもえげつない。櫛木を扱《あつこ》うとるのをええことに、こっちの手足を縛ることしか考えてへん。問屋なんぞ、品物売るだけでっせ。己ではなにも作れんのに、職人への敬意があまりにもないんとちゃいますか」

「だども、藪原《ここ》ではずっとそうやって……」

「そうやってきたかもしれまへん。せやけど、それは間違いや。取引いうのは互いに尊重し合ってこそ成り立つものです。問屋はええ櫛木を卸し、職人はその腕でええ櫛を作って納める。そこに利が生まれる。どっちが上や下やいうようなものではあらへんのです」

「それはそうかもしれんけど……」

登瀬の声は次第に弱く小さくなる。

「三次屋の機嫌ひとつで櫛師が左右されるなんぞ、けったいなことです。わしらはええ櫛を作るために仕事しとる。技を高めるだけでも難儀やのに、他の些事《さじ》に足を引っ張られるのは御免や」

まるで、藪原にあるさまざまな理不尽をひとりで背負っているような言い条である。

登瀬は、因習に従うばかりの自分たちの無能さを嘲《あざけ》られたようで腹が立ち、

「われには関わりないことだで」

と、つい声を荒らげた。

「われはうちで何年か修業したら、独り立ちするか他さ移るかするだで。だでそんねな思いつきみてぇなことが言えるんだ。おらや父さまはこれからもずっとここで、死ぬまでここで櫛を挽いて暮らしていくんだわて。われにはわからんだろう。だども、おれや

んはそんねな覚悟で、この藪原に生きとるんだわて」

実幸が、足を止めた。こちらに向き、まばたきもせず登瀬を見詰める。しかしそれはわずかな間のことだった。口元を綻《ほころ》ばせたと思ったら、彼はあろうことか身を折って笑いはじめたのだ。

「なんね。なんだっちゃ笑うだが」

登瀬の剣幕に接しても、しばらくは甲高い笑い声を立て続けた。

「勘違いしてもうては困ります。わしは独り立ちする気も、他に移る気もないですわ。前にも言いましたやんか」

荒い息の下で、ようやく実幸が言う。切れ長の目には涙まで浮かんでいる。

「吾助さんほどの職人に出会えることはまずないさけ、できる限り長く、その技に接していたいんや。盗まないかん技、学ばないかんことはまだまだある。独り立ちなんぞ二の次、三の次や。そやさけ、技を高めるにはどうすればええか、どないしたら暮らしにゆとりが出るか、考えとったんやないですか」

実幸はそこで、一歩登瀬に寄った。い草に似た爽やかな香りが、その身から匂い立つ。

「せやけどひとつ困ったのは、わしも歳をとるいうことです。ええ歳してただの弟子で居続けるのはしんどいことやし、いずれ嫁をもろうて、己の家族を作ることもせなならん。奈良井からもうるそう言うてきとるしのう。兄弟で独り身なのはわしだけやさかい」

言うと彼は腰を屈め、顔を近づけてきた。鼻のすぐ先に、実幸の涼やかな目がある。

「どうにかせなあかんと悩んどったら、あんたがおった」

歯を見せて笑ったと思ったら、その手が登瀬の両肩をふわりと包んだ。

「わしと夫婦《めおと》になるのも悪うないで。あんたかて、ずっと独りでおるわけにはいかん。女が独りで櫛挽いて生きていくのは難儀や」

それから先、実幸がなにを言ったか、登瀬は覚えていない。カッと頭に血が上り、実幸の手を払ったのまでは記憶がある。が、次に冷静になったときにはひとりで木曽川のほとりにいた。

ちょうど陽が、山に隠れたところであった。藍の帳《とばり》が下りはじめている。耳たぶが火のついたように熱くなっているのははっきり感じとれるのに、頭の中は自分の持ち物ではないようで覚束ない。

どれほど、刻が経ったろう。雪を踏む音を聞き、登瀬は身を硬くした。背後にそっと目を流す。案に相違して、近づいてくるのは源次であった。ひどく懐かしく思えて、登瀬は少しく肩の力を抜いた。

「今、少しええだかね」

源次は上目遣いに訊いてきた。

「おめがいきなり走り出しただげ、ここまで追ってきたんだ。足が速《はえ》ぇだな」

そう言われて登瀬は、源次に実幸とのやりとりを見られていたことを知る。なんの返事もできなかった。喉がひりついて、息をするのさえ難儀だった。

「ええ報せがあるだが」

こわばった登瀬を和ませるように、源次は珍しく朗らかな調子で言う。そうして、懐から一巻の巻物を取り出した。登瀬の胸がなにかを察して高鳴りはじめる。

「それ……もしかすっと」

「そうじゃ。直助の描いたものじゃ。久方ぶりに出てきたで。今、うちの宿に泊まっとる客が持ってきただがね。茂平さんが、おめに持ってげ言うてよ」

登瀬は半ば奪い取るようにして紙を広げ、すでに色褪《いろあ》せている絵や文字に目を凝らした。中央には女人が描かれてあった。どこかの姫君らしい美しい佇まいをしている。けれどそこに書かれた文字を読むことができない。戸惑っていると源次が巻物を取り上げて、そっと読み上げていった。

〈護王姫《ごおうひめ》、逃げしは、関東管領上杉憲実と鎌倉公方との争いに夫、一色伊予守が巻き込まれしゆえ。姫は険しき山道を上り、下り、身重の身にて苦しみながら都を落ちゆく。敵兵は背後に迫り、姫は息を切らし、なおも走る。走り、逃げる〉

「護王姫の話だが……」

よく知られた悲話である。

護王姫は追っ手から逃げ切ろうと道を急ぐが、腹の痛みが激しくなり、松の木の根元にうずくまり子を産むと、そのまま命を落とすのである。

源次が読み進めるのを聞いていた登瀬は、ふとあることに気付く。

「われ、字が読めるだか?」

源次はかつて、字が読めぬ、それゆえ直助がどんな話を紡いでいたか知れぬと語っていたのである。

「ああ。前はまるで読めねがったが、宿の仕事の合間に少しずつ覚えただが。書物のひとつも読めずに世事に関わってはいかんだで。まともな務めを果たすためにも学はねぇとなんねだ」

けれど独学だからよく読み間違えるのだ、と源次は断ってから、草紙の続きを読み上げる。

直助の書く護王姫の話は、登瀬の知っている筋とは異なっていた。

姫は、生まれたばかりの子をかき抱き、なおも逃げ続けるのである。夫はすでに討死にしている。だからこそ、なんとしてもこの子を守らねばならぬと這《は》うようにして進んでいく。川にかかった橋を渡っていたときだ、彼女は櫛を川へ落としてしまう。母から譲り受けた大切な塗櫛であったため、姫は大いに嘆き、自分の命もここまでかと、覚悟を決める。

そこへひとりの男が通りかかり、嘆き悲しむ姫にわけを聞くと、袂から一枚の櫛を取り出した。

「我は木曽の櫛師なり。こは我の作りしものなり」

姫はそれを手に取り、櫛歯の細やかさ、色つやの素晴らしさ、形の美しさに心を打ち震わせる。見れば見るほど鮮やかな出来映えであった。

「こは、なんという櫛ぞ」

「こはお六櫛なり。天下一の櫛なり。この櫛挽くは、選ばれし櫛挽ばかりなり」

男は、高らかに告げる。姫はこの櫛を懐に抱き、子と共に落ち延びて命を拾う。姫が塗櫛を落とした橋は、のちに櫛橋と名付けられた——。

源次が語り終えたのちも、登瀬はなにも言えなかった。直助はずっと近くにいて、自分に伝えるべきことを書いて寄越しているのではないか、そんな錯覚さえ抱いていた。

「茂平さんは、前におめに渡した鳥追いの話の続きとは違うものかもしれんと言うとったども、これも藪原を書いたものだでな」

直助はなにを思って、話を作っていったのだろう、と登瀬は思う。なにを伝えたくて、話を書いたのだろう、と。

——こはお六櫛なり。天下一の櫛なり。

不意に嗚咽《おえつ》がせり上がってきて、登瀬は慌てて下唇を噛んだ。

——この櫛挽くは、選ばれし櫛挽ばかりなり。

わずかに間に合わず、一筋涙が落ちた。

源次が息を詰める気配があった。登瀬は懸命に耐え、血の滲《にじ》むほど強く唇を噛む。源次はなにも言わない。登瀬に後ろを向け、一歩川のほうに踏み出して山際の残映を見詰めている。その広い背に額を押し付け、大声で泣ければどれほど楽かと思いながら、登瀬はその場に踏ん張って、さまざまなものをこらえていた。

このことから間もない三月、井伊直弼が江戸城桜田門にさしかかったところで、待ち伏せていた水戸浪士らによって命を奪われた。白昼堂々、大老が伐《う》たれるという前代未聞の事変が起こったのである。

第五章　夫の才

一

万延二年が明けて、登瀬は数え二十八になった。

桶《おけ》に張った水に己の顔を映せば、額にうっすら刻まれた皺《しわ》や肉の削げた頰ばかりに目が行く。通りで女房連と行き合うたび、相手がなにげなく向けてくる笑みの中に、年増となっても親がかりである自分への嘲笑を勝手に読み取って、身をすくめるようにもなっていた。

それでも、不意に持ち上がった縁談は登瀬には受け入れがたいものなのだった。

昨年の暮れ、

「この家に婿入りさせてほしい」

と、実幸が吾助に頭を下げたらしいのである。「らしい」というのも、ちょうど登瀬が三次屋に櫛《くし》を納めに行った隙の出来事だったからだ。夜道で肩を抱いたきりで、以来実幸は一切この件を持ち出さなかったから、登瀬にはまったく寝耳に水の出来事で、驚きを通り越して憤りさえ覚えたのだが、吾助が実幸の申し出に首を縦に振ったと聞いて青くなった。梳櫛《すきぐし》だけでは食えぬから土産用の飾り櫛を作れ、などと乱暴なことを言う男を父が認めたとは、ましてや娘の意志も確かめず承知したとは、到底合点のいかぬことだった。

だが登瀬は、年が明けてもなお、家の者に子細を確かめられずにいる。吾助の真意を聞くのが恐ろしく、といって日々上機嫌で、「われもよがっだな。あんねな人がうちに来てくれればどんねにええがと思うとったが。おらの願いがかなっただな」と繰り返す松枝に水を差すのもはばかられたのだ。そもそも一度嫁入りを断った身で、しかも歳を考えれば、再び否《いな》やを唱えることなどできようはずもないのだった。女は伴侶を得ねば生きてはいかれぬ。人並みとは見てもらえぬ。この歳になってようやく登瀬は、その道理が痛いほど身に染みてもいた。だから、実幸が素早く外堀を埋め、登瀬にはひとこともないまま着々と婚礼の支度を進めるのに口を挟めずにいるのである。

沸々《ふつふつ》と腹の奥から湧いてくる不如意を封じるため、登瀬はいっそう根を詰めて盤《ばん》に向かう。一心に歯挽《はび》きをしているときだけは、おなごという性《さが》を忘れ、自分本来の姿に戻れる気がしていた。

「だども、まさかお実家《さと》がお許しくださるとはな」

夕飯《ようめし》の支度をしながら、松枝は声を弾ませる。

「いぐら婿さんがようても、あちらは首を縦には振らんだろうておらは思うとったで。

なにしろ奈良井の脇本陣だ。格式ある家だでな」

縁談の話が持ち上がってしばらく経《た》った頃から、母は実幸を「婿さん」と呼ぶようになった。思いがけず降ってきた僥倖《ぎょうこう》を繋《つな》ぎ止めんとするように、しぶとく連呼するのだ。

「合卺《ごうきん》の時期も考えねばな。雪が解ける頃がええだがね。奈良井からも来ていただぐのに都合がええだわて」

正式な祝言のことを古くは合卺といったらしい。最近では使う者も少なくなったこの名称を母はここぞとばかりに嬉々《きき》として用いるのだ。卺というのは瓢簞《ひょうたん》をふたつ割りにした盃《さかずき》のことで、夫婦《めおと》になるふたりがその盃で酒を飲む習いが謂《いわ》れであるという。

実幸は、中国の故事から来ているこの呼び名を聞くや、「うちの辺では祝言いいますが、藪原《ここ》ではそないに言わはるのやなぁ」と目を丸くし、すかさず松枝が「もう婿さんにとって『うちの辺』いうたら藪原だがね」と他愛もない合の手を入れたのだった。

「雪が解けた頃いうたらすぐだんね。そんねに急がんでもええだに」

菜切り包丁で大根の葉を刻みながら、登瀬は素っ気なく返す。

「早いほうがええだに。村の者にも示しがつぐ。そうだ、喜和にも報《しら》せんとな。合卺にも呼んだらええ。喜和に婿さんを見せてやるだがね」

「喜和」と母が言ったときの語気の荒さに、登瀬は手を止めた。それとなく窺《うかが》うと、竈《くど》の前にしゃがんだ松枝は火吹竹を短刀のごとく胸に抱えて、火を睨《にら》んでいる。炎の赤がその面《おもて》を険しくあぶり出していた。

「なぁ、母《かっ》さま」

登瀬はそっと、母の饒舌《じょうぜつ》を断ち切った。

「父《とっ》さまは、まことにこれでええと言うとるだがね」

婿入りの話が持ち上がってから、ようやく声にできたわだかまりであった。ひとこと言っただけであるのに、喉がいぶされたように痛む。母はしかし屈託の欠片《かけら》も見せず、

「そりゃ、そうだがね」とけたたましく笑うのだった。

「跡取りができるだもの。しかも飛び抜けて腕のいい跡取りが。それでなんの不満があるだんね」

言い切って、火吹竹を口に当てると竈に向かって勢いよく息を吹き込んだ。五つも十も若返ったような母の横顔を眺めつつ、登瀬は「跡取り……」と力なく繰り返す。

確かに、実幸の上達ぶりには目を瞠《みは》るものがある。歯挽《はび》き鋸《のこ》を誂《あつら》えてから一年ほどしか経っておらぬのに、目立ったしくじりもなく完璧な櫛を挽く。当《あ》て交《が》いのない鋸を初手から巧みに使いこなし、今では速さも備えていた。まだ吾助の技には及ばなかったが、あと二、三年も習練すれば追いついてしまうのではないかと、登瀬は内心穏やかではない。

吾助も万事、実幸がするのに任せるようになっていた。その日仕上がった櫛を検分こそすれ、実幸の品には「ん」と頤《おとがい》を引くだけである。

今年の事始め、弟弟子には負けられぬという一念から、登瀬は手ずから当て交いを取り去った。が、その鋸を一瞥《いちべつ》した父はにわかに顔を曇らせたのだ。

「己の足取りを乱してはなんね。他人《ひと》の歩調に引っ張られては、己の仕事はできんだで」

父の鋭さに胸を冷やした。が、登瀬はかろうじて首を横に振る。その途端、自分でも思いがけない言が転げ出た。

「そうではねんだ、父さま。おらはただ父さまのような櫛挽《くしひき》になりてんだ。おらのすることはすべて、そのためでしかねんだ」

なんという大それたことを口にしているのかと、汗が噴き出た。すぐさま取り繕おうとしたが奥歯を噛《か》んでそれをこらえた。父がわずかにまぶたを持ち上げる。程なくしてその目尻に穏やかな皺が寄った。はじめて見る父の顔であった。優しく、童《わっぱ》を見守るようなその面差しは登瀬をくつろがせ、しかしまた、心の奥底に得体の知れぬ陰を落とすことにもなった。

当て交いなしの鋸を操るのは考えていたより遥《はる》かに難儀なことであった。櫛木の筋に引っかけて挽きかけの歯を折ってしまうことは再々であったし、目測を誤り櫛の歯の幅が揃《そろ》わぬこともしょっちゅうである。櫛木を無駄にするたび父に申し訳なく、大言壮語した己を呪う日が続く。弱音を吐き出す相手もおらぬ登瀬にとって、床につく前に直助の描いた草紙を取り出して眺めることがただひとつの慰めになった。

――こはお六櫛なり。天下一の櫛なり。

行灯《あんどん》の明かりのもとで巻物に目を落としていると、小室から実幸の寝息が聞こえてくる。彼の息遣いが、直助が紙に宿した心を汚してしまう気がして、登瀬は慌てて草紙を仕舞い、頭から夜着をかぶる。

二

山の雪解けがはじまり、横水の流れが勢いを増す頃、実幸が一旦奈良井に戻りたいと吾助に願い出た。一家みなで囲炉裏を囲んでいる折である。正式に婿入りする前に一度両親《ふたおや》に顔を見せておきたいのだという。かたわらでそれを聞いていた登瀬は、やはり合耆を挙げねばならぬのか、と肩を落とす。なにしろ実幸からは未だ約束らしきものを告げられてはおらず、その態度にも親しげなところはなく、もしや夫婦になる話はまやかしなのではないかと、期待も込めてこの頃の登瀬は思いはじめていたのである。

「したらおれやんも一緒にご挨拶に伺ったほうがええだんね。特に登瀬は行かねばよ」

松枝が鉤《かぎ》に掛かった鍋をかき回す手を止めて言うや、実幸は即座に押し止めた。

「まだ山には雪が残っとります。女の足弱では難儀でしょう。家の者には祝言の席でお引き合わせできればええように思いますが……それではあかんでしょうか」

「いや。おら家《い》はええだども、親御さんは案じてなさらんだがね？　うちは庄屋でなし、格のある家柄でもないだに」

粥《かゆ》をすすっている吾助に気兼ねしてか、松枝が小声で返す。実幸は磊落《らいらく》に笑い、「当代一の櫛職人の家に入らせていただきますんや。家の者に文句のあろうはずがありまへん」と、胸を張った。

実幸は翌朝早々、藁沓《ふんごみ》で足下《あしもと》を固めて、奈良井へと発《た》った。上町《かんまち》まで送るようにと松枝に言い付けられ、登瀬は渋々実幸について家を出る。数歩遅れて従いながら、久方ぶりにその後ろ姿を眺めた。藍の小袖を尻っぱしょりし、股引《ももひき》に藁沓というのは藪原の櫛師であれば誰もがしている出で立ちであるのに、総身があでやかな品をまとっているのが実幸の奇妙なところである。着物の仕立てのよさや、なだらかななで肩、白磁を思わせる首筋、美しく伸びた背筋すべてが、格の違いをしぶとく唱えているようにも見える。おそらく、身から自然と溢《あふ》れるこの賦質《ふしつ》こそが自分を追い詰めるものの正体なのだ、と登瀬は彼の後ろ姿をひっそり憎んだ。

ふたりきりになったというのに、実幸はなお、夫婦となる話には触れない。今日は陽気がいいだの、鳥居峠がぬかるんでおらねばいいだのと、のべつ幕無しに徒話《むだばなし》を垂れ流している。登瀬は絶えず同意を求められているようで息苦しくなり、寺ノ坂横水の手前で、「おら、用事があったのを思い出しただで」と口早に断って踵《きびす》を返した。偽言であるのは明らかなのに実幸は嫌な顔ひとつせず、「そうでっか」と軽く受けて会釈を寄越すと、その刹那からもう登瀬のことなど忘れたといった風情で後ろも見ずに街道を上っていった。

登瀬はようよう人心地つき、同時にかすかな拍子抜けも覚え、どっと疲れの被さってきた身体を引きずって横水沿いに木曽川へ出た。秋からはじまった大川狩は年が明けてもなお盛んで、川からは始終日傭《ひよ》の歌が響いてくる。伐木した木々を川に流すその横で、櫓《ろ》を操りながら男らが歌うのは横手節で、朗々とした歌の拍子に合わせて登瀬は頭の中で櫛を挽く。鋸の押し引きの力加減を右手の内に呼び覚まし、幾度となく確かめる。

実幸は、十日ほどで戻ると言い置いて行った。その間に少しでも腕を上げておかねばと、また焦りに駆られる。刻《とき》は常に登瀬にとって厳しく、容赦のない存在だった。少しでも早く櫛師として一人前にならねばと、ずっと急《せ》いてきた気がする。目の前の川を下っていく日傭も、街道筋を行き交う旅人も、たとえ景色が雪に閉ざされようとも流れを止めはしない。ああして常に流れておれば、いずれ望むところへ辿《たど》り着けるのだろうか――。

登瀬は目を閉じる。まぶたの裏に、家の板ノ間が浮かんだ。今までも、おそらくはこれからもあの場所しか知り得ないだろう自身を思う。どこへ行くでもなく、他所《よそ》の土地を見ることさえなく、幼い頃から馴染《なじ》んだ板ノ間で櫛を挽き続ける自分を。ふと直助を思い、弟の、外へ外へと解き放たれていただろう心を感じとろうとする。

──だども、おらは辿り着いとるだに。あの板ノ間に。

足を踏ん張ると、キシキシと雪が鳴いた。大きく息を吸い込む。寒さに縮こまっていた肺腑《はいふ》が紙風船のように膨らんでいく音が伝ってくる。登瀬は小さく頷《うなず》き、それからもう一度深く顎《あご》を引いた。川に背を向け、細い路地を辿って街道に出ると、下町《しもまち》の家まで雪を撥《は》ね上げ走っていった。

その日から登瀬は、朝早くから夜更けまで板ノ間にこもるようになった。

吾助が櫛を挽いている間は、かじり付いてその技を見詰める。「手ぇ動かせ」と叱られても、「おらの分はあとでやりますで」と登瀬は退《ひ》かず、実際寝食の刻を削って自らの仕事をこなした。勝手場の手伝いもせず、飯をかき込むとすぐまた板ノ間へ戻っていく娘に、松枝は再三「もうすぐ嫁《か》すいうだに飯ひとつ炊かんで」と顔を合わせれば小言を放る。登瀬はそれに相槌《あいづち》を打つのも億劫《おっくう》なほど心ここにあらずであったが、母はかつてのように憤ったり塞ぎ込んだりはしない。機嫌のよさは、揺るぎなく保たれていたのだ。

ところが、肝心の跡取りが約束の十日を過ぎても戻らぬと、松枝はにわかに落ち着きをなくしていった。日に何度も街道に出ては、鳥居峠の方角に首を伸ばす。見かねた吾助が、「そんねに案じることはね。久々の里帰りだ、のんびりしとるんだわて」と取りなしても、母の不安はたゆまず嵩《かさ》んでいくらしく、そのうち「逃げたのではねぇか？」「急にここが嫌になったんだわて」と、突拍子もないことを口走っては登瀬と吾助を困らせた。

一方で登瀬は、実幸の不在に一縷《いちる》の光明を見出している。

——このまま戻ってこねばええだども。

母に悟られぬよう、胸中深くでそう唱えていた。実幸さえおらねばまた、父の技を独り占めできるのだ。実幸の歯挽きの音に煩わされることなく、澄んだ心で盤に向かえるのだ。

登瀬の歯挽きはここへきて、ようやく自らの拍子を摑《つか》みつつあった。櫛木の堅さに手を取られることはめったになくなり、櫛歯の幅も揃っている。当て交いがあった頃の倍近く刻が掛かるゆえまどろっこしくはあったが、端から端まで百八本の歯を拍子を乱さず挽けるようにはなっていた。あともう少しだ、と登瀬は己を励ます。仕上がりを吾助に見せて「ん」と深く頷いてもらえるようになるまで、この調子で進んでいけばいいのだ。

登瀬の願いを汲《く》むかのように、二月の涅槃会《ねはんえ》を過ぎても実幸は戻らなかった。消沈する母をしり目に登瀬は上機嫌で、いつもであれば気の重い櫛木選《い》りも昔のように楽しく、三次屋に向かう足取りも軽かった。街道沿いの梅が綻びかけている。遠くに四十雀が上がる。中の町まで歩を進めた登瀬は、つと右に折れ、熊野大神宮に足を向けた。八品祭の折に櫛を祀《まつ》る八品大明神に詣でようと思い立ったのである。

——どうかこのまま、ずっと櫛を挽いていけますように。

小さく唱えながら、人気《ひとけ》のない参道を上っていく。雪が解けてぬかるんだ道に足をとられぬようにうつむいて歩いていたから、社殿の前に人がいるのに気が付いたのは鳥居に辿り着き深々と一礼した後だった。

身なりからして、お武家らしい。袴姿《はかますがた》に広く猛々《たけだけ》しい背中が見える。束の間臆したが、といって出直すのも荷厄介で、そろそろと歩を進める。が、間合いを詰めていくにつれ、お武家の出で立ちにしては少し妙だと思いはじめた。股立《ももだち》をとった袴に藁沓履きで町人髷《まげ》、しかも腰にはなにも差していない。

立ち止まってよくよくその形《なり》を見澄ましていると、気配を察したのか男が振り返った。

「あ……」

登瀬は目を瞠る。源次はバツが悪そうに頬を歪《ゆが》めた。

「どしたんだ、そんねな格好で……宿は？　まさか、抜けてきただか？」

旅にでも出るような格好に見え、登瀬は声を上ずらせる。

「いや、非番だ。ふた月に一遍あるで」

「んだども、その格好……なんだっちゃ、そんねな格好をしとるだが」

源次は応えなかった。代わりに、ぬかるんだ地面に問うように低くつぶやいた。

「おめは、和宮《かずのみや》様が御降嫁なされるのを知っとるだか？」

「え？　どなたね？」

するとすると源次は、和宮様とは京におわす天子様の妹御なのだと説いたのだが、なぜいきなり雲上人の話をはじめたのかとかえって不審が立った。

「公方様に嫁ぐことが決まったんだわて。幕府の徳川家茂《いえもち》公に」

源次は苦々しく吐き捨てた。家茂公は確か、井伊が将軍にと推した徳川慶福のことだと、登瀬は実幸から聞いた話を思い出す。

「どっちが切り出して話がまとまっだのがは知らね。だども天朝は、幕府に蛮夷《ばんい》を討たせる目当てで、和宮様の御降嫁をお決めになったんだ。いづまで経っても弱腰の外交しかせん幕府だに、こうでもせんと動かんと天子様に耳打ちするお公家がおったんだわて。んだども、そのお公家らは裏で幕吏と繋がっとるいう噂があるんだがね。つまりじゃ、幕府は和宮様に江戸へお越しいただくこどで、開国に反対しとる天朝を抱き込もういう腹だわて。要は、和宮様は人質も同じことだが。そうしておいて天朝の口を封じて、意のままに国を開くつもりだが。異国に神州を売るつもりだが。そのうちここらも異人だらけになっで、おらたちは奴らの下僕になるだがね」

鋭くまくし立てられて、登瀬はつい一歩退いた。源次が目を伏せ、下唇を噛む。途端に心許なげな影が面に射した。

「和宮様は有栖川宮熾仁親王と縁談がまとまっとっただに、まったく水の違う土地に嫁がねばならんだが。好いてもねぇ、敵みてぇな男のもとに嫁すんだわて」

ぽつりと言って、それから長く沈黙した。何度か口を開き掛けたのち、喉仏を大きく動かし唾を飲むと、ようやっと彼は声を発する。

「おめ、あの男と所帯を持つんだが」

小さく擦《かす》れた声だった。

「おめがあの男を婿にとると茂平さんが言うとったで」

今度は登瀬が、足下に目を落とす番だった。せっかく忘れかけていたのに、と暗然となる。実幸と一緒になったとして、ふたりで紡ぐ暮らしに自分の居場所ができるとは、とても思えなかった。むしろ、己を消して夫に付き従うという不本意な道のみが残るのではないか。ひとりの人間から、誰かのぼんやりとした添え物になるだけではないか——。

「あの男を、おめは好いとるだか?」

源次の問いかけは執拗《しつよう》で、それが登瀬の気持ちをいっそう逆撫《さかな》でした。

「夫婦になるのは好く好かんとは別の話ね」

「だで、好いてもおらん奴と一緒になるだか」

「おらはあの家を守らねばなんねもの。それに薹《とう》も立っとるでな、わがままは言えん。実幸と一緒になれば家のことがすべて丸く収まるだに。おらは納得しとるだに」

本音とは懸け離れたことを冗談めかして並べながら、まるで母が言うような台詞だと鼻白む。こうやって体面を保つことに腐心するうち、いつしかそれに飲み込まれ、そのうちその体面を心の底から信じ切るようになってしまうのかもしれない。

「おらのことはええだが。それより、天下のこどにあまり関わってはいけんよ。御降嫁のことはおらにはよくわからんだども」

あの花火の晩に見たことが気に掛かっていた。脱藩の士の手引きなどして、見つかれば大罪である。

「別におらはどうなってもええんだわて。おっ母も死んだで、おらの身になにかあっても悲しむ者もおらんだでな」

自嘲めいた声が返ってくる。

「母さまがおらんでも、われを案じる者はたくさんおるだげ。おらも案じとるで……」

「嘘こけっ」

いきなり激しく切り返されて、登瀬は身をすくめた。強く拳を握っているせいか、源次の袖から覗《のぞ》いた腕の筋が若鮎《わかあゆ》のように跳ねている。彼はなにか言いかけたが、登瀬と目が合うと背を翻し、大股に木立の中へと去っていった。呆然《ぼうぜん》と見送る登瀬の目に、その後ろ姿は、朱夏に浮かぶ蜻蛉《かげろう》にも似た不確かな影を残した。

暦が三月になっても、実幸は戻ってこなかった。

奈良井の様子を確かめようにも、一家の中でまともに読み書きできるのは直助だけであったから、書状を送ることもかなわない。ただ実幸の帰りを待つより手はないのだった。

松枝は取り乱し、報せのひとつも寄越さない実幸への怨言《えんげん》を始終吐き散らしている。それを横目に見ながらも、登瀬の心は凪《な》いでいた。いや、むしろ久方ぶりに訪れた一家水入らずの暮らしに浮き立つような心持ちであった。板ノ間では父の技を心ゆくまで眺め、一心に櫛を挽き、飯時には櫛の話に興じる。小室から聞こえてくる寝息に居心地の悪い思いもせず存分に四肢を伸ばして眠る。本来の暮らしが戻ってきて、息を吸うことさえ楽しかった。

母が泣き言を口にするたび「も少し暖《ぬく》かくなったら、おらが奈良井まで行ってみるで」と慰める父に、登瀬はふたりきりになると決まって「そんねなことはしないでくろね」と頼み込む。

「このまま戻らなくとも、この家は、父さまの技は、おらが守るだで」

父はわずかに眉根を寄せるが、娘を叱ることはしない。黙って櫛を挽きはじめる。その横顔を見て登瀬は、きっと父も同じ思いなのだと静かに信じる。

ひとつ厄介だったのは、実幸の不在に感付いた三次屋伝右衛門が探りを入れてくることである。普段はけっして登瀬と口を利かぬのに、実幸は奈良井に帰ったらしいな、藪原に戻らんのではないか、と昂揚《こうよう》も露《あら》わに訊《き》いてくるのだ。登瀬は曖昧な返事しかしなかったのに、半月も経つと「どうやら登瀬は、実幸から袖にされたらしい」とまことしやかな噂が村中に広まった。実幸が弟子に入って以来、少しは埋まったと感じていた村人たちと一家の間の溝が再び立ち現れる。道ですれ違うだけで、哀れみと好奇の混じった笑みを村人から向けられることも珍しくなくなった。

けれど今の登瀬にはそれすら些末なことだった。歯挽き鋸と自分の手がぴたりと息を合わせつつある感触を得ていたからだ。胸から上の身を錘《おもり》にして鋸を押し、押し切ったところで一拍置き、反動をつけて引く。吾助の技を手本にしつつ自ら編み出したこのやり方をひと月ほど根気強く試していたのだが、三月の終わり、はじめて頭の中で描いた通りに身体が動いたのである。自分の手でありながら誰かに操られているような不思議を覚えながら一枚を挽き終える。首から上が熱を持ち、武者震いが幾度も身に走った。

昂揚を懸命に抑えて、仕上げの粒木賊《つぼどくさ》掛けまで一気に進む。完成したその一枚を吾助に見せるときは、さすがに手が震えた。父は櫛を受け取ると、細部まで丹念に目を通していった。それを見守る登瀬の肩には力がこもり、額に脂汗が滲《にじ》む。ずいぶん長い刻に感じられた。吾助はようよう櫛から目を上げると、登瀬をしっかり見て言ったのだ。

「ん。なにも言うこどはね」

登瀬は、ほとんど忘我しかけていた。もっとも欲していた言葉に、ようやく辿り着いたのだ。飛び上がりたいのをかろうじてこらえ、すぐさま盤に向かう。今の感覚を忘れぬうちにと、新たに櫛木を挽いていく。堅いミネバリの木は、必ずしも素直に言うことを聞いてはくれなかったが、ようよう摑んだ歯挽き鋸との一体感は、幸いにもたやすく逃げてはいかなかった。

爾来《じらい》、自分の挽いた櫛に粒木賊を掛ける刻が無性に待ち遠しくなった。均等に挽かれた櫛の歯、歯先に行くに従って細くなる滑らかな流線――それは、幼い頃から吾助の櫛に触れ続けたため、だてに肥えてしまった登瀬の目にも、過不足ないものに見えていた。あとはより速く挽けるよう鍛錬を重ねればいいのだ。

三次屋に仕上がった櫛を運び込むときも、だから登瀬は常に胸を張った。この櫛の出来映えの前にあっては、実幸の不在など取り立てて騒ぐことでもないのだった。伝右衛門もまた、四月に入ってからは嫌味を口にしなくなった。もっともそれは詮索に飽いたからでも、もちろん登瀬の挽く櫛に感服したからでもない。途方もない大事が、この山《や》間《ま》《あい》の宿場町にもたらされたためだった。

和宮様がお通りになる――。

御降嫁の列が中山道を通って江戸に下ると告げられたのである。

「東海道をお通りになるのではないだがね」

村の誰もが異口同音に驚きの声を発した。たちまち本陣、脇本陣から宿屋という宿屋は鍋をひっくり返したような騒ぎとなる。このままで和宮様をお迎えするわけにはいかぬと、気の早いところは大工を呼んで普請をはじめる。左官に壁を塗り直させ、杣《そま》から材木を買い占める。連日「手の空いた者は手伝ってくろね」と庄屋である寺嶋家の男衆《おとこし》が街道筋で大声を上げ、村人たちは家業そっちのけで、こぞって普請仕事に繰り出していく。

「天朝の御列が、この街道をお通りになるだなんて、なんという誉れだがね」

諸手を挙げて喜ぶ者もおれば、

「まことにこんねに険しい道をお通りになるだか？」

と、あまりのことに怪しむ者もあり、さらには、

「京に比べてみすぼらしい駅だで、嫌な思いはされんがのう」

と、むやみと卑下する者まである。御一行が藪原駅にお泊まりになると決まったわけでもないのに、連日村役たちが額を集めて本陣の普請や宿割りについて話し合いを持っているらしい。

御降嫁の噂が耳に入るたび、登瀬は源次の姿が思い出された。お武家のような拵《こしら》えで、こちらに鋭い目を向けた源次だ。彼の姿にはこれまで常に直助の面影を見てきたのに、あのときの源次はただひとりの男として登瀬の中に焼き付いていた。その拗《す》ねた顔が浮かぶたび登瀬は頭を振って、櫛へと逃げ込むのだ。

もう少し速く挽けるようになったら、両歯の梳櫛を挽かせてほしいと吾助に頼んでみようと決めていた。両歯は片歯と異なり、中央にシノギを作り、その両脇に細かな歯を設《しつら》えたものである。長さ三寸九分の大両歯から三寸三分の小両歯まで大中小と三種の型があり、いずれも百本前後の歯を対称に挽かねばならない。歯挽きの手間が片歯の倍になる上、両方の歯の幅や形を揃えねばならず、とりわけ手間が掛かる。登瀬が今身につけている技で挽いたところで、刻ばかり食って実入りの上で足を引っ張ることになる。板ノ間で歯挽き鋸を手にした刹那、「登瀬っ。勝手場を手伝わんね」と、母の癇声《かんごえ》に呼ばれた。ひとつ息をつき、鋸を置く。

ほとんど同時に、戸間口の潜《くぐ》り戸《ど》が開く音がした。

登瀬はそちらに向く。腰を屈《かが》めて敷居を跨《また》ぐ旅装の男が目に入った。背後から光が射しているので顔は見えない。男は背に負った荷を土間《どじ》に降ろすと、ぐいと腰を伸ばした。なだらかななで肩と、女のように細い指が、登瀬の目を射貫く。

「えろう、すんまへん。十日で戻ると言うておきながらすっかり遅うなってしもうて」

勝手場から出てきた松枝が、悲鳴に近い声を上げた。

「いやぁ、参りましたわ。向こうに帰ったら、なんや御降嫁の報せが入りましてな。昨年末には話が持ち上がっておったとかで上を下への大騒ぎですわ。うちは脇本陣を守っとりますやろ。なんやかやと用向きを言い付けられて、よう動けませんで。文《ふみ》をしたためようと思いましたんやけど、返事のお手間をこちらにとって頂くのは悪いように思うて遠慮しましたんや」

軽やかに言って、カラカラと笑う。登瀬はただ凝然として、旅塵《りよじん》さえも寄せ付けぬ涼やかな形《なり》を見詰めていた。それに気付いた実幸が、登瀬に向けてふっと笑み、

「婿に入るいうのに、こないなことではあきまへんな」

と、肩をすくめてみせた。

三

和宮親子《ちかこ》内親王御降嫁が天朝と御公儀との間で取り決められたのは、昨年、万延元年

十月のことらしかった。行列は当初、東海道を下るとされていた。参勤交代をはじめ、江戸と西国を往《ゆ》き来《き》するお大名の列は平坦で温暖な東海道を行くことが多い。

「んだのに、なんだっちゃ木曽路を通るだね」

実幸の帰還で落ち着きを取り戻した松枝は、飯時に彼が語る話にひとつ残らず相槌を打つ。あたかも、そうせねばまた実幸が姿を消すと思い込んでいるようだった。

「詳しいことは知りまへんが、なんでも中山道の宿場のほうが縁起のええ名が多いいう理由らしいですわ。ことに妻籠がええいうて」

囲炉裏端で箸を動かしつつ、実幸は飄々《ひょうひょう》と答える。自ら御降嫁の話を持ち出しながら、浮き足立つ藪原の村人たちとは異なり、どこか遠い国の話でもするように冷めた口振りだった。

「それに、中山道は東海道より険路である分、不逞《ふてい》の輩《やから》が動きにくいんやないかっちゅう読みもあったようですわ。天朝を担ぎ上げて御公儀を潰そういう攘夷《じょうい》派《は》がようけ出てきとりますやろ。奴らはこたびの御降嫁にこぞって否やを唱えとる。御降嫁の列を止めると画策しとる不逞がすでに東海道筋を狙《ねろ》とるいう噂もあって、避けたんと違いますか？」

まぁ物騒なこと、と松枝が自分の二の腕を抱いた。言葉とは裏腹に、その仕草には安《あん》堵《ど》や媚《こ》びが入り混じっており、登瀬はたまらず目を逸《そ》らす。

「京も江戸も昨今は攘夷派のせいで物騒です。去年の暮れに江戸で和蘭《オランダ》人のヒュースケンいう通詞が斬り殺されたとも聞きますのう。麻布の善福寺に置いた公使館へ向かう途中狙われたらしゅうて」

「誰がそんねな怖いことをするだがね」

母がまた、小娘のように身をすくめて見せる。登瀬の内に、ふと源次の姿が浮かんだ。

「さあ……水戸とも薩摩とも言われとりますが、どうですか。水戸は、昨年夏に徳川斉《なり》昭《あき》公が身罷《みまか》られてから、攘夷派に歯止めが利かんようになっとるいいますな。斉昭公は賢侯と名高かった方や、たやすく国を開く御公儀に異存があっても、誅殺《ちゅうさつ》までは好まなかったはずやが」

源次が手引きしているのは、どの藩の者なのだろう。不逞と呼ばれる浪士とまだ繋がっているのだろうか。それであんな、お武家に似せた格好をしていたのだろうか。思案にこもっていると、腕を小突かれた。見れば、母が怖い顔で睨んでいる。

「ボーッとして。婿さんが話しかけとるだに」

言われて実幸に向くと、たわめた目に行き当たった。たいしたことやないさけええんです、と彼は照れたふうに小鬢《こびん》を掻《か》き、遠慮した割にはすんなりと歯の浮くような台詞を口にした。

「御降嫁の列が通る年に、わしら夫婦になりますんやな。なんと果報なことですやろか」

母が目を細め、長い息をつく。父は黙して粥をかき込んでいる。登瀬は、己の肌が粟《あわ》立《だ》っていくのを止められずにいた。この男と、自分とは一分《いちぶ》の通い合うところもないこの男と、これから手を携えて歩んでいかねばならぬのかと思えば、総身の力が抜けていくようだった。

両歯の櫛を挽くには、夫婦の道を知らんとならん——ずいぶん昔、村の櫛職人のひとりが言った言葉が登瀬の頭に残っている。シノギの峰は、ふたつの歯の強い結びつきを表している。どちらかの歯がきれいに挽いてあっても片方が乱れておればよい品とは言えぬ。美しい対を成しておらねばならん。つまり、それこそが夫婦の形なのだ。いかに技だけ磨いても、一対の男女が寄り添う喜びを知らぬ者に、まことの両歯は挽けぬのだ、と。

今一度、実幸を見遣る。登瀬は再び怖気《おぞけ》立《だ》ち、椀に目を落とした。いつしか、いびつな気配が辺りに立ちこめている。身に感じる刺すような視線は、おそらく松枝の、実幸に答えようとせぬ娘を責める目だろうと思えば、顔を上げるのも憂鬱だった。

「せや、師匠に見ていただきたいものがありますのや」

淀んだ空気を一蹴する明るさで言って、実幸が土間に降りた。小室の脇に置いてあった奈良井から担いできた行李を開け、小さな包みを抱いて戻る。抜け目ない実幸のことだ、土産かなにかだろうと勘繰る登瀬の目の前で開かれた包みから現れたのは、意外にも櫛であった。梳櫛ではない。桜の花模様があしらわれた塗櫛である。

「奈良井に戻っとる間に試しに作ってみましたんや。向こうに懇意の塗師《ぬし》がおりまっさかい。どうです、きれいですやろ」

「ほんに、きれいだわて」

すかさず松枝が合の手を入れ、登瀬は唖然《あぜん》としてその櫛を睨む。ちっとも美しくなぞない。見た目こそ派手だが、いかにも安っぽい子供騙《だま》しの品である。

「前にわしがお話しした飾り櫛、こないなものはどうでっしゃろ。江戸で作っとったものほど念の入った細工はしとらんのやけど、その分安い値で売れます。お六櫛の片手間でも十分作れる。せやけど実入りはええはずですさかい」

笑みをたたえて吾助に櫛を差し出す実幸を見て、登瀬は顔色を失った。彼が奈良井に長逗留《ながとうりゆう》していたのは、飾り櫛を試作するためではなかったか。もしかすると奈良井に戻ると言い出したのも、婚礼前の実家への挨拶などではなく、初手から塗師と話をつけることが目当てだったのではないか。いくら吾助に飾り櫛を作ったほうがいいと説いたところで埒《らち》が明かぬ、ならば実際に見本を作って見せたほうが早かろうと判じて動いたのだ。だから登瀬をはじめ一家が同道することを頑《かたく》なに拒んだのだ——。

こめかみが激しく脈を打ちはじめる。吾助は黙然として、ごてごてと飾り立てられた櫛を見遣っている。弱々しいまばたきと、不揃いに飛び出た白髪交じりの無精髭《ぶしょうひげ》が、このときなぜか登瀬の目に侘《わび》しく映った。飾り櫛の前で、実幸の前で、父は見る間に縮んでしまったようだと思った途端、

「……そんねな櫛」

低いうなりが、登瀬の喉から絞り出されたのだった。

「そんねな安っぽい櫛、おらは嫌だで。村で一番の櫛挽がそんねな櫛を扱うのは名折れだ。名に傷がつくだでな」

登瀬っ、と母の金切り声が響く。登瀬は構わず、さらに投げつけるべき言葉を、頭の中をかき分けて探していた。が、それを見つける前に、実幸が快活な笑い声を上げたのである。

「確かに子供騙しやな。師匠の作られとる櫛に比べたら、箸にも棒にもかからんような品です。けどや、品を買うのはなにも目利きばかりやないんです。むしろ、ほんまに目の肥えた客いうのは世の中に一握りしかおらん。他大勢は存外、こないな子供騙しで満足しますのや。それも、『しゃあない、これでええか』っちゅう諦めで選ぶのやのうて、こないなもののほうが取っつきやすうて好きなんですわ。好んでこれを選ぶんですわ。一目できれいやなぁとわからせて、それ以上の奥行きはない、そないなものが民には一番受けるんですわ」

実幸はなにを言い出したのか。登瀬は一片も解することができず、しかし身ばかりしなうように震えるのである。

「……だども、藪原はお六櫛の郷《さと》で、それでずっとやってきとるんだわて」

「そやさけ、お六櫛をやめるっちゅうんやないんです。片手間に、少し暮らしが楽になるようなことをしても悪くないんやないか、と言うとるんです」

登瀬は助けを求めて、吾助に目を転じる。けれど父は所在なげにうつむき、ただ手の中で湯飲みを弄《もてあそ》んでいるのだ。母ばかりがおろおろと実幸と登瀬を交互に見遣り、「言うこと聞かな。われは嫁になるんだがね。婿さんの言うことにはなんでも従わねばならんのだがね」と、袖を引く。登瀬は母の手を振り払い、ひたすら父を待つ。吾助が厳然と意志を告げるのを、実幸に真っ向から異を唱える瞬間を、根気強く待っていた。けれど吾助は結局、ひとことたりとも発しはしなかったのである。湯飲みを置くと囲炉裏端を離れ、黙って板ノ間に移っていったのだ。

「まったくわれは、つまらねぇことでムキになって」

母は抑えた怒りを登瀬にぶつけ、実幸に向かって幾度も頭を下げる。

「いや、わしがいきなり言うたのがいかんかったんです」

あくまで朗らかに応える実幸が疎ましく、登瀬も立ち上がった。

「あ、登瀬さん。そやけどひとつだけ」

呼ばれて、足を止めた。振り向くことはせずに背中で実幸の声を受ける。

「村一番の櫛挽やと、登瀬さんは今、言いましたな。確かに吾助さんの腕は一流や。そやさけ余計に、村いう恐ろしく小さな括《くく》りで語ったらあかんのです。村で一番いうのが誉れとなった時代も確かにありますんや。でも、今はもう違う。異人が来てからこっち、藩士はもちろん素町人に至るまで神州ゆう大きな括りでものを考えとります。広う世間を見渡す目を持っとります。神州一なら誇れもしましょうが、村一番いうのはもはや、なんの誇りにもならん。誰も偉いと思わん。これから物事はもっと大きゅう見なあきまへん」

ひと息にまくし立てられて、総身の血が逆巻いていった。父の腕は、村一番にはとどまらない。神州中の櫛師を集めても、飛び抜けた技、他には真似できぬ技を持っているはずである。ただ、京にも江戸にも行ったことがない登瀬にはそれを言葉にできないだけなのだ。登瀬はしかし、一切の抗弁を仕舞った。そうして頑なに、実幸に振り向かなかった。振り向いて、その脂下《やにさ》がった顔を目にしたら自分がなにをしでかすかわからなかったからだ。土間に飛び降り、板ノ間に向かう。けれども実幸の言葉を引きずった不浄の身で板ノ間に上がるのは忍びなく、また父に合わせる顔もない気がして、そのまま表に駆け出した。

陽《ひ》が西の山々を茜《あかね》に染めている。街道にはひっきりなしに旅人が通る。かつてのように、人見戸《しとみど》から板ノ間を覗いて櫛挽く仕事に見入る者はもういない。みな、険しい顔で先を急いでいる。和宮様御発輿《ごはっよ》の日が迫ったら、木曽路はいっそう剣呑《けんのん》になるのだろうか。

深く息を吸って幾分落ち着きを取り戻す。登瀬は、腰を屈めて人見戸から板ノ間を窺った。灯《とも》した夜業燈《ようなべとう》のかたわらで、吾助が盤に向かっている。耳を澄ますと、いつもの一糸乱れぬ歯挽きの音が聞こえてきた。身体で拍子をとりながら父の音を追っていく。それは常と変わらぬ見事な拍子には違いなかったが、目に映る父の姿はどうしたものか至極小さく感じられるのだった。

――人見戸から覗いたせいで、そう見えるだけだがね。

登瀬は、動揺に素早く蓋《ふた》をする。目を閉じて、櫛挽きの拍子だけに気持ちを傾ける。そこに、ずっと続いてきた美しい音が鳴っているのを確かめて、勢いをつけて板ノ間に戻る。

入梅《ついり》の頃、尾張藩士が多勢、藪原宿に入った。

藪原は尾張藩領であり、藩の御鷹匠《おたかじょう》役所もここに置かれている。その昔は妻籠宿と須原《すはら》宿に据えられていたそうだが、荻曽《おぎそ》で捕れる雛《ひな》が優れていると、かの地に近い藪原に、享保の頃移されたのである。尾張藩は、御公儀から御降嫁の列を御守りする役目を仰せつかり藩士を街道沿いに送り込んでいるようなのだが、御列の宿割りなど詳しいことは未だ明かされておらぬらしく、これといった指図を庄屋に与えることもしないまま、ものものしい雰囲気のみを生み出している。

村の役人たちは、いつまで経っても漠とした報しかもたらされぬことに焦《じ》れ、和宮様が藪原にお泊まりになる前提で支度を整えるよりない。本陣、脇本陣、宿や街道の普請までこなすには宿場内だけでは手が足りず、近隣諸郡に助郷《すけごう》を募ったという。水内郡《みのち》、越後刈羽郡《かりわ》、美濃にまでお触れが出て、集まってきた人足で藪原は溢れかえる。人足のみならず、荷を運ぶに用いる牛馬も各所から集められ、あたかも都が遷《うつ》ってきたかのような賑《にぎ》やかさだった。

この人出を実幸がみすみすやり過ごすはずもなく、彼は自ら上町の宿屋を回り、くだんの飾り櫛を置いてもらう話をつけてしまったのである。

「御降嫁のおかげで他郷から人がようけ来とります。土産物として売るなら今でっさかい、試させていただけまへんか」

形ばかりは吾助に断ったものの、師匠が反対しても意は覆《くつがえ》さぬという厚かましさが透けて見えた。藪原の櫛挽としての慣習をないがしろにした実幸の行いは当然三次屋の耳に入り、伝右衛門は吾助の家に男衆を送り込んで、「宿屋に置いたすべての品を引き上げねば、うちは取引を辞めさせてもらう」と言下に告げた。しかし実幸はここでも強気であった。

「結構や。そしたら問屋を変えるだけでっさかい。ミネバリの木は奈良井でも手に入る。そうとなれば梳櫛も宿屋と直に取引できて、実入りも増える。一石二鳥や」

それきり伝右衛門は、なにも言ってこない。取引をやめることもなく、仕上がった梳櫛を登瀬が納めに行っても、今まで通り引き取って米に替えてくれる。質の高い櫛が納品されなくなって一番困るのは問屋だと、実幸は熟知した上で強く出ているのだ。けれども登瀬は、実幸のそうした強引なやり方を腹に据えかねていた。無理を通しても長くは続かない。他の櫛師が白い目で見てくるだろうことを思えば、恐ろしくもあった。それになにより、父がずっと櫛を挽いてきたこの板ノ間で、陳腐な飾り櫛を作られるのが耐え難かったのだ。

実幸は、自分の持ち分である梳櫛を挽き終えると、すぐさま飾り櫛の粗削りにかかる。毎日数枚を仕上げ、まとまったところで塗師のもとへ送る。月に一度、塗師の弟子だという小僧が奈良井から取りに来るのである。おそらく実幸は、先だって里帰りしたふた月ほどの間に一事が万事滞りなく運ぶよう手はずを整えてきたのだ。先を見越した周到さも、登瀬には小狡《こずる》さにしか見えず、実幸の非をあばきたくもなるのだが、三次屋に納める分の梳櫛に質、量とも穴をあけずにいるがゆえ表立って責め立てるわけにもいかない。

手をこまねいていたところ、勝手場で昼飯の後始末をしていた登瀬の耳に、吾助と話す実幸の声が聞こえてきたのだ。

「これから、上町に行ってよろしいか。櫛の売り上げを集めて回る約束をしとりますんや。おかげでえらい売れましてなぁ、新たな品を早よ納《は》めてくれと、せっつかれとりますわ」

一気に頭へ血が上り、登瀬は灰をまぶした椀をその場に放り出して板ノ間に駆け込んだのだが、すでに実幸の姿はない。断るだけ断って、吾助の返事を受け取る前に戸間口をくぐったのだろう。

「……父さま」

父が弟子からないがしろにされている口惜しさと、実幸の勝手にさせておく父への苛《いら》立《だ》ちとが一緒くたになって登瀬の内に渦巻いていた。

「父さまはなんだっちゃなんも言わんだが」

口に出してしまってから、吾助の鋸が歯を挽いている途中であったのに登瀬は気付く。けっして侵してはならぬ刻に、無遠慮に踏み込んでしまったことに青ざめた。が、溢れ出てくる言葉を止めることはかなわなかった。

「実幸があんねな勝手をしとるのを、なんだっちゃ放っておくだがね。あんねなつまらん櫛を売り歩くことをなんだっちゃ許すだが」

鋸の拍子が止まる。冷や汗が登瀬のこめかみを伝っていく。父はしばらく、盤に目を落としたきり動かなかった。その姿がまた、やけに小さく、しおれて見えた。

「婿に入るから、跡取りになるから遠慮しとるだか？　だったらおらは、婿などいらん。ずっと独りでええのだわて。独りでいて、父さまの技を身につげて、おらが継ぐだに」

勝手場にいる母に聞かれてはまずいと、わずかにその気だけは働いて、自然と声が低くなる。

「おら家《い》が守らねばならねのは、お六櫛を挽く技だ。それを邪魔されるのが、おらは我慢ならねのだわて。実幸は奈良井の者だ。だで、お六櫛のことがわからんのだが。この櫛の凄《すご》さがわからんのだがね」

父が顔を上げる。小さく息を吐いた。刻まれた皺が深くなる。はじめて見る、父の顔だった。

「あれの言う通り、時代は動いとるのだわて」

吾助は静かに切り出した。

「梳櫛一本でやっていくのは、われの代ではかなわぬかもしれんだでな」

登瀬は耳を疑う。父の口から出た言葉とはにわかに信じがたかった。儲《もう》けとも時流とも関わらぬ気高い場所で、超然と櫛を挽いていたのが父ではなかったか。周囲に惑わされず自らの高みに挑み続けることこそが、その日々ではなかったか。

「そんな……なんだっちゃそんねに実幸に気兼ねするだがね。父さまが遠慮することなんてなんもないだわて」

吾助がようやく登瀬と目を合わせる。「遠慮ではねぇ」と、つぶやいた。

「したらなんだっちゃ……」

父はまた黙ってしまった。盤に目を落とし、なにかを逡巡《しゅんじゅん》しているように、ずいぶん長く口を引き結んでいた。が、小さく頷いたのち、ひと息に言ったのだ。

「あれには才がある。櫛挽く才だ。それも並大抵の才ではねぇ」

登瀬の喉が、締め上げられたようになる。

「おらにはあれの言う時勢の論はようわからん。飾り櫛を売ったところでなにか変わるとも正直思えん。だどもあれは、どうしてもこの板ノ間に要る男だで」

「そ……そんねなこどはねぇ。実幸はただ小器用なだげだ。小賢《こざか》しいだに、それらしく見せることができるだげだがね。あのくらい、おらにだって……」

「いや」

明瞭な父の声だった。そして、あまりにも非情な声だった。

「そうではね。あれには天性の才がある。努力で身につくものと違う、生まれつきの才だ。たやすく挽いとるだに苦労が見えん分、いい加減に映るかもしれん。だども、あの男の櫛挽く才は本物だ。それはわれにもようわがっとるはずだ」

登瀬は父から目を逸らし、うつむいた。手足から熱が引いていく。

「努力で得られる才もある。ただ、それには天井がある。だども格別な才を持って生まれた者には天井がないだがね。やり方次第で、どこまでも行ける。誰も足を踏み入れたことのねぇところまで行けるだが。あれは、おらをたやすく越えていぐ男だ。そんねな才こそが、お六櫛を後の世に残す役目を果たすのだわて」

不意に吐き気をもよおして、登瀬は板ノ間を飛び出した。路地に駆け込み、草むらの陰でえずいたが、出てくるのは苦い液だけだった。立ち上がろうとするもうまく足に力が入らず、その場にしゃがみ込む。父の言葉が、頭の中で酷く蠢《うごめ》いていた。

吾助を越える櫛挽などけっしていない。いてはいけないはずだった。そうして父がその技を継ぐ者として認めるのは、自分だけであるはずだった——。

どれほどそうしていただろう。登瀬はよろよろと立ち上がり、足を引きずって歩き出す。いたずらに路地を縫う。ただただ、あの板ノ間から遠ざかりたかった。草を踏むたび、ほうぼうで日雀《ひがら》が上がる。いつもは聞き惚《ほ》れるその鳴き声すら刺々《とげとげ》しく耳障りに感じる。梅雨を経て、青々と勢いづく木々が余計に登瀬を惨めにした。木曽川の流れる音が近くなり、登瀬は何度となく繰り返し眺めた、直助の草紙の一節に心を寄せる。

〈前に川流れ、小さき橋あり。これを渡る折、姫の袂《たもと》より櫛出《い》で、川へ落ちる。母より譲り受けし塗櫛なりて、姫、大いに嘆く〉

そこへ、お六櫛を姫に渡す男が現れる。姫は櫛を受け取ることで勇気づけられ、命を繋ぐ。しかし木曽に伝わる護王姫の伝説では、姫を救う櫛師など、現れはしないのだ。

辺りに賑やかな人の声を聞いて我に返った。どこをどう辿ってきたものか、登瀬は上町に立っていた。宿という宿に人足が慌ただしく出入りし、屋根を葺《ふ》き替えたり、門構えを直したりと立ち働いている。木槌の音、材木を運び込む掛け声が満ち、下町にはない華やぎに彩られていた。それは実幸の飾り櫛が納まるに相応しいかりそめの華やぎに違いなく、そうと思えば登瀬はいてもたってもいられなくなった。

今頃実幸は、宿を回って櫛の売り賃を集めているのだ。その薄みっともない行いを止めなければならない。登瀬はまっすぐ蔦木屋へと向かった。

この宿も普請の手を入れているらしく、新しい畳が次々と運び込まれている。すべてが変わっていく中で、自分だけが古びた沽券《こけん》にしがみついているように思えた。才もないのに、ひとつことに執着し、勝手場の仕事もろくにできぬまま、嫁しもせず子も産まずにこの歳まできてしまったのである。

人目を避けて宿の裏手に回り、納屋の前で登瀬は立ち止まった。ちょうど裏口が開いて、源次が出てきたところだった。笊《ざる》にいっぱいの野菜を抱えている。登瀬を見つけると目を瞠ったが、すぐに「茂平さんに用事か？」と訊いてきた。登瀬は首を横に振り、後先もなく言う。

「櫛を返してほしいのだわて。実幸の預けた飾り櫛を返してほしいのだわて。あれは売ってはならんものだんね」

源次は静かに登瀬を見ていた。が、答えはせずに井戸端に笊を置き、野菜の泥を落としはじめた。この日は半纏《はんてん》に股引という宿の男衆らしい格好で、先だって見た袴姿の彼よりずっと穏やかに見える。

「あのなし……実幸が、ここさ櫛を納めに来たはずだが……」

重ねて訊くと、源次は仄《ほの》かな笑みを顔に上らせた。

「あれなら断っただ。あの男が来たとき、ちょうどおらが相手しただでな」

「われが？」

「確かにあの男は、飾り櫛を置いてくろねと持ってきたずら。だども品をひと目見て断っただ。あんねな櫛、きっとおめは承知しとらんと思っただげ」

源次はしゃがんだままこちらに正面を向け、少しく眉を下げた。

「おめが梳櫛をどれだけ誇りに思っでいるか、おらは直助からさんざん聞かされただに。姉《あんね》さは櫛の権化だとよう言うとっだが。姉さがいるだげ、おらは安心していずれ旅に出られる、と言うておったが」

登瀬の背筋が伸びる。はじめて聞く直助の思いであった。

「そんねなこどまで話しとっただか」

「ああ。直助とはじめて話したのが、櫛のこどだっただげな」

源次は、きまりが悪そうに額を掻いた。

「おらのおっ母が、あ……死んだおっ母だども、三次屋で売っとる梳櫛を使っとっただが。その櫛歯が折れて、新しいのを買いに行かされたとき、たまたまそこにおったのが直助だっただに」

それで、と登瀬は腑に落ちた。ふたりはどこで知り合ったのだろうと、ずっと不思議だったのだ。直助は、登瀬と交代交代に三次屋へ櫛を納めに行っていた。板ノ間を離れる立派な口実になることもあって、櫛が溜まると「おら、持っていくで」とさっさと笊《イザル》に詰めては駆け出していったのだ。

「おらの身なりを見て、なんぞ思うたんじゃろう。品定めしとると、スッと近づいてきて、『これをやるで。使ってみてくろ』と、一枚袂に落としてくれたんだわ」

登瀬は面食らった。問屋に納める櫛から抜いて渡したに違いなく、そんな勝手を直助がしていたとはにわかに信じられなかった。弟の意外な面があちらこちらから顔を出して、また生きていた頃の面影があやふやになる。

「はじめは断ったんだ。施《ほどこ》しを受ける身じゃねぇ、と突っぱねた。だども直助が言ったんだ。『おらの父さまの櫛は神州一だで、使ってくろね。使い心地がどうええか、おらも客からじかに訊きたいんだわて』とよ」

「……神州一、と直助が言っただか？」

「ああ。こう胸張って」

と、源次はしゃがんだまま、上体を反らして見せた。

「うれしげに言うとっただが。その顔がなんだか可笑《おか》しうてな、つい噴き出しちまったんだ。そうなったら、その櫛、もらわんわげにもいかんだげ。おっ母に使わしたら、えらい気に入ってよ。崎町中に触れ回る勢いで自慢してな。宿の男衆がこぞって三次屋に買いにいったはずだわて」

それも登瀬は知らぬことであった。問屋に納めてしまえば職人の仕事は終《しま》いであって、どんな客が買っていったか、どのくらい売れたか、子細に聞かされることはないのだ。

「だで、三次屋の前で直助が来るのを待って、礼を言うただが。それからたまに遊ぶようになってで、そのうちおっ母が臥《ふ》してしもうて、草紙の商いをはじめただだんね」

直助はなにも言わなかったな、と登瀬は少しく恨めしく思った。きっと、源次に渡した櫛のおかげで、父の櫛がよく売れていることも知っていたはずなのに。でもそれは、自分の勝手な行いへの後ろめたさによるものではないことを登瀬は感じとっていた。きっと板ノ間に売れ数を持ち込むのが嫌だったのだ。ひたすらに技を高めている父の前で、言うようなことではないと考えたのだ。そうして直助は、まだ他所の地を見ぬうちに、父の櫛を神州一だと信じていたのだ。

「直助は父さまの櫛の凄さをよぐ話しとっただに。だで、あの男が持ってきた飾り櫛がおめやんの誇りにしとる櫛と違うことくれぇはおらにもわがる。そんねなまがい物を置いて、いくらかの銭を得ても、ここの宿にとってええことはないだに」

源次の口吻《こうふん》は素っ気なかったが、その一語一語には温《ぬく》い血が通っていた。どこか懐かしく、心地のいい気配が辺りに満ちる。ようやっと登瀬は落ち着きを取り戻し、源次を見た。木々を渡る清風がひどく遠くに聞こえる。源次もまた、まっすぐに登瀬を見上げていた。

「……おめは、まことにええのが？」

ややあってから、源次が口を開いた。

「まことにあんねな男に嫁して、ええだがね」

答えに窮してうつむいた登瀬の前に、濡れた手が差し延べられる。

——逃げよう。

逞《たくま》しくごつい手が、そう叫んだように見えた。

けれどもその刹那、登瀬はまったく唐突に悟ったのだ。もう受け入れるしかないのだということを。自分は一生涯藪原にいて、あの板ノ間で実幸と暮らしていくよりないのだということを、皮肉にも知ったのだった。それこそが父の望みだとすれば、そうするより他になく、それ以外の道を選べようもないのだった。

「源次っ」

宿の中から呼ぶ声がして、登瀬はとっさに源次から離れた。程なくして裏口から顔を出した男衆が、登瀬に訝《いぶか》しげな目を走らせてから「葱《ねぎ》、洗《あろ》うたか？」と源次に慳貪《けんどん》な声を投げる。「へい」と源次は小腰を屈め、足下に置いた笊を抱えると、会釈をひとつ登瀬に送って、小走りに裏口をくぐっていった。

「なにを油売っとる。和宮様がお通りになるまで日がないで。ただでさえ普請の手が足りんいうのに」

男衆の小言が途切れ途切れに響き、あとは大工らの使う木槌の音ばかりになった。登瀬は首筋に手を遣る。血道が激しく波打ち、火照っていた。触れられたわけでもないのに、そこに源次の手の感触が残っている。胸に溜まった熱い息をひっそり吐き出す。源次がまた出てくるような気がしてしばらくその場で待ってみたが、彼はもう姿を現しはしなかった。

四

御降嫁の列の御休泊場が正式に告げられたのは、八月に入って間もなくのことである。藪原は和宮様の御泊と決まり、村はいっそう沸き立った。

「えらいことやで。てっきり奈良井に御泊と踏んでおったが」

実幸でさえも思いがけないことだったらしい。奈良井にもお供の者は宿泊するそうだが、和宮様が御泊まりになるのは藪原の本陣寺嶋十右衛門方なのである。それにしてもなぜ御一行は何駅にもまたがって泊まるのだろう――飯時にそう漏らした登瀬に、実幸が「そらそうですわ」と笑って応えた。

「なんでもお供の方は三万近くあるいう話です。ひと駅にすべて泊まるわけにはいかんでしょう」

「三万……」

とてつもない数である。和宮様のお世話役である宮付のお役人がおよそ四百、朝廷の手配した人足が一万、お迎えにあがる幕府側の人足が一万五千、合わせておよそ三万人。そんな大行列が木曽路を通ること自体恐ろしいようだったが、それ以上に登瀬を驚かせたのは、中山大納言、菊亭中納言、千種左少将、岩倉侍従といった公卿方が列に加わっているという事実である。登瀬の家と壁一枚隔てた街道を、平素は御所におわす高貴な方々が通られるのである。

「えらいことになっただな」

溜息を漏らすと、また実幸が笑った。

「なにしろ天朝から将軍家へのはじめてのお輿入れや。そら、大がかりな行列になります。ま、熊野大神宮の神幸の列が通るのとは勝手が違いますわ」

最後のひとことに、藪原より他の土地は知らぬ自分への侮蔑が含まれている気がして、登瀬は箸を動かす手を止めた。熊野大神宮の祭礼は幾台もの山車《だし》や御輿《みこし》を伴った大行列になる。雌獅子《しもじし》と雄獅子《かみじし》、二台の屋台が絡み合いながら進む様が見所であり、郷の誇りでもある祭りなのだ。

「本陣の北側には新しく別棟を建てとりますな。あれはみな、お供の方々が御泊まりになるようです。それも六十畳の広さだといいますな」

上町の宿に櫛を納めに行っているからか、実幸は御降嫁にまつわるさまざまなことに詳しい。和宮様の京御出立は十月二十日、おそらく十一月の頭にはこちらにお着きになると、そんなことまで知っていた。

「和宮様は繧繝縁《うんげんべり》のお部屋に御泊まりになるそうやが」

「うんげん……いうのはなんね？」

松枝が律儀に首を傾《かし》げた。

「花や菱の模様が織られた錦の縁です。茶室なんぞに使《つこ》うてます。天子様の寝所の畳と同じものを誂えるようですわ」

へぇ、と母はしきりと感心してみせる。父は食べ終わった椀を置くと、早々に座を立って板ノ間に移った。実幸はそれが目に入らぬのか、平気で唾を飛ばし続ける。

「和宮様は熊野権現さんを見渡せるお部屋に御泊まりやそうやからご満足されるはずや。ただいずれにしても不調法は許されんさかい、本陣も気を入れなあきませんなぁ」

と、そのとき松枝が狙い澄ましたように言ったのである。

「和宮様のことも気になるだが、うちの合羽もいづにしたらええだがね。御降嫁の列の後だとずいぶん先になってしまうだで」

すがらんばかりに言葉を継ぐのは、一刻も早く跡取りを据えねば世間様への体裁が悪い、という焦りからだろう。けれどもそればかりでなく、飾り櫛で確かな儲けを出している実幸の気が変わるのを恐れているのだ。問屋を介さず宿とじかに取引していることもあって、塗師への支払いや材料代を差し引いても、お六櫛よりも一枚当たりの実入りがよく、その上売れ行きもいい。これまでいかに根を詰めて挽いてもその日の米にしかならなかったものが、今では半月程はなにもせずとも食えるだけの蓄えができ、膳も豊かになった。櫛挽く技を極めることのみに専心する吾助に比べ、商いをそつなくこなす実幸を頼みにし、一刻も早く正式に家に入ってほしいと母は願っているのである。

飾り櫛の商いが知れ渡った当初、一家に白い目を向けた村の櫛職人らも、吾助の家が次第に潤っていくのを見て今では態度を変えつつある。ことに安値でこき使われることに常より不満を持っていた若い職人の中には、自分も飾り櫛を手掛けたいと実幸に教えを請いに来る者もちらほら出ていた。実幸は嫌な顔ひとつせず彼らを受け入れ、丁寧に指南をしてやる。櫛師らは、儲けをひとりで抱え込もうとしないその寛大さに驚き、恐縮し、感謝し、実幸を崇《あが》めるようになる。

だが登瀬は、ここにも実幸の細かな計算が働いているのを見逃さなかった。手取り足取り櫛挽きを教えるのに、彼はけっして塗師を紹介してやらないのである。最後の工程である塗りに手順が及ぶと、困ったふうにこう言うのだ。

「わしは奈良井の塗師しか知らんのやけど、あっこももう手一杯言うとるしなぁ」

いかにも無念そうな顔を作ってさりげなく線を引く。すると若い櫛職人らはかえって申し訳なさそうな顔になり、

「そんねなことまで案じてくれんでも、塗師くらいおらが見つけるだで」

と、幾度も頭を下げて帰っていく。とはいえ、江戸風の絢爛《けんらん》な図柄に慣れた塗師がたやすく見つかるはずもなく、みな職人捜しに手間取って、未だ実幸に続いて商いをはじめる者は現れぬのだった。

「おらはできれば、御降嫁の列がお通りになる前に合巹を挙げてぇのだが。お実家《さと》の皆さんにもお越しいただかねばよ」

松枝は、しつこく言い募る。

「それもそうですなぁ」

実幸は小鬢《こびん》を掻いた。どこか気が乗らぬふうであった。

「せやったら、まずは略式の祝言を挙げさせてもうて、それから正式な合歪をしたらどないですやろか。家の者は宿の支度に追われて、今は藪原まで足を運ぶことはかないませんさけ」

ならばいっそ夫婦になることそれ自体を日延べにしてくれぬか、と登瀬は胸の内で念じたが、松枝は獲物を前にした猫のような目つきで「それがええ」と前のめりに頷いたのだった。

「ともかく、早く婿に入ってもらって落ち着かねばよ。それが一番だんね」

久方ぶりに朝から雨の日であった。

「天気《やにっこい》が悪いな。秋の長雨とならねばええが。普請が遅れるだで」

そうつぶやいて戸間口から顔を出した松枝が、「あっ」と、いびつな悲鳴を上げた。朝一番に上町へと出掛けていった実幸が帰ってきたのを見つけたのだろうと、板ノ間で粗削りをしていた登瀬は顔すら上げなかったのだが、次に母の口から出たのは思いも掛けない名であった。

「喜和……」

上鉋《じょうしこ》を操っていた父の手が止まる。登瀬も戸間口に目を向けた。まさか、という思いであった。子を産んだとて帰省もしなかった喜和なのである。

潜り戸から先に顔を覗かせたのは、喜和ではなく中年の男だった。

「すっかりご無沙汰しておりやす」

男は言って、松枝に向かって腰を折る。その冬瓜《とうがん》のように大きな顔と、少々間延びした長閑《のどか》な口調には覚えがあった。確か、喜和の夫で豊彦という者だ。

「そら、われも挨拶すろ」

豊彦が、背後に向かって言う。程なくして戸間口に現れたのは、間違いなく蓑《みの》に包まれた妹の小さな姿だった。まるで叱られた童のように、その場に立ちすくんでいる。

「ともかく……そんねなところにおっては濡れるだが。入ってくろね」

松枝が促し、喜和は半ば豊彦に引きずられるようにして土間に踏み入れる。笠と蓑を脱ぎ、ひっそりと屋内に目を走らせた。

——ずいぶんと面変わりして……。

かつて、水をたっぷり含んだように潤っていた肌には、細かな縮緬皺《ちりめんじわ》が寄っている。頬は無惨に削げ、こめかみには不格好な染みがいくつもできていた。着物は新調したものらしく襟も袂も色褪《いろあ》せてはいなかったが、妹の身体を覆っているのが根深い疲労ばかりであることは一目で見て取れた。所帯やつれというのはこういうものかと、登瀬の中の冷静な部分が残酷な判じを下していた。

「久しぶりだがね。まぁ、嫁してはじめてだがね。報せもろくに寄越さんで、まぁまぁ」

　母はやみくもに繰り返し、喜和はいっそう身を縮める。登瀬は板ノ間から出て、勝手場に入った。竈の火を熾《おこ》して湯を沸かす。松枝が喜和夫婦を囲炉裏端へと誘い、喜和は自分と夫の蓑を戸間口脇の鉤に引っかけた。一家が、濡れたものを乾かすときに用いている鉤である。

「よう、覚えとるな」

　登瀬は、妹に微笑《ほほえ》みかける。が、声が届かなかったのか、喜和は登瀬に目も向けず、夫の背中に身を隠すようにして座に着いたのだった。茶を淹《い》れたところで吾助も板ノ間から囲炉裏端に移り、すると豊彦はひとしきり無沙汰を詫《わ》びた。

「うちのことは気を遣わんでええだがね。これが元気にやっとればええだに」

　吾助は、喜和を指して言う。すかさず豊彦が、

「お陰様で元気でやっとりますで。元気だけが取り柄だと、母さまにも言われとるだものな」

　と、軽口を叩いた。喜和は黙って湯飲みの中を覗き込んでいる。

「それで今日はなんだっちゃこっちへ？」

　松枝の問いに、助郷で来たのだと豊彦は応えた。本陣の普請が間に合わぬから来られる者は来てくれと宮ノ越にも声が掛かって出張ることにした、どうせ藪原に行くのなら

喜和も連れてきたほうが孝行になろうと無理矢理引っ張ってきたのだ、と健やかな笑みを見せる。

「んだども、宮ノ越にも行列のお供の方が御泊まりになると聞いたで。おめやんの家はお宿でしたなし。大変ではねぇのが？」

母が訊くと、「いやぁ」と豊彦は頭を掻いた。

「宿は万事兄夫婦が仕切っとりますで。おらも普段は手伝《てつど》うてますが、ようへマをしますでな、大事なお客のときは『どっか行ってろ』と追っ払われるんだわて。ずっと兄夫婦に子ができんかったで、おらたち夫婦も子供もうちの両親にはそれなりに大事にされてたども、四年前とおととしと、兄のとこが立て続けに男の子を授かりましてな。跡継ぎもできたで、おらたちは正真正銘食客の身で肩身が狭いのだわて」

呵々《かか》と笑う豊彦の横で、喜和の首から頬が真っ赤に染まっていった。松枝が哀れみを帯びた目で、その横顔を窺っている。

豊彦は周りをはばかる様子も見せず、宮ノ越での日々や子供たちの成長を得々として語った。こんなに多弁な男だったろうかと登瀬は内心首を傾げる。同時に、話の端々からあぶり出される、喜和の暮らしぶりに動じてもいた。それは、婢女《はしため》となんら変わらぬ日々であった。誰より早く起き出し、宿の奉公人も含めたみなの朝飯をひとりで作り、昼間は野良に出て、兄夫婦と自分の子供らの面倒を見る。嫂《あによめ》は宿の仕事をこなしているが、喜和は客の前に立つことを舅《しゅうと》に許されておらぬゆえ、裏方の雑用を一手に引き受けているのだという。

「これは」

と、豊彦が喜和を顎でしゃくった。

「どうにもうちの父さまと反りが合わんで、苦労しますすんじゃ。義姉さんはえろう気に入られとるんだども、これのことはうまく仕込めんかったいうて、おらも父さまにしょっちゅう叱られます」

豊彦がぼやくや、松枝が「すまねぇなし。ご迷惑を掛けて。うちの躾《しつけ》が悪かっただが」とすかさず詫びた。と、それまで頑なに黙していた喜和が、

「そんねなことはないだわて。うまくやっとるだ」

と、金切り声を上げたのだ。

「なに言うとる。父さまに虐《いじ》められると、しょっちゅう泣いとるくせに。だども父さまだけのせいではねぇど。われの聞き分けが悪いのもいかんかったが」

豊彦の口振りは相変わらずあっけらかんと呑気《のんき》である。きっと悪気はないのだ。単に裏表のない好人物というだけなのだろう。が、かつては素朴で実直に見えたその人となりは、今の登瀬には愚鈍としか映らなかった。この男の総身に根を張っている鈍さに、喜和のような神経の細かい女が付き従うのはなまなかではなかろう。仕込むだの聞き分

けだの、まるで牛馬のように評される妹に、登瀬はつい同情の目を向ける。

と、喜和と目が合った。途端に妹の唇がひしゃげる。

「おらの話はええだがね。姉さんに悪いだもの。おめにも話しただが。姉さんはまだ独り身で櫛挽いとるだ。おらの苦労話をいっぐら作っても、姉さんからすれば羨ましいようなことだわて。独りで生きていく苦労に比べればよ」

ひと息に言って、喜和は引きつった笑い声を立てる。登瀬は、嘲《あざけ》りを含んだ舌鋒《ぜっぽう》にただ戸惑う。妹は、母のみならず姉である自分のこともまた、憎んでいたのか、と。

「子も産まず、いづまでも実家にかじり付いとる姉さんに、そんねな話しだら気《う》の毒《め》だでな」

いや、それがな、と松枝が紅潮した顔で切り出したときだ。戸間口の潜り戸が開き、

「えらい降りですわ」

と涼やかな声とともに実幸が飛び込んできた。この辺りでは珍しい桐油を引いた紙合羽を脱ぎ、手早く足を拭って、はしょっていた着物の裾をサッと降ろすと、鉤に掛かった蓑を見て「おや」というふうに首を傾げた。

「お客はんですか？」

言いながら囲炉裏端に顔を出したときには、土砂降りの中を帰ってきたとは思えぬ泥はねひとつない小奇麗な佇《たたず》まいに変じている。松枝が土間に飛び降り、実幸の背を押さ

んばかりにして登瀬の隣に座らせた。

「ちょうどえがった。喜和に報せんと、と思うとったで」

喜和は気を抜かれた様子で実幸を見詰めている。見惚《みほ》れている、と言ったほうが正しいかもしれない。同じ年頃の豊彦と座を囲んだために、ただでさえ華やかで人目を引く実幸の美貌や上質な着物がいっそう際立って見えるのだった。喜和は一旦実幸から目を逸らすと、さりげなく隣の夫を窺った。ところどころに継《つ》ぎ接《は》ぎをあてた作業着に身を包み、薄汚く無精髭《ぶしょうひげ》を生やし、すっかり弛《たる》んだ身体をした豊彦を仇《かたき》のごとく睨《ね》め付けてから静かに目を落とした。

「あのなし、うちもようやく婿をとることになっただがね。この実幸が、婿に入ってくれることになったずら」

松枝が一際誇らしげに言うと、喜和の肩がビクリと跳ねた。蒼白な面が、再び実幸に向けられる。

「……姉さんと夫婦になるだが？」

喜和はうめき、それを聞いた実幸が、

「ああ、登瀬さんの妹御か。どなたかと思いましたわ」

と、膝《ひざ》を叩いた。重く淀んでいた場の気配を、ひと掃きで一変させる軽やかな声であった。

「あれ、順番を間違えただね。婿さんに紹介もせんと。これが登瀬の妹夫婦だ」

松枝がおどけ、実幸は「はぁ、そうでしたか。これは気付かぬことで失礼致しました。吾助さんに付かせていただいておる実幸と申します」と穏やかに応えて豊彦たちに笑みを向ける。喜和は、その笑顔に目を凝らしたのち、グッと首を起こした。

「……おめ、一度ここに櫛挽くのを見にきてた者だが？　江戸に行ったんでねぇのげ？」

訊かれた実幸は喜和と会った覚えがないのか、曖昧な笑みを浮かべてかすかに頷くにとどめている。代わりに松枝が応えた。

「んだ。よう覚えとるなぁ。江戸の偉い先生のところで修業して、ここへ戻って来たんだ。うちが一番だ、言うてなぁ」

それから母は、実幸が奈良井の脇本陣という格式ある家の出であること、櫛師として図抜けた腕を持っていること、江戸での修業を生かして飾り櫛を手掛けてくれたおかげで暮らし向きがすっかり楽になったこと、今や村人からも頼りにされていることなどを、見苦しいほど滔々《とうとう》と語った。登瀬は、母が実幸を持ち上げれば持ち上げるほど父の面目が潰れるのではないかと気が気でなかったが、吾助は恬《てん》として茶をすすっている。

反対にあからさまにしおれていったのは喜和であった。登瀬はその様を見て、さりげなく勝手場に立った。囲炉裏端ではしばらく実幸の紹介が続いていたが、そのうち御降嫁の件に話が転じたらしい。豊彦の大きな声が響いてくる。

「どこもかしこも大わらわだで。んだども、おらにはこたびの御降嫁は天恵だった。助郷人足に出れば一日銀百匁《もんめ》もらえるで、助かるだに。うちにおっても穀潰しだで、思い切って子を預けて出てきてよがっただ、な、喜和。これも藪原に連れて来られましたで。たまには息抜きさせねば性根が腐っちまうと思うてな」

隣で喜和はどんな顔をしているだろうと登瀬は思い、早々に座を抜け出した自らの判じに胸をなで下ろす。

「それで、ひとつお願いがございます。普請は十日もあれば済みますで、それまで喜和をこちらで預かっていただけねぇが、と」

「もちろんうちはええだども、われは泊まらんだがね？」

吾助が問うのに豊彦は、自分は人足用に設えられた仮小屋で寝るからいい、そっちのほうが普請場に近いから便利なのだと言った。菰《こも》を持ち込んでみなで雑魚寝《ざこね》だ、藪原まで来てお菰の暮らしを知ることになるとは思わなかった、と剽《ひょう》げている。助郷人足は木曽路全体で二万人近く集められたという。宿自体も足りなくなっているのだろうし、御降嫁の列をお泊めする宿はどこも念入りに普請をしている最中であるから人足を泊めるゆとりなぞないのだろう。

登瀬、われはなにしとる、こっち来《こ》、と母の声がして、登瀬は仕方なく囲炉裏端に戻る。

「茶を淹れかえようかと思うて……」

苦しまぎれの言い訳をした登瀬の目に、身を硬くしてうつむいている喜和が映った。登瀬はなにか悪いことをしたような気になり、息を潜めて座に交じる。と、豊彦が腰を浮かし、「おらはそろそろ、人足仕事に戻らならんで」と、吾助に断った。「人足」という言葉に、喜和がギュッと拳を握ったそのとき、実幸が居住まいを正し、豊彦と喜和に正面を向けて床に額が付くほど頭を下げたのである。

「この家に入ることをお許しください。登瀬さんのことは生涯かけて大事にしますさかい。楽して暮らせるようわしが懸命に働きますさかい」

しばらくは誰もが呆然と、平伏する実幸を見守っていた。

みるみる目を潤ませたのは松枝で、「登瀬は果報だ、果報な娘だ。こんねな立派な婿さんが来てくれるだもの」と念仏のように繰り返す。豊彦もまた、「なんも、おらたちに頭下げることはねぇです。んだども、こんねに大事に思われて、姉さまはもう安泰じゃな」としきりと感心する。だが当の登瀬は、なぜか微塵《みじん》の感銘も受けなかった。一片の感慨さえも湧かないのだ。彼の言葉はここでも、ツルツルと鼓膜の外側を滑っていっただけだった。喜和の肩が小刻みに震えていることだけを、登瀬は気にしていた。

豊彦は土間に降り、鉤にかかった蓑を取る。続いて喜和も笠を手にした。

「喜和、われはここに泊まって行くんじゃねぇのげ？」

松枝が言うと、「そこまで送るだで」と、なんとか聞き取れるほどの小さな声が返ってきた。ふたりは出ていき、喜和はそれからだいぶ経っても戻らなかった。案じた松枝が表に見に行こうとし、もう暗いからと実幸が代わりに外へ出る。が、すぐに戻ってきて、「下横水のところにふたりでおりますわ」と案外なことを報じた。

「なんや、神妙な顔で話しておったさかい、声は掛けずに戻って来ました。もう少ししたらまた見に行きますけど」

それから程なくして喜和は戻ってきた。一家の待つ囲炉裏端に上がるなり、「おら、明日の朝には帰るでな」と短く告げた。

「豊彦さんと一緒に戻るのでねぇのか？　十日ばかりおると言うとったでねが」

訊いた母には目も向けずに返す。

「んだ。ふたりで帰る。別に助郷の金が目当てで来たわけではねぇだに。たまには里帰りもせねば、父さまと母さまに悪いだげ戻ってきただけだがね。人足手当のことも宮ノ越の話も、全部父さまや母さまに気ぃ遣わせねぇための方便だわて」

それきり喜和はほとんど口を利かなかった。実幸が気を利かせて話しかけてもろくに返事もせず、飯の時もうつむいて椀に顔を埋《うず》めていた。以前はかいがいしく勝手場を手伝う娘であったのに、囲炉裏端に座り込んで臼《うす》のように動かなかった。

その夜は久方ぶりに、妹とふたり布団を並べて寝た。寝床に入ってから、なにを話したものか登瀬が逡巡していると、喜和の潜めた声が蛇の這《は》うように伝ってきた。

「おらのほうが幸せだでな」

行灯を吹き消した後の、白い煙が闇の中にとぐろを巻いている。

「子をなして、何十人もいる家の切り盛りを一手に引き受けて……おらがあの家で果たしとる役目の大きさは、姉さんには及びもつかんことだわて。おらはあの家になくてはならん者だで。おらのほうが姉さんより、遥かに果報者だでな」

寝返りを打つ音が立って、後には張り詰めた静けさだけが横たわった。登瀬は闇に浮かんだ妹のうなじに目を遣る。雪のように白く滑らかだった喜和の肌を思い出しながら、その小さな姿を包むように見詰めていた。

五

「明日からしばらく、商いはせんでな。御降嫁の列が通られるまで、ここも閉めるで」

三次屋に櫛を納めると、米の入った袋を手渡した男衆が声を投げてきた。登瀬は小さく頷き、表に出る。明日の米がないとなれば、かつては青くなっていただろう。が、今は実幸が飾り櫛で稼いだおかげで、ひと月やふた月、働かなくともやっていけるくらいの蓄えはあるのだった。

文久元年の十月二十日、皇女和宮が当初の予定通り京を出立されたとの報が藪原にも伝わってきていた。

三万もの行列など目にしたことのない登瀬は、それだけ長い列ならば果たして何日がかりでこの藪原を通り切るのだろうか、その間自分たちはずっと土下座をするべきなのだろうかとむやみと案じる日が続いている。

未だ普請の音が止まらず、警護にあたる尾張藩士が各所で炯々《けいけい》と目を光らせており、めでたさよりも物騒な気配ばかりが藪原に満ちていた。

登瀬の仮祝言の日も、明後日に迫っている。吾助と松枝の立ち会いで、盃を交わすだけの略式ではある。だが今頃になって、登瀬の胸中に猜疑《さいぎ》が疼《うず》きはじめていた。

実幸が、婿入りまでしてこの家にこだわる理由が摑めないのだ。

吾助の技に惚れ込んだのは事実だろう。とはいえ彼は、梳櫛一意に仕事をする気はない。だいいち実幸の技量であれば、今独り立ちしても十分やっていける。それがなぜ、別段心を惹かれているわけでもない自分と一緒になってまで、家に入ろうとするのか――。

「登瀬さん」

背後から呼ばれ、足を止めた。八幡様の入口に立っていたのは源次で、その厳《いか》つい肩を見上げたとき、彼からはじめて名を呼ばれたことに気付いた。

「頼み事があって待ってただがね」

言いにくそうに源次はささやき、人目についてまた迷惑がかかってはいけないからと登瀬を河原に誘った。日暮れが近づいて、最前から風が強くなっている。時折、粉雪が舞った。この厳しい寒さの中を、和宮様はまことにお通りになるのだろうか。いっそのこと、すべてはまやかしであったと誰か告げてくれぬか。そうすれば自分もまた、嫁すことなく今まで通りお六櫛の技に没頭できるのではないか。途方もない考えが次から次へと浮かんでは消える。

川縁まで来ると、源次は足下の小石を拾った。それを川に投げ込む動きにまぎれ込ませて、「すまんな。引き止めて」と、対岸の山に向かって言った。

「われこそ宿を抜け出て平気だか？」

「ああ。御降嫁の列が通り過ぎるまで客は入れられんで、今は特にすることもねんだ。普請も終わったしな」

そうして、ゆっくり登瀬に正面を向けた。今日は袴姿である。このときはそれが、街道を守る尾張藩士よりもずっと板について見えた。

「頼みいうてもたいしたことではないのだわて。おめの髪の毛を一本もらいてぇんだ」

思いも寄らぬ申し出に、ぼんやり源次を見上げる。彼は気まずそうに目をそばめ、

「ええから、なんも訊かんでくろね」と心細げに頼み込む。言い知れぬ胸騒ぎを覚えはしたが登瀬はなにも訊かず、髪を一本抜いた。

「これで、ええだか？」

手を差し延べると、源次はそれを慎重に受け取った。一旦胸に押し抱いてから、懐から取り出した守り袋にそっと入れた。

「その仕草を見守っていた登瀬に、「おっ母が縫ってくれたものだで。わしが奉公に出るとき、珍しゅうこさえてくれただが」と照れ笑いを浮かべて見せる。月明かりに照らされているせいか、その笑みに寂しげな影が宿った。

「源次……おら、明後日、仮祝言を挙げるだが」

意思とは異なるところから言葉が転げ出てしまい、登瀬はうろたえる。なにを思って祝言のことなど源次に告げたのか。彼にどうしてほしかったのか——ただ登瀬はこのとき、昔に返りたいと願っていた。源次が鳥居峠の茶屋で働いていたあの頃に戻って、一緒にやり直せればどんなにいいかと思っていた。

源次は険しい面持ちで、口を引き結んでいる。登瀬は己に言い聞かせるように話を続ける。

「仕方のねぇことだがね。おなごはそうして生きていくよりないのだわて。和宮様だって……和宮様と同じように語るのは無礼なことだども……」

言えば言うほど、己の道を己で定めることのできぬ悔しさが、独りで生きていけぬ不《ふ》甲斐《がい》なさが、のしかかってくる。

河原の小石を踏む控えめな音が立った。山を下りてきた風が吹き抜けていく。身を刺すような冷たさに、たまらず目を瞑《つむ》る。

なにか大きなものに包まれたのを感じた。驚いて顔を上げるとそこに、源次の広い胸があった。

とっさに離れようとしたが、足も動かず声も出ない。登瀬の背中に回された腕が、少しずつ強さを増していく。彼はなにも言わず、ゆっくり身体を寄せてくる。草いきれに似た、汗の匂いがする。こわばっていた登瀬の肩から、溶かされるように力が抜けていった。

しばらくそうして、源次の鼓動を聞いていた。遥か遠くに犬の遠吠えが聞こえ、それを潮に源次がそっと身を離した。見上げると、目にいっぱいの涙が溜まっている。ぎこちない笑みを作った拍子に、一筋、頬を伝った。

「すまねぇ」

胸苦しくなるほどの潤み声だった。登瀬はゆっくりかぶりを振る。

「すまねぇ」

もう一度、源次は言い、背を向けて歩き出した。それきり無言で先導し、下横水まで登瀬を送ると、深々と一礼して踵を返した。

「源次、また……」

登瀬が声を掛けると彼は半身を開いたが、顔はこちらに向けようとしない。

「もし直助の草紙が出てきたら、また報せてくろね」

源次は小さく頷き、後ろを振り返ることなく行く。登瀬はその背が闇に吸い込まれるまで、立ち尽くしていた。

この二日後、登瀬は実幸と夫婦になった。朝飯を終えた後、普段と同じ着物のまま囲炉裏端で盃を交わすという簡素さで、思い煩っていたのが嘘のように呆気《あっけ》なく祝言は済んでしまった。が、安堵したのは束の間で、松枝が実幸の夜着を小室から登瀬の部屋に運び込んでいるのを見て総毛立った。

「なんだっちゃ、そんねなこと……」

止めようと伸ばした手を、

「夫婦となれば、同じ間で寝るのは当たり前のことだで」

と、母は軽やかに払ったのだった。

閨《ねや》でのことを、登瀬はほとんど知らない。嫁に出す前に母親が娘に事細かに教える家もあるから、登瀬もすでに嫁した幼馴染みから夫婦のことをうっすら聞く機会はあったのだ。だが松枝はそうした秘め事に触れるのを禁忌と思っているのか、家では一切知らぬ顔を決め込んでいる。他所の女房らに訊けばよかろうが、嫁にも行かず年増と呼ばれる歳になった身の上では恥の上塗りにしかならぬことも明らかで、到底訊く気も起こらずこの日を迎えてしまったのだった。

知らないだけに怖くて仕方なく、登瀬はその晩、なかなか寝間に入れなかった。板ノ間の床を磨き、竈を掃除し、と懸命に用事を作って、先に寝間に入った実幸が寝入るのをひたすら待った。父と母はすでに寝支度を整え、自分たちの部屋へ引き込んでいる。冷え切った土間にひとり佇んでいると、源次の温かみがむやみと思い出された。

遠くに梟《ふくろう》の声がした。軽い寝息が聞こえてくるのを確かめてから、登瀬は寝間に忍び入る。実幸はこちらに背を向けて寝入っている。女のようななで肩が拍子を乱さず上下していた。そういえば実幸とは、仮祝言から今まで言葉を交わしていない。夜も彼は、ひとりさっさと寝床に入ってしまったのだ。

音を立てぬよう自分の夜着にくるまり目を瞑った。街道の通行を差し止めているためだろう、一際静かな晩である。次第に眠気が押し寄せてきた。まどろんではハッと目を覚ますことを繰り返すうち、登瀬は隣に実幸のいることも忘れ、深い眠りに落ちていった。

どれほど経った頃だったろう。気配を感じて目を覚ました。闇の中にぼんやり白いものが浮かんでいる。まばたきを繰り返し、それが実幸の顔だと知って、登瀬はとっさに夜着をかき寄せた。

実幸は悪戯《いたずら》っぽく笑んで、登瀬の耳に唇を寄せる。

「隣はもう、すっかり眠られたようや」

生暖かい風に耳朶《みみたぶ》を撫でられて、肌が粟立った。実幸がしなやかな動きで登瀬に覆いかぶさる。顔からは笑みが消えており、鋭い目がこちらを見下ろしていた。登瀬にはその目が、なにか残酷さを孕《はら》んでいるように思え、総身が震え出すのを止められなかった。夜着を固く握っていた手が力任せに除《よ》けられる。

「ええな？」

彼は再び耳元にささやくと、思いがけない素早さで夜着をめくり上げ、登瀬の首筋に顔を埋めてきた。あまりの仕業にただ肝を潰していた登瀬だったが、実幸の手が胸元にさし込まれると小さな悲鳴を上げてしまった。隣にはけっして聞かれたくない。唇を噛んで懸命にこらえる。躍起になって他のことに気を逸らそうと試みる。が、実幸の繊細で滑らかな指使いは、その理性を呆気なく奪っていったのだった。

なにが起こったのか、過ぎてしまえば覚えていることなどひとつもなかった。身体中を這う冷たい指の感触と、今まで感じたことのない痛みが、残っているばかりであった。

実幸は、登瀬に夜着を掛けると素早く土間に降りて行った。水を使う音がして、しばらくすると、手拭いで執拗に指を拭いながら寝間へと戻ってきた。自分の夜着にもぐり込み、声のひとつも掛けずに目を閉じた。

登瀬は夜着を握りしめる。

「……和宮様はまことにお通りになるんだがね」

天井に向かってつぶやいた。実幸に聞こえたらしく、

「当たり前や。おそらくはそろそろ三留野《みどの》宿にはお着きやろう。あと五日もせんで、お通りになるわ」

小さく笑う声が返ってくる。登瀬は、源次を思っていた。あの、鋳物《いもの》のように硬い胸に宿った温かさを思っていた。闇に向かって手を伸ばす。なにかに触れたかったが、そこにはひんやりした空《くう》が広がっているばかりだった。

六

和宮様を乗せた御輿は、それから五日後、藪原駅に御泊となった。

事前に、民百姓は通りに出ることはならぬ、家の中から街道を覗くこともならぬとお触れが出て、登瀬たちは人見戸を閉め切って御列が通り過ぎるのを待たねばならなかった。すべてのお供が通り終えるまで、ここから実に四日を要した。

和宮様がいつ自分たちの家の前をお通りになったかは知れない。が、大勢の足音や

蹄《ひづめ》の音に耳を澄ましながら、自分が毎日櫛挽いてきた板ノ間から三間と離れていない道筋を和宮様は通られたのだと思えば、登瀬にはやはり遠くの出来事とは思えぬのだった。

江戸へ下ることは、きっと和宮様の本意ではない。朝廷と幕府とを結びつけるためにやむなく嫁すのである。神州を丸く収めるために御身を捧げられるのだ。天朝とは考えを違《たが》えた敵の懐に入り、平和裡に道を繫げていくのも、おなごにしかできぬお役目なのかもしれない。

――もし一女子の身にして、国難を済《すく》うを得ば、水火の中に投ずるも辞せず。

まだ十六の和宮様はそう言って、江戸に赴《おもむ》かれたという。比べてはならぬと知りながら、どんな女にも嫁すことに意味も役目もあるはずだと登瀬は信じようとしていた。子を産み、育て、家を守り、家を繫いでいく。それらはいずれも立派な役目なのである。だが嫁すことの、女にとっての幸せは果たしてどこに在るのか――。

御降嫁の列が無事に通り過ぎてしばらくは、実際に御列を見た者らから様子を訊くことに村人たちは誰しも夢中になった。御輿の塗りがいかに美しかったか。公卿方の着物がどれほどあでやかであったか。引きつれた牛馬の立派さ、御列を守るお供の雄々しさなど、本陣や宿で働く者らの語る話に多くが群がった。

「んだども、あんねな怖い者が藪原にいだとはなぁ」

そんな声が聞こえてきたのは、列が過ぎて十日ほど経った日、登瀬が井戸の水を汲んでいた最中であった。

「んだ。まさか、御降嫁の列を乱そういう者がおるとはのう」

「だども、捕まってよかっただに。志士だがなんだか知らねども、厄介な者がおるもんだで」

登瀬の内に嫌な予感が差した。逡巡する間もなく女たちの輪に割って入り、

「誰が捕まったんだ？」

と、性急に訊く。女たちは登瀬の勢いに気圧《けお》されたふうに束の間沈黙したのち、

「どこだが、西国の浪士だいう噂だで。三、四人捕まったと」

「西国者だけか？」

「んだ」

答えを受け取り、登瀬が安堵し掛けたとき、ひとりの女房が言った。

「いや、それを手引きしとった者もお縄になったど。そら、上町の宿に働いとる、もとは青楼《せいろう》の出いう若いのだ」

心ノ臓が早鐘《はやがね》を打ちはじめる。耳を塞ぎたいという衝動にかられる。

「そうだ。源次っつったな。蔦木屋の若《わ》け衆《しょ》だ。大罪人だ、もう獄から出られることもねぇで。んだども、蔦木屋も厄難だなし」

目の前が揺れた。登瀬はよろけて井戸に手をつく。

「どうしだ？」

「顔色が悪いで」

口々に言う女たちの声が、だんだんに薄れて聞こえなくなった。

第六章　源次の夢

一

登瀬は、家の誰にも告げず、ひとり四軒町に向かっている。文久二年が明けて間もない、朝から雪の降りしきる日であった。笠も蓑《みの》もたちまち真白に変じ、藁沓《ふんごみ》で固めた足《あし》下《もと》もおぼつかない。それでも登瀬は、街道筋を上る足を止めようとはしなかった。

信玄坂手前にある御鷹匠《おたかじょう》役所の番屋に源次が繋《つな》がれていると耳にしたのは、御降嫁の列が過ぎて半月程のちのことだ。子細を訊《き》くため蔦木屋を訪ねた登瀬に、茂平は告げたのである。

「尾張藩にお引き渡しいうこどだども、時勢が時勢だ、お奉行様もご多忙だに、ひとまず藪原で身柄を預かるいうことだんね。共に動いた西国者も国許《くにもと》に返されたそうだげ」

続けて茂平は、まさか源次があんねな不始末をしでかすとはな、うちもすっかり肩身が狭くなっだ、他の宿に顔向けできねぇ、なにせ奉公人から罪人が出たんだげ、と平素穏和な彼には似合わぬ恨み言を連ねたのだった。

「われも、もう関わってはなんね。また妙な噂が立ってはなんねがらの」

前に一度、中の町の飯屋に源次とふたりで入り、村の噂になったことがあった。茂平が言うのがその件なのか、それとも他にも噂が立っていたのか、登瀬は知らなかったし、知りたいとも思わなかった。ただ、直助の死んだのちも旅人のもたらす草紙をこまめに届けてくれた茂平であるのに、源次をすでにいない者として語るのがたまらなかった。

顔を見られぬよう街道を行くには、この吹雪も好都合であった。大橋を過ぎ、六軒町へ踏み入る。向かい風がきつく、うまく息ができない。礫《つぶて》のような雪が顔を弾く。爪先が痺《しび》れ、感覚が薄らいでいく。このまま自分のすべてが雪に飲まれて消えてしまうのではないかと恐れ、それも悪くはない、とひっそり思う。

荻曽に伝わる涙岩の話が、なぜだか浮かんだ。十《とお》になる男の子の話だ。母を亡くし、父と継母《ままはは》、それから祖父母と村に暮らすその子は、あるとき薪背負いのためにひとりで奥峰沢に入ったのだった。薪を集め終え、さて帰ろうと山を下りかけたとき、地面から突き出した藤蔓《ふじづる》に足をとられて転んでしまった。運悪く岩に頭をぶつけ、大怪我を負う。男の子は泣いて助けを呼ぶが、人里離れた山中のこと、誰ひとり通る者もない。と、突然空が明るくなり、雲間から死んだ母親が現れるのだ。男の子は母の胸に抱かれて、十万億土へ旅立っていく――。

木曽に伝わる話の哀しさに登瀬は息をつき、直助であればこの昔話をどんなやり方で、幸せな物語に変えるだろうと推し量る。それにしてもなぜあの子には、きれいで明るい景色ばかりが見えていたのだろうか。

番屋の入口で笠と蓑を脱ぎ、番人に来意を告げた。内々に貯めていたわずかな銭を心付けとして渡し、源次に差し入れをしたいのだと黄粉《きなこ》をまぶした凍餅《こおりもち》を見せると、胡乱《うろん》げな目を向けながらも番人は中へ通してくれた。

獄といっても小屋のひと間である。急拵《きゆうごしら》えの錠が外され、細く開いた戸の向こうに源次の背中が見えた。この寒いのに身につけているのは単衣《ひとえ》一枚きりで、かたわらには夜着の代わりなのか藁《わら》が積まれてあった。長らく湯も使っていないのだろう、饐《す》えた臭いが満ちている。

「中に、入れていただいてもええだが？」

番人に訊《たず》ねると、源次が振り返って目を瞠《みは》った。表から話せと慳貪《けんどん》に命じる番人に、

「これを食べてもらいたいだげ、おらも中に入らせてくろね」

平身低頭頼み込み、房の中へ入ることをようよう許された。戸は細く開けられたまま、番人は外で見張っている。

源次はなおも信じられぬという表情《かお》をして、間近に腰を下ろした登瀬を見詰めている。ほんのふた月ほどであるのに、彼はずいぶん様子が変わってしまった。痩《こ》けた頬を無精髭《ぶしょうひげ》が覆い、髪はざんばら、はだけた前から覗《のぞ》く胸にはあばらが浮き出ている。登瀬は首筋に氷を押し付けられた心地であったが、努めて明るい声で言う。

「凍餅を作ってきたで」

手の震えを気取《けど》られぬよう手早く竹皮の包みを開き、源次に差し出す。彼はとっさに伸ばしかけた手を止め、険しい目を登瀬に向けた。

「なんだっちゃ来ただが」

葉が擦れ合うほどの小声である。

「罪人に関わったと知れたら、おめも白い目で見られるだんね」

「罪人ではねぇ。おらにとっで、われはただの源次だでな」

登瀬は餅の包みを、無理矢理源次に握らせる。彼は、その重みを身体に染み込ませるようにして胸に抱いた。

「馬鹿《たあげた》な男じゃと思うとるじゃろ」

自嘲を含んだ溜息が響く。登瀬は静かにかぶりを振る。

「んだども、おらにはそれしがねがった。それしが思いつかんかっだ。どうにかして世を変えたかっただに」

幼い頃から、出自に苦しめられてきたのが源次であった。登瀬もまた、女であるがゆえの苦悶《くもん》を背負っている。いずれも自分のせいではないにもかかわらず、自らが負うよりないものであった。こんなつまらぬ枷《かせ》から一刻も早く解かれたいと何度願ったかしれない。しかし源次のように、御公儀がなくなり世が変わったところで万事が覆《くつがえ》るとは、登瀬にはどうにも思えないのだった。

「われは、世を信じとるんだな」

つぶやくと、源次は目を見開き、すぐさま恥じ入るようにうつむいた。

「信じてなんぞ……おらはずっと背いていただで」

「いや。われは世を受け入れできただが。受け入れて挑んだが。偉《えれ》ぇな。偉ぇこどだが」

源次の口元が、なにか言いたげに蠢《うごめ》いている。が、やにわに餅に手を伸ばすと、喉元までせり上がってきた言葉を押し戻そうとでもするように次々と口の中に詰め込んだ。シンとした房内に咀嚼《そしやく》の音だけが響く。生きようとしているのか、息を止めようとしているのか、音の限りではわからなかった。

登瀬は羽織ってきた綿入れを脱ぎ、源次の肩にかける。彼は餅を食《は》むのを止め、身をこわばらせた。広い肩だ。登瀬の綿入れでは覆いきれぬ肩だった。

「ここに入れられてから、よく直助の夢を見るだがね」

かろうじて引っかかっている綿入れの襟を、源次は両手で胸のほうに引き寄せて言う。

「おらとつるんでた頃の直助だ。おらはあいつが好きだっただ。面白い奴だと思ってでた。ただ、なに考えとってでた直助だ。いづもふざけてばっかりおっで、落ち着かなく飛び回るがようわがらんところがあっだ。んだども、ここさ来で、少しだけわがっだ気がしだがね」

「わがっだ？　なにがだ？」

「直助が腰を落ち着けて櫛《くし》を挽《ひ》かずに、おらといだ理由《わけ》だ」

登瀬は力なく笑んで、首を横に振る。理由なぞとうにわかっている。あの子は外に出たかったのだ。藪原という小さな集落にとどまらず、大きな世に触れたかったのだ。さほど好いてはいない櫛挽という仕事に囚《とら》われず、もっと広いところで己がまことに為すべきことを探したかったのだ。

「あいづ、本当は櫛挽くこどがなにより好きだっだのではねぇが、と思うてさ」

「まさが」

登瀬は苦笑する。確かに直助には櫛挽く才があった。抜きん出た才だ。もし生きていたら実幸よりも優れた職人になっていたのではないか――それほどずば抜けた勘と器用さがあった。それを自分でも知りながら直助は、躍起になって板ノ間の仕事から逃げ回っていたのだ。

「草紙描くこどより、櫛を挽きたかったとおらには思えてなんねんだ。父《とっ》さまの技を身につけてぇと思ってたんではねぇが」

「そんねなこどはねぇ。あの子はまことに嫌がっていだでな。櫛のこどは姉《あんね》さに任すど言っで、父さまが教《おせ》ようとすると姿を消して」

「……んだで、それが」

源次はそこで一旦言葉を呑んだ。逡巡するふうに目をさまよわせてから、そっと登瀬を見詰めた。

「おめを思っでのこどだったんではねぇが？」

「おらを？」

「んだ。おめがどんねに櫛に魅入られとるか、あの勘がいい直助が気付かねぇはずはないだげな」

だからといって、長男である直助が姉に父の跡目を継がせる役を譲るなど想像に難いことである。直助が家を継ぐことは、生まれたときから決まっていた。それに従うのは至極自然なことで、一家にとって確かな約束だった。登瀬もまたあの頃は、直助が跡を継ぐものと信じて疑わなかったのだ。「そんねなはずはない」と心の内で唱えながらも、なににおいても自分は後回しであった直助の性分を、登瀬は思い起こしている。

「あいづ、よぐ言ってたんだ。櫛は姉さが婿とって継げばええ。それが一番、丸く収まるだに、と」

「直助は十二歳で亡《の》うなったんだよ。そんねなこどまで考えとるはずはないだが」

「いや、直助はそんねな奴だ。えらい利口者だで、人も物事も奥深くまで見えとったが」

源次は、羽織った登瀬の綿入れをまた引き寄せて低く続けた。

「それに今のおらには、直助の気持ちがわがる。おめを思う心がわがるでな」

さっきまで轟々《ごうごう》と鳴り響いていた風の音も、戸の外にいる番人の気配も、一切が消え去ったかに感じられた。この世はもはや真っ白に覆われ、自分と源次しか残されていないのではないかと登瀬は思い、それをはっきり望んでいることにうろたえた。

「ただな、直助は遠慮したのではないのだわて。おめが父さまを継ぐことを心から望んでたんだ。素直に、それがええと思ったんだ」

登瀬はけれど、なにひとつ応えられなかった。櫛挽としてこののちやっていく自信を、今ではすっかり失っているのだ。実幸という飛び抜けた才能と日々間近に接する中で、吾助を継ぐ意味が見出せなくなっていた。女であるのに櫛挽だなぞ、というさんざん繰り返されてきた母の小言を追いやり、わがままを通して櫛を挽き続けた身であるのに、このまま板ノ間にいていいものかさえ、わからなくなっているのだ。

「おらはもっど素直に生きればえがったと今になっで思う」

源次は言って、登瀬を見た。

「だで、おめは思っだ通りに生きろ。悔いを残してはなんね」

息を吐くと、綿入れを脱《し》いで差し出した。

「さ。もう行げ。ここは凍みるで」

登瀬は綿入れを受け取り、胸に抱く。だがすぐに伸び上がって、再びそれを源次の肩にかけた。

「これはここに置いていぐ。おらには蓑があるだで。われが解かれたとき、返してくればええだに」

引きかけた手を、強く摑《つか》まれた。大きなその手に少しずつ力がこもっていく。登瀬は戸惑いを封じ込め、されるがままになっていた。源次の手は、こんな場所にいてもまだ温かかった。

「あのなし、源次」

そのとき戸の外から、「刻《とき》だ。出ぇっ！」と番人の声が響いた。登瀬はとっさにかぶりを振り、源次に向かって言葉を継ぐ。

「源次、おらも……」

思いがけない力で、手が振りほどかれた。登瀬はよろめき、その場にくずおれる。源次は素早く背を向けて、「行げ」と短く言い放った。それでも動けずにいた登瀬に、

「ええがらっ、もう行げっ！」

と吠えた。鼓膜が痺れる。ようやく声になりかけた思いも粉々に砕けた。登瀬はわけもわからず立ち上がり、戸口に向かう。

「おらのことは忘れてくろね。おめは、おらのような者に関わってはなんね」

柔らかい潜め声を背中に聞いた。急いで振り向いたが、源次は頑《かたく》なに後ろを向けている。綿入れに抱かれたその肩が、かすかに震えているように登瀬には見えた。

「塗櫛は、これからあんたに任せたいと思うとるんやが、どや？」

冷雨の降ったある夜、閨《ねや》の中で実幸が告げた。夫婦《めおと》になって半年近くが経《た》つというのに実幸は、未だ隣の父母が寝入っているのを確かめてから登瀬を引き寄せる。それは、義父母に睦言《むつごと》を聞かれる恥ずかしさゆえの遠慮ではなく、この家に自分の跡を残さぬための彼の用心とも思え、登瀬はときに薄ら寒さを覚える。

「おらが？」

着物の前をかき合わせ、半身を起こした。

「ああ。梳櫛《すきぐし》よりは細工も楽やし、塗りも奈良井の者《もん》に任せればええさかい手間はかからんで」

あくび交じりに言う実幸ににじり寄る。これまでもなにかと塗櫛の手伝いをさせられ、ただでさえお六櫛を作る刻が削られているのだ。

「飾り櫛は、おめの仕事でねぇが」

「なに言うとる。わしの仕事やないで。この家のための仕事や。家の地を固めて、暮らしに困らんように細工しただけや。存分に梳櫛に打ち込むために考えた手立てや」

身を入れて為すべき仕事があるならば、他で活計《たつき》を立てたほうがいいのだと実幸は続ける。精緻な梳櫛を仕上げようとこだわればこだわるだけ手間がかかる、それなのに実入りが増えぬでは勝手場が干上がるのは目に見えている。上物である天印櫛を挽いたところでようやく日々の米が賄えるほどの儲《もう》けにしかならぬでは、心おきなく技を極めることなどできない。だから金の心配をせずに櫛を挽けるよう塗櫛で稼ぐ道筋をつけたのだ、と鼻を膨らませるのである。

「これまでわしがさんざん働いて目処《めど》をつけたんや。そやさけ塗櫛は、このの ちあんたに託したいんや」

「そんねな勝手なこど」

「なんも、勝手やあらへん。夫婦いうのは助け合うものやないか」

都合のいいときばかり「夫婦」を持ち出され、登瀬のこめかみが疼《うず》いた。だいいち仕事の割り当てを決めるのは、板ノ間を取り仕切っている父であるはずだ。応えずにいると、実幸が身を起こして登瀬の頰に手を伸ばした。滑らかな動きで後れ毛を撫《な》でつける。そうしてから夜着の上に胡座《あぐら》をかき、隣の部屋を見遣る仕草をしてみせた。

「それにな、そろそろわしが本腰入れな、この板ノ間はどもならんで」

実幸が口走ったことの意味を登瀬は一瞬で解し、解してしまったことにひどく取り乱した。喉の奥からうめきとも悲鳴とも言えぬものがせり上がってくるのを、息を詰めてかろうじてこらえる。

「あと二年……いや、わしなら一年で追いつける。この板ノ間のためにも、お六櫛のためにも、急がなあかんのや」

頭に血が上った。鷲摑《わしづか》みにした枕を振り上げる。いけない、と思ったときにはもう手から離れていた。ガンと、鈍い音を立てて壁が鳴った。実幸が啞然《あぜん》とした顔をこちらに向ける。

「なんの音だがね」

隣から、松枝のおびえ声が忍んできた。

「なんでもねぇ。なんでもないだで」

答えはしたが、声が上ずった。登瀬は枕を拾い上げると、夫に背を向け夜着にもぐり込む。うなじの辺りに痛いような視線を感じる。が、そこに宿っているはずの感情を、どういうわけか、微塵《みじん》も汲《く》むことはできなかった。

――直助は、よく言ってたんだ。櫛は姉さが婿とって継げばええ。それが一番、丸く収まるだに、と。

源次の声を夢中で呼び覚ます。過去から呼びかける不確かな声でしか今の自分は救われないのだと気付いて、登瀬は深い井戸に落ちたように孤独だった。きつく目を瞑《つむ》ると、足下が崩れていく音さえ聞こえてくるのだった。

二

薩摩島津の大軍が上洛《じょうらく》したと聞こえてきたのは文久二年四月のことである。戦《いくさ》でもする気か、と藪原はその話で持ちきりになったが、薩摩が勤王なのか佐幕なのか、肝心の主意が知れない。そもそも軍を率いてどこと戦う気なのかと誰もが首を傾《かし》げたのだが、程なくして伝わってきたのは、薩摩 攘夷派《じょういは》の有馬新七らが寺田屋で上意討ちに遭うという同藩同士の争いであって、どうやら時勢は前にも増して混沌《こんとん》としているようなのだった。

「薩摩みでぇな外様が都で騒ぎを起こすなぞ世も末だわて。だども、攘夷志士を殿様が討ったいうだげ、薩摩は御公儀に忠誠を誓っとるだが、きっと。それにしでも、和宮様が御降嫁になって、丸く収まると思うとっだにいづまでも落ち着かねぇだな」

勝手場で水仕事をしながら松枝は実幸の受け売りを口にして肩をそびやかしたが、その様はどこか安穏としたふうが漂っていた。外がどれほど荒れていても、家の中がうまく収まっていることが、母を安らがせているのである。けれども登瀬には、世情よりもこの家の中のほうが、遥《はる》かに危うく感じられるのだった。

「母《かっ》さま《か》」

声を落とし、辺りに人気《ひとけ》のないことを確かめてから続けた。

「父さまのこどだども、他の医者にも診せたらどうね」

「他の医者いうても、この村には正光先生より他にまども な医者はおらんだが」

「だげ、奈良井や他の村から呼んで……」

「同じこどだがね。歳とったらみななるものだと、正光先生も言うておっただが」

昨年暮れから、吾助の調子がどうもかんばしくないのだった。手首や指の節々が始終痛むらしく、鋸《のこ》を持つのさえ辛そうな日もある。父はけっして痛みを訴えることはなかったし、他の者に案じられるのをなにより厭《いと》うのもわかってはいたが、登瀬が無理を言って、年明け早々、医者を呼んで診てもらったのである。長年手を酷使すると出てくる痛みで、暖かくなれば少しはよくなるだろうと医者はあっさり告げたのだが、四月になった今も癒えず、それどころか膝《ひざ》や肩まで勝手がきかなくなっているらしいのだ。

「先生の出してくれた煎じ薬も効かんようだで、薬だげでも他に変えてみたらどんねかのう」

登瀬が食い下がっても、松枝はのんびりと汁物の味見なぞしている。

「仕方がないだわて。爺様《じいさま》も手の節が腫れあがっとったもの」

「んだども、父さまが櫛を挽げなぐなったら……」

「案じても仕方がないだに。なるようにしがなんねんだ」

仕方ない、と父のことまでそのひとことで片付けようとする母に苛立《いらだ》ちが募る。長年家を支えてきた吾助の櫛、なにより天下一と謳《うた》われた伴侶の技が失われようとしているのに泰然としていられるのも、実幸という跡継ぎができたためかもしれぬと思えば、これまでの一家の歩みを踏みにじられたようでいっそうやりきれなかった。

「それより登瀬。われは婿さんに感謝せねばならんで。薬代がたやすぐ出るのも、塗櫛で蓄えを作ってくれたおかげだでな」

登瀬は竈《くど》の中を覗き込んで、応えない。ひと月前から登瀬は塗櫛を挽くようになっていた。結局、強引な実幸に逆らえなかったのだ。歯の数も少ない、形も平板な櫛を挽くうち、身体が覚えたお六櫛の拍子を忘れてしまいそうで気が滅入った。それでも、「さすが、ええ出来やなぁ」と、むやみと褒めて機嫌を取る実幸を白々と見返すのが、登瀬にできるただひとつの抗《あらが》いなのである。

吾助は同じ板ノ間にいて、なにも言わない。夫婦のことには口出しせぬと決めたのかもしれない。

「父さまのこど案じるならな、登瀬」

母が身を寄せてきた。

「早《はい》ぐ子を作れ。それが父さまには一番の薬だでな」

耳打ちして、笑みの眉を開いた。

実幸は、自ら宣した通り、梳櫛のみを挽くようになっている。三次屋との間柄は未だ剣呑《けんのん》であったから、櫛木選《い》りは登瀬に押し付け、自らは一切問屋に出向かない。その上、なぜか仕上げた櫛を三次屋に納めようともせず、いつまでも手元に置いておくのである。おかげで仕入れに対して売り上げが減り、このままいけば三次屋から米を受け取るどころか櫛木の代をこちらが納めねばならなくなりそうなのだ。

登瀬は夫に何度となく、櫛を納めてほしい、と頼んだ。登瀬が梳櫛を挽けぬ上、吾助も板ノ間にこそ上がるが、前ほどの速さでは挽けなくなっている今、日に納められる数はたかが知れている。が、実幸は「まだ塗櫛の蓄えがあるやろ」と、取り合わない。三次屋に櫛を納めるたび手代からは、

「今日も米にはならん。われが仕入れた櫛木代が越えとるだげな」

と冷ややかに言われ、主の伝右衛門は得たりとばかりに、

「えらい婿さんもろうたがね。櫛も挽かずに朝寝朝風呂のなまけ者《ずくなし》か」

と、皮肉る。

登瀬はほとほと参っていた。幼い頃から常に光をたたえて見えた板ノ間が、今は薄暗く冷え冷えとした場所にしか感じられなくなっている。実幸と一緒になったことで、登瀬は世間にも申し分の立つ立場を家の中に得たはずだった。けれども実際には、それまで確かにあった居場所が日々失われているのだった。

夏の間も吾助の加減はよくならず、秋に入って朝晩冷えるようになると、一枚櫛を挽き終えるたびに指をさする姿が目に付くようになった。為す術《すべ》もない登瀬は気鬱で、三次屋に行くのもひたすら足が重い。

その日もうなだれて街道筋を下っていると名を呼ぶ者がある。見れば蔦木屋の茂平で、馴染《なじ》みの飯屋で一杯やった帰りなのだと、彼は縁の赤くなった目をたわめた。

「こんねな刻に？　宿を抜けて大事ないだが？」

上町《かんまち》の宿屋はどこも夕餉《ゆうげ》の片付けに追われているはずの刻である。茂平は下唇を突き出して、

「客がねぇだに」

と、言い捨てる。そんなはずはない。このところ街道筋の人通りは、御降嫁の列がお通りになる前の比にならぬほどに増しているのだ。

「多紀屋の婆が、いらんこど言うだで。源次は昔、あの茶屋で働いとったでな、その頃から婆はよう思うとらんかったのだわて。だで源次がしょっ引かれたとき、それ見たこどかと嬉々《きき》としとっただに」

鳥居峠の茶屋を仕切る女主人が、立ち寄る旅人に源次のことをなにくれとなく言い立てるのだ、と茂平は口元を歪《ゆが》める。それを聞いた旅の者は、わざわざ咎人《とがにん》を出した宿に泊まることもないと思うのだろう、蔦木屋を避けてしまうらしいのである。

「まぁな、薩摩が異人を斬って、攘夷派を怖がる者も増えとるだに、うちが避けられても文句は言えんだが」

「薩摩が、異人を？　都で同士討ちをしだのではないだがね？」

茂平は目をしばたたかせ、「それは薩摩の殿様が京におった時分の話だんね。もう江戸に移られただが」と呆《あき》れ声《ごえ》を出す。

「江戸へ……」

「んだ。われ、まことに知らんのが。この八月のこどだで。あんねに騒ぎになっだに。武蔵国の生麦村で、殿様の行列を異人が馬《うんま》に乗ったままやり過ごそうとしたで、家臣のひとりが無礼じゃいうて斬りかかったんだがね」

そんな大事が起きていたなど、微塵も知らなかった。耳聡《みみざと》い実幸は知っていようが、この頃は夫婦の間に会話も乏しく、囲炉裏端でも話題に上らなかったのだ。

「薩摩はなかなか食わせ物だで。御公儀は異人を斬った者を差し出すよう藩父の島津久光公に命じたそうじゃ。夷狄《いてき》に気を遣っとるだでな。だども薩摩は、下手人《げしゅにん》は逃げたと言い張ったと。庇《かば》っとるのだわて」

「逃げとらんのに、逃げたと嘘ついとるだが？　罰が与えられんだが？」

「おそらぐな。そんねな老獪《ろうかい》な藩がこれから伸《の》していぐのがもしれんな」

ならば……と登瀬は御鷹匠役所のほうを見遣った。源次もいずれ放免されるのではないか。なにも人を殺《あや》めたわけではないのだ。ただ浪士たちと御降嫁の御列を止める企てをしただけだ。刃を振るった者が藩のはからいでお咎めなしになるのであれば、源次も奉行所に引き渡されることなく許されてもおかしくはない。

「そんねなことより、われの婿さん」

茂平が話を変えたせいで、登瀬の内に灯《とも》りかけた温《ぬく》みはあえなく冷めた。

「またなんだっちゃ企んどるようだんね。上客があっだら紹介してくろねと、上町の宿を回っとるだがね」

登瀬の挽いた塗櫛を上町の宿に納めにいくのは、今まで同様実幸の役目である。なぜかその役だけは登瀬に押し付けることなく、奈良井の塗師《ぬし》から品が上がってくると、そそくさと担いで出掛けていくのだ。

「上客？　塗櫛を買うお客だが？」

「客には客だが、商人《あきんど》に限るいうこどだに。江戸や京から来た商人で、身代のありそうな者がおったらすぐに報《しら》せてくろねと、宿いう宿の番頭に、こう……」

茂平は袖の下を渡す仕草をしてみせた。ただでさえ梳櫛の実入りが減っているのに金を持ち出していると聞いて、登瀬は一驚を禁じ得なかった。

「もっともうちには来んかったけどな。塗櫛は置かんと、前に源次が勝手に断っただに」

た。
茂平はまた頬を歪めた。
早々に実幸を問い詰めねばならぬと、茂平と別れた登瀬は足を急がせたのだが、家に戻ってみれば板ノ間にも囲炉裏端にも実幸の姿はなく、松枝に訊くと、さっき上町の宿の者が呼びに来て出掛けて行った、途中で会わなかったか、と答えが返ってきたのだった。

板ノ間では吾助がひとり、櫛を挽いている。その拍子を乱さぬようそっと上がり、実幸が梳櫛を溜め込んでいる桐箱を窺《うかが》う。確かに五つ重ねてあった箱が、四箱に減っている。不穏が首筋をさすった。飾り櫛のみならず、梳櫛まで問屋を通さず売っているとすれば大変なことである。櫛木を仕入れた問屋に納める以外の商いは、挽売《ひきうり》といって法度《はっと》なのだ。だいいち櫛は銘々勝手に扱う品ではない。ひとつの板ノ間で生み出すものだ。

パキッと乾いた音が響いたのは、そのときだった。
なんの音かと首を回した登瀬の目に、鋸を手に居すくんでいる父の姿が映る。怪訝《けげん》に思ってその手元に目を遣り、息を呑んだ。

櫛の歯が二本、床に落ちていた。盤《ばん》に残った櫛木は歯が欠けて、不格好な隙間を見せている。登瀬はとっさに目を背け、粗鉋《あらしこ》を摑んだ。一切に気付かぬふうを装って、粗削りをはじめる。嫌な汗が背中を伝っていった。下駄で踏まれでもしているように鳩尾《みずおち》が痛み出す。汗ばんだ手が震えてきたが、登瀬は踏みとどまって懸命に削り続ける。なにひとつ目に焼き付けぬようにして、一心に粗鉋を動かした。

この年の十月、宮ノ越から届いた文《ふみ》には、喜和の舅《しゅうと》が亡くなったとしたためられてあった。実幸によれば男の筆跡《て》だというから、豊彦が書いて寄越したものかもしれない。

「あらまぁ」

松枝は、桶《おけ》の水をこぼしでもしたような呑気な声を上げ、「どんねな人だったかねぇ。もう顔も覚えとらんだに」と軽口まで叩《たた》いた。母は、かつて異常なまでに恐れていた死や喪失に接しても、近頃は悠然として動じない。

登瀬は喜和の祝言に行かれなかったからその舅には会ったことがなかったけれども、自分の親たちがそんな歳になったのだと現実《うつつ》を突きつけられて背筋が冷えた。

「見舞いを送らねばならんな。余計なことど喜和が怒るかもしんねども」

囲炉裏端で粥《かゆ》をよそいつつ松枝は言う。

「多めに包んで飛脚に持たせたらええでしょう。登瀬さんのただひとりのきょうだいですさかい」

家長であるかのようなしたり顔で実幸が応えたとき、

「行ぐ。おらが弔問さ行ぐで」

と、とっさに登瀬は叫んでいた。今の今まで思いもしなかったことで自分でも驚いたが、喜和はただひとりのきょうだいではない、直助もいるのだと、言っても詮ない憤りに突き動かされたのである。目の端には、手の指をさする父の姿が映ってもいた。

「われが？　ひとりでか？」

松枝が首をひねる。登瀬がひとりで行ったとてまともな遣いができるわけがないのにという困惑と、すっかり疎遠になった妹を今更なぜ訪ねるのかという懐疑とが、母の総身から立ち上っている。

「行ぐなら馬子を雇え」

そう切り返したのは吾助である。父は、突拍子もない娘の申し出に少しも動じるふうはなかった。「そんねな贅沢《ぜいたく》」と母が言いさしたのを、今度は実幸が「なら、わしが手配しますわ」と遮って、呆気《あつけ》なく登瀬の宮ノ越行きが決まってしまった。実幸にすれば、「登瀬ひとりで行ぐくらいなら夫婦で行ったらどうだ」と松枝が言い出す前に片を付けたかったのだろう。

喜和に会って慰みを言いたいわけでも、妹の嫁ぎ先を見ておきたいのでもない。ただ一時でも板ノ間から離れたくて、あんなことを言い出したのだ――宮ノ越へ向かう馬に揺られながら登瀬は正真な気持ちに思い至った。ずっと尊んできた場所が、容赦なく変じていく様を目の当たりにして混乱した頭を、一度落ち着けたかったのだ、と。そうして父は、登瀬自身気付いていなかった宮ノ越行きを欲した理由《わけ》を、あのときすでに見抜いていたのだ、と同時に悟ったのだった。

馬を使ったせいか、宮ノ越は構えていたほど遠くはなく、これであればもっと繁《しげ》く往《ゆ》き来《き》ができていたものを、と今更ながらかすかな悔恨を抱いた。村の者に訊いた道を辿《たど》った先にこぢんまりとした宿屋があり、それが喜和の婚家であった。藪原の上町に並んだ宿と比べれば、棟は小さく門構えも質素で、「忌中」と薄墨でしたためられた紙が戸口に貼られているせいか、侘《わび》しさが勝って見えた。

馬丁を帰した後も、しばらく登瀬は門口に立ちすくんでいた。後先もなくここまで来てはみたものの、弔問の仕方を頭に入れてこなかったことに気付いたのだ。それでなくとも登瀬は、村の女たちが当たり前に身につけている習いに疎い。下手な挨拶をすれば喜和に恥をかかせることになる。なぜあらかじめ母に訊いてこなかったのかと悔い、三十に近い齢《よわい》になってまだ親をあてにしている己を情けなく思う。

見舞いの品を胸に抱き惑っていると、暖簾《のれん》を分けて女人が現れた。打ち水でもするのだろう、桶と柄杓《ひしやく》を手にしている。下女ではないと一目で判じられたのは、彼女が山間《やまあい》の景色から浮き立つほどに垢抜《あかぬ》けしていたためである。登瀬より年嵩《としかさ》らしいが、身仕舞いも佇《たたず》まいも隙がなく美しかった。柄杓で水を撒いた拍子に、ふとこちらに目を留め、彼女ははんなりと笑んだ。

「御用でございますか？」

声も丸みを帯びている。

「はぁ。あの藪原から来ましたで。喜和の姉でございます」

しどろもどろになった。童《わっぱ》でももう少しまともな返事ができようと、登瀬は耳まで赤くなる。女人は「まぁまぁ、それは」と目を丸くし、素早く前掛けを外して深々と頭を下げた。それから登瀬の手を取らんばかりにして中に引き入れ、上《あ》がり框《がまち》を拭いていた男衆《おとこし》に、「旦那様を呼んできておくれ」と最前とは打って変わって権高《けんだか》に命じたのだった。

その辺りで登瀬は、この人が喜和の義姉らしいと察する。喜和の夫、豊彦には兄があると聞いている。兄夫婦は長らく子を授からなかったが、ここへ来て男の子を産んだから自分たちは食客の身なのだと、藪原を訪れた折、豊彦は冗談交じりに語ったのだ。

「義父《ちち》のことでわざわざ？」

奥へと続く廊下を辿る間も彼女は親しみを込めた口調で絶えず話しかけてくる。登瀬はぎこちない笑みを浮かべ無言で頷《うなず》きながら、亡くなった喜和の舅はこの嫂《あによめ》をとても気に入っていたという話を思い起こしていた。ちょうど客を送り出して間もない時分なのか、奉公人たちが障子にはたきを掛けたり、中庭を掃いたりと、忙しく立ち働いている。

「急なことでしてね。葬式《とむらい》はもう済ませたのですが、義母《はは》が寝込んだりで家の中もまだ慌ただしゅうて。喜和さんにも切ない思いをさせました」

先に仏間で線香を上げ、その後通された座敷で勧められるままに座布団に膝をつく。立派な香節《こぶし》の床柱に鶯《うぐいす》色《いろ》の砂壁で、かつて上町の宿で一度目にした茶室に似たしつらえだった。程なくして羽織姿の男が「これは、これは」と小腰を屈《かが》めて現れ、上座に腰を落ち着けた。

「お初にお目にかかります。この宿の当主、嘉彦《よしひこ》と申します。豊彦の兄でございます」

鷹揚《おうよう》に言われ、登瀬は慌てて首を突き出すような会釈をする。色が白く、鼻筋がすらりと通り、頬も締まっており、冬瓜《とうがん》を思わせる豊彦とは似ても似つかぬ面立ちである。ひと筆描きで仕上げたような細い目と、それとは不釣り合いに大きな口のために美男とは言いがたかったが、品や風格が容貌に宿っていた。嘉彦はかたわらに控える女人を「妻の須万《すま》にございます」と登瀬に告げ、そこでようやっと彼女は「須万でございます」と夫をなぞって自らを名乗ったのだった。これが妻というものの在り方なのかと、登瀬はぼんやり須万の美しい口元に見入る。

下女が茶を持ってきたところで登瀬は、松枝に託された米一袋を嘉彦に差し出した。「お見舞いに」と勝手のわからぬまま適当な挨拶でごまかしたのに、「これはお気遣いいただきまして」と丁重に返され、ますます居心地が悪くなる。本来ならばお悔やみを述べるべきなのだろうが、然《しか》るべき口上も知らず押し黙っている登瀬に、嘉彦夫婦のほうがかえって気を利かせて、吾助や松枝の様子や櫛の仕事についてあれこれ訊いて座を持たせる。登瀬はただ、「はあ」「ええ」「なんとか」と煮え切らぬ答えを返すのが精一杯で、だからひとしきり話を終えて喜和のもとへと案内されたときにはまったく疲れ切っていたのだった。

喜和は裏庭にいて、着物の裾を脛《はぎ》が見えるまではしょって薪を束ねていた。登瀬を見つけると亡霊にでも会ったように肩を引いた。

「わざわざ弔いに来てくだすったんですよ。お見舞いにお米までいただいて」

袂《たもと》で口元を覆って須万が言う。喜和は登瀬を一瞥《いちべつ》してのち、「それは、すみません」と誰にともなく陰気に答える。「では、水入らずで」と須万が席を外すと、喜和はそれまで四肢に込めていた力を抜き、縁側に身を投げ出した。

「……なんだっちゃ来ただが」

険しい声を放ってくる。

「文が来たでな、お舅さんのことを報せる」

「文？」

「んだ。たぶん豊彦さんが書かれたものだで」

「あの人が？」

喜和は眉根を寄せた。

——もしかすると。

と、登瀬は思う。これまで子ができた折にこっそり筆をとったのは、豊彦だったのではないか。藪原で助郷《すけごう》人足として働くことを決め、わざわざ喜和を連れてきたのも、豊彦なりの心配りがあってのことかもしれない。

「このたびは大変だったね」

登瀬は、喜和の隣に腰かける。

「なんも」

喜和はせせら笑って、中庭から四角い空を仰いだ。

「おらにはむしろ、天福だったわて。あんねな舅、おらんほうがどれだけマシか」

「喜和っ。なんてこど言うだが。お身内のこどだに」

登瀬は急いで周りを見回す。喜和が舅に疎まれていたのは、先年豊彦が語った通りである。しかし逝ったばかりの身内に向けるには、あまりに酷な言い様であった。

「身内？　まぁ外から見ればそうだんね」

肩をすくめて喜和は言う。

「姉さんは他家《よそ》に嫁いだこどがねぇだで、わからんだに。嫁いうても、所詮は他人だ。どこまでいっても、まことの家族にはなれんのだわて」

そんねなことはない、と登瀬は言い切ることができなかった。実幸の実家《さと》で暮らしたならば、同じような心持ちになると思うからだ。

奈良井には未だ挨拶に行けずにいる。仮祝言こそ済ませたものの、御降嫁の列が過ぎたら実家の者を呼び、正式な合巹《ごうきん》を執り行うという話も先延ばしになったままだ。合巹などぞ形だけのことです、わしと登瀬さんはもう立派な夫婦ですさかい、と松枝が様子を訊くたび実幸は曖昧にあしらう。考えてみれば、両家がまともな挨拶すら交わさぬのは妙なことで、慣習をおろそかにしてきた登瀬でもこの頃では、実幸の言葉の裏をつい勘繰るようになっていた。

「だども義姉《あんね》さまは親切なええ方ではねぇが。義兄《にい》さまも、話のわかりそうな人だ」

繕ってはみたが、「傍目《はため》にはそう見えるだけだで」と喜和は取り合わない。

「家にはいろいろあるだでな。外からは見えねぇいろんなものが」

登瀬は藪原の家のことを言われているような気になった。「われはええ婿をもらっだ」「この歳まで待っだ甲斐《かい》があった」「果報者だ。こんねにできた男はおらんで」と近所の女房連は口を揃《そろ》える。実幸の存在が、ずっと愛おしんできた板ノ間から登瀬を遠ざけているのだと、誰に語ったところで信じてはもらえぬだろう。

「今日は泊まっていくだがね？」

「ひと晩だけ厄介になります」

下げた頭を上げたときには、喜和はもう立ち上がっており、腰に差した手拭いで乱暴

に足を拭うと、

「夕飯《ようめし》の支度をするだで、姉さんはゆっくりしててくろね。時分になったら呼びにくるで」

そう言い置いて、登瀬が「おらも手伝うで」と掛けた声には応えずに奥へと姿を消した。

が、日暮れてきてから登瀬を呼びに来たのは須万であり、夕飯の座にも喜和の姿はなかったのだった。嘉彦に豊彦、両夫婦の子供たち、それに舅が亡くなってから臥しがちだったという姑も座について登瀬の相手をしてくれた。喪中であるから膳は慎ましかったが、その分須万がまめまめしく餅や煮物を取り分けて、量が足りるよう気遣ってくれた。その様子を見て姑は目を細め、「まことに須万は気が利いて。これがおらねば、うちは回らんだんね」と誇らしげに言う。須万は時折勝手場に立ちはするが、皿を持ってすぐに戻り、子供らの世話をしながら自らも箸を進めていた。それなのに次々と料理が出てくるのは、勝手場で喜和がひとり煮炊きをしているということである。

「うちのは気が利かんで。姉さまが来とるのに、出てもこんで」

登瀬が何度となく勝手場のほうへと首を伸ばしているのに気付いたのか、豊彦が詫《わ》びた。昼の間は薪拾いで山に入っていたとかで、登瀬とはつい先程久々に顔を合わせたばかりである。

「いえ。喜和が腕をふるってくれとるおかげで、おいしくいただいとります」

それとなく妹を庇うと、須万が物言いたげな顔を上げた。が、それより先に姑が、

「須万が作れば、もっどうまいものを差し上げられだになぁ」

と、さも無念そうに言い、嘉彦は母の放言をたしなめるでもなく、

「それでも須万が手とり足とり煮炊きを教え込みましたで、だいぶマシになりました」

と、実の姉の前であるにもかかわらず、軽口を叩いた。喜和は、幼い頃から母の手伝いを買って出た妹であった。飯の支度が好きで、煮炊きを覚えるのも早く、登瀬とは比べものにならぬほど味付けもうまかった。そうして今味わっているひと品ひと品は、まぎれもなく喜和の味なのだった。須万はなにも言わず、澄まして座っている。豊彦も、取りなす気配はない。登瀬は無性に胸の奥が疼いて、油断すれば涙が落ちそうだった。それをこらえて椀をすすったとき、童のひとりと目が合った。喜和の長子で、光彦《みつひこ》という九つの子である。すがるような目でこちらを見ている。登瀬は椀を置き、光彦に向けて言った。

「われやんは、料理上手な母さまを持って幸せだな。喜和はな、どんねなものでも上手に作るで。なんでもおいしいでな。おらは日頃、喜和の膳が食べられんだげ、われやんが羨ましいだがね」

光彦の顔がパッと華やぐ。頰を紅潮させて大きく頷くと、手にしていた椀の飯を勢い

よくかき込んだ。隣に座った光彦の妹も、兄に倣って飯を頬張る。いくつもの尖《とが》った視線が身に降り注ぐのを感じてはいたが、登瀬は構わず箸を進めた。ひと口ごとに、「まことにええ味付けだわて」と繰り返した。

その晩は、久しぶりに喜和と枕を並べて寝た。喜和は子供らを厠《かわや》に行かせ、「もう小便出ねぇが」としつこく確かめ、寝かしつけてから、ようよう登瀬の隣に延べられた夜着に入った。

「明日は早《はい》ぐに発《た》つだが？」

「ああ。馬さ乗っていぐ。さっき豊彦さんが頼んでくれたでな」

「そうが」

「優しい人だで、豊彦さんは。われのこどを気に掛けとるだに、おらにもようしてくれるだが」

喜和が夜着を顔の半分まで引き上げる。

「……あの人もおらに負けず劣らず不器用だでな」

それきり静かになった。寝入ったのだろうと登瀬も目を閉じた頃になって、喜和は、ぽつりぽつりと語り出した。

亡くなった舅に、自分がどれほど疎んじられていたか。箸の上げ下ろしから口の利き方まで毎日毎日叱られて、子供らの前でさえ駄目な嫁だとののしられ続けた。喜和は精一杯の務めを果たしているつもりで、もちろん至らぬことはあるかもしれないけれども、それほどまでになにが気に障るのか推し量ることはできなかった。豊彦にも訊いてはみたが、息子であるはずの彼もまた、父の心情を計りかねた。なにしろ、喜和が嫁すとき義父母は諸手を挙げて迎え入れたのだし、その後、仲を裂くような事柄も起こらなかったのだ。ただ毎日寝起きを共にする中で、小さな摩擦が溜まりに溜まって軋轢《あつれき》に変じたとしか思えないと喜和は語った。

「おらはなんも変わったことはしとらんだにな。舅の言い付けに口答えしだこどもながったに、居場所がのうなっていったんだわて。きっと義姉さんと比べて、おらの足りないところが目障りになっていったんだろう。家というのは恐ろしいところだが。世間よりずっと怖い。世の中では悪さしだ者が後ろ指を指される。ちゃんと理由があるだが。だども家では、なんもせんでも嫌われていぐだもの」

慰めねばと気は急《せ》いていたけれども、登瀬は夕飯の席での一家の様子を思い起こし、震えが起こってくるようなのに、ただ奥歯を嚙《か》んで耐えていた。

「義姉さんも前は親切だっただが。いづもおらの味方になってくれたずら。だども、跡継ぎを産んでがら変わったんだ。表向きは優しくしてくれるが、己が一番だいう顔をするようになっただ」

「そんな……気のせいだ。そういう目で見てしまうだけだがね」

「いや。確かだ。家での居場所ができると女は変わるでな」

「われだって、居場所はあるだが」

登瀬は半身を起こし、妹の顔を覗き込んで言う。

「居場所と言えるようなものはないだでな。おらは跡継ぎを産んだわげでもねぇ、宿の仕事を運ぶ上で欠かせねぇ役割があるわげでもねぇ。裏で薪集めたり、煮炊きしたり……ここでもただの婢女《はしため》だがね」

喜和も身を起こし、顔にかかった後れ毛を乱暴に払った。その仕草の内から、「みな、幸せになれとたやすく言うだども……」と低くつぶやく。

「おらが嫁すとき、藪原の者も宮ノ越の者も、申し合わせたように『幸せになれ』と言っただが。母さままでそう言っただ。だども考えてみれば、無慈悲な話だ。幸せになんのがどんねに難儀なこどか、みな知っとるはずなのに、楽に幸せになれるようなこど言うだもの。幸せがなにかも知らん癖に、いい加減《にっすい》なこと言うて、焚きつけて……。勝手な話だ。みんな勝手なこどしか言わんのだわて」

幸せの形は人それぞれであっていいはずだけれど、女の幸せはみな同じ形であらねばならないのかもしれない。いい家に嫁いで、立派な跡取りを産むことだ。

登瀬は、自分にとってなにが幸せかをずっと前から知っている。けれどそれはけっして女の幸せとは言えず、だからこそ常に歪んだ道を釈然とせぬままに歩かねばならなかったのだ。

「結局おらは、母さまと同じ道を辿っとるだな」

喜和は言って、こめかみを揉《も》んだ。

「身に起こるこど起こるこど悪いふうにしがとれんで、いづも他人の目を恐れてビクビクしでよ。嫁いだ女は、家の中のこどだけに囚われてしまうだが。義父《とう》さまや義母《かあ》さまの見立てが、天子様や公方様の思し召しより意味を持づようになって、たった数人の家族の好き嫌いで計られて、価値が決まるだが。それを覆すこどもできねで、家族の機嫌とって、近所の体面気にしてよ。あんねに嫌だった母さまと、おらは同じこどをしとる」

あーあ、と声に出して喜和は伸びをした。

「女なんでつまらね。どこまで行っても、どんねに努めても、家の中でさえ居場所のひとづもねんだもの」

「んだな」

うなずくと、喜和が怪訝な顔を向けてきた。

「なんだ、いい加減《にっすい》な相槌《あいづち》を打っで」

「適当なこどはねぇ。おらもそう思っただに」

「なに言うとうるだ、思ってもねぇだに」

そうして喜和は言ったのである。

「姉さんには、あの板ノ間があるでねが」

登瀬は驚いて、妹を見返す。

「おらや母さまと違って、姉さんははなから家になんぞに囚われてねえだが。櫛挽くことしかしてこんかったのに」

手の先に、このところずっと遠ざかっていた感覚がじんわりと戻ってきた。童の頃からコツコツと育んできた、登瀬の感覚だ。

「そうだ、われに渡そうと思ってたんだ」

不意に湧き出した昂揚《こうよう》を押し込めて、登瀬は枕元に置いた風呂敷から土産を取り出し、喜和に手渡した。

「櫛か」

包みを広げて喜和が言う。登瀬が、塗櫛作りの合間に挽いたお六櫛であった。喜和は行灯《あんどん》の明かりにそれをかざして長い間見詰めていたが、匂いを嗅ぐような仕草をしたのちこう言った。

「懐がしな。父さまの櫛だ」

登瀬の喉が「え？」と鳴る。

「父さまの櫛は一目でわがる。この見事な形も、歯の滑らかさも、父さましか出せねぇものだに。こんねな櫛を挽ける者は他にいねぇだで」

登瀬はひっそり唾を飲み込む。首筋が熱を持ちはじめた。

「こっちでも梳櫛を売っとるだに、嫁してから何枚か買ってみたんだ。だども、どれも父さまの櫛のように使い心地がよぐねぇのさ。歯もこんねに細かくねぇしな。実家にいだ頃は、おらは櫛なんぞどれも同じだと思ってたがね。父さまの櫛が当たり前だと思うてただが。だども姉さんの言う通り、父さまの櫛は別格だったと、おらはこっちさ来でよーぐわがったただに」

総身が沸々と騒ぎ出すのを懸命に抑えながら、喜和の言葉を頭の中で反芻《はんすう》する。一言一句を、自らの血肉にする勢いで刻みつける。夜着の上で身を硬くしてなにも答えぬ姉を不思議に思ったのだろう、喜和が上目遣いに「どしたんだ？」と訊いた。

「なんも」

登瀬は大きくかぶりを振る。

「父さまの櫛は凄《すご》いでな。どんねな世になろうと、一番だで」

「またが。姉さんはそればっかりだな」

喜和が小さな笑い声を立てる。「んだな」と登瀬も噴き出した。ふたりで顔を見合わせて忍び笑いをしながら、喜和が笑うのを見たのは何年ぶりだろうと、登瀬はふたりの間で抜け落ちてしまった年月を数えていた。

翌朝早く、登瀬は宮ノ越を発った。

「たいしたお返しもできねで」

と、須万が持たせてくれたのは、洒脱《しゃだつ》な縮緬《ちりめん》の袱紗《ふくさ》数枚であり、ここに至って登瀬は、藪原からわざわざ米など運んできた自分の無粋さを思い知らされて身をすくめた。須万に悪気はないのだろうが、この垢抜けした気配りもまた喜和の居場所を奪っているのだということは容易に察せられた。

喜和は、「途中で腹が空いたら食べれ」と、竹の皮に包んだ握り飯をもたせてくれた。馬が着いたと知らされて、登瀬が草鞋《わらじ》の紐《ひも》を結んでいると、「厠は済ませたか？　途中で行きたぐなったら困るで」と妹は訊いてきた。それが子を案じる口振りそのもので、自然と笑みがこぼれる。草鞋の紐を結び終え、登瀬は腰を上げて框に膝をついた妹に向き直った。

「われは、母になっだんだな」

喜和は不得要領な顔で、こちらを見上げている。

「立派な母親になっとるだに。あの子らにも、この家にもなくてはならねぇ者になっとるだに」

登瀬は言って、深く頷いて見せた。

三

文久三年が明けるとともに将軍・徳川家茂上洛の報がもたらされ、藪原はまた騒然となった。将軍御自ら江戸を出て京に赴《おもむ》くなど、二百年以上なかったことなのだという。公方様がじかに乗り込まねば収まらぬほど京師《けいし》は荒れているのかと、村人たちは不安な顔を見合わせる。行列は東海道をお通りになるらしく、藪原の本陣、脇本陣、加えて宿屋の主人たちは安堵《あんど》と落胆がない交ぜになった息をついたのだが、この機に御鷹匠役所に預けられたままになっていた源次が尾張藩の奉行所に引き渡されると聞いて、登瀬は青くなったのだ。

すぐさま上町に茂平を訪ねたが、彼も子細は知り得なかった。方々で攘夷志士たちの暴挙があって、昨年の暮れには品川に建設中の英国公使館が焼き討ちされた、源次を今放免すれば尾張藩の責《せき》が問われかねぬと判じたのかもしれぬと茂平は顎《あご》をさすりつつ言い、雪が解けたら藪原からいなくなる者なのだからうちはもう関わりない、この件は二度と口にしないでくれと念押しすることも忘れなかった。

蔦木屋から戻る途次、登瀬は熊野大神宮に立ち寄った。源次がそこに佇んでいる様を思い浮かべて一段一段慈しみながら石段を上る。境内に人影はなかった。登瀬は社《やしろ》の前に立ち、手を合わせる。長い刻そうしていたが、顔を上げて社殿を仰ぐと、額が膝につくほど深い辞儀をした。それから、力強く一歩を踏み出した。

その晩、夕飯の座で登瀬は実幸に告げた。

「あのなし、おら、もう塗櫛は作らんでな」

実幸が箸を止める。しかしその表情《かお》には微塵の動揺も表れず、「なにを言うだが」と金切り声を上げたのは松枝のほうであった。

「われは女房なんだよ。婿さんの言うことを聞いて、支えるのが役目だがね。そんねなわがまま言うではいげね。われがこの間、宮ノ越まで馬で行けたのも、塗櫛での蓄えがあっだからだ。婿さんが活計の道筋を作っでくれたからだんね」

「わがっとる。塗櫛を軽んじとるわけではねんだ。んだども、おらは梳櫛を挽く家に生まれただがね。ずっと梳櫛挽く技を磨いてきただがね。だで、その道を極めたいんだ」

実幸が、「極める……」とつぶやいた。登瀬は身構え次の言葉を待ったが、彼はそれきりまた椀に顔を埋《うず》めてしまった。

「梳櫛は婿さんが継ぐだに。われは婿さんの言うに従え。な、父さま」

松枝は吾助に助けを求める。母にすれば、「またか」という思いであったろう。幼い頃から絶えず女の道を説き聞かせてきたのに、それを娘は一度たりとも飲み込もうとしないのである。父が椀を置いた。わずかに口元を蠢かすも、結局父は答えることなく、黙って指をさすっている。松枝が長い溜息をついたとき、実幸が口を開いた。

「そうでっか。なら、そうしまひょ」

思いがけずあっさり承知され、登瀬のほうがうろたえた。

「婿さん、そんねな物わがりのええこどでは困るだが。登瀬の勝手を聞いてもらっでは、かえって親の立つ瀬がないだに」

松枝が前のめりに言う。登瀬にはそれが、自分がこれまでしてきた我慢や苦労を娘が免除されるのは合点がいかぬというふうに聞こえ、こんな折にうがった見方をしている自分を持て余した。実幸は人のよさそうな笑みを作り、「いや、まあそれもええでしょう」と、やんわり応えたきりでさっさと座を立ってしまった。吾助もなにも言わずに残りの汁をすすっていた。

登瀬が、板ノ間の桐箱に収められた実幸の櫛に、小さな焼判が捺《お》されているのを見つけたのは、それからひと月も待たない日のことである。

実幸が時折小室にこもってなにやら作業をしているのは知っていたが、歯挽きの細かな技を吾助に請うことに専心しているこの頃の登瀬は、それを気に掛ける余裕もなかったのだ。実幸も実幸で、板ノ間で一心に櫛を挽いていたと思えば、すいと表に出て半刻以上帰って来ぬこともざらで、焼判の意味を訊く機も得られずにいた。

上町の宿屋の男衆がたびたび訪ねてくるようになったのはこの頃からで、登瀬はかつての癖で直助の草紙が出てきたのだろうかとそのたび胸を膨らませるのだが、彼らは一様に戸間口から実幸を呼んでは表へ誘い出すのだった。なんの用事かと訝《いぶか》るうち、先に茂平が耳打ちしたことをようやく思い出した。夫が為していることにうっすらとだが察しがついて、極楽寺の涅槃会《ねはんえ》が行われた翌日、実幸を母屋の裏に呼び、詰問にならぬよう、なるたけ穏やかに訊いたのだった。

「おめ、問屋を通さず、梳櫛を商っとるだんね」

実幸は悪びれもせず、「ああ。ようやくうまいこと回りはじめたで」と軽やかに返した。茂平が告げた通り、実幸は上町の宿の男衆に、江戸や京の商人が泊まったらともかく報せてくれるよう頼み込み、自らも暇ができれば宿を訪《おとの》うて、めぼしい客人に渡りをつけていたらしい。櫛を大口で仕入れて都でさばいてほしい、質の高さは他に引けを取らぬ梳櫛であるから——そう頼み込んだと聞いて、登瀬は色をなくした。自ら質を誇るなど、それをわざわざ売り込むなど、恥さらしにも程がある。

はじめは、まともに取り合ってくれる商人などいなかったそうだ。江戸には江戸、京には京で、名の知れた櫛職人が多数おり、藪原で挽いた梳櫛など土産物にしかならぬと鼻であしらわれたのだ。が、実幸が品を見せた途端目の色を変え、「ひとまず持ち帰って主人に見せてみましょう」と、ひとつふたつ見本に買っていく者も中にはあった。店に戻ったそうした手代たちが主人の許しを得、最近になって小口ながらも注文を出してくれるようになったのだという。

「目利きいうのはおるんや。ここまで細かな梳櫛は京でも見ん、と言うてくれとる客もある。都でも手には入らんほどのものをわしは作っとるんやで」

登瀬はまったく混乱していた。自分の櫛を、この板ノ間で上げた櫛ではなく自分の挽いた分だけを、規律を犯してまでさばく意図がわからなかったのだ。

「このままうまいことといけば、塗櫛を凌《しの》ぐ儲けが出る。梳櫛は地味やさけ一か八かやったが、こないなことならもっと早《はよ》うにはじめるんやった」

実幸は言い終えるや登瀬の言葉を待つこともなく、せいせいとした笑みを残して家へと向かう。戸をくぐりしな「せや」と振り返り、「儲けは無論すべて家に入れるさけ、案じるな」と、白い歯を見せた。

登瀬はこの件を、父にも母にも告げなかった。代わりに、これまで以上に根を詰めて櫛を挽いた。少しでも迷いが出ると、ためらわず吾助に訊く。両歯櫛の歯の揃え方、滑らかな曲線の出し方、歯を挽き込む術、父の持っている技すべてを吸い尽くす勢いで盤に向かう。父の背中はかつてと比べて丸まっていたし、隆々としていた腕も細くなり張りをなくしていた。顔の皺《しわ》が深くなり、ところどころ漆を垂らしたような染みが浮かび上がっている。吾助の横には実幸がいて、かつて女のように細くしなやかだったその腕は日に日に節々が盛り上がり、逞《たくま》しさを備えつつある。登瀬はしかし吾助の拍子のみを追っていた。けっして実幸の拍子に飲み込まれまいと歯を食いしばっていた。

「なんだか怖いようだ」

粒木賊《つぼどくさ》掛けを手伝いに板ノ間に入るたび、松枝は首をすくめる。抜き差しならない気配が満ちていて、ここは息苦しいと母は言った。

街道の雪が解けて間もなく、源次が尾張奉行所に送られることとなった。唐丸籠《とうまるかご》で運ばれると聞き、それではまるで見世物ではないか、と登瀬はうろたえた。粗い目の籠からは中がすっかり見える。辱《はずかし》めを受けながら、源次は奉行所までの道中を耐えねばならぬのである。

この二月、京師では足利三代の木像が梟首《きようしゆ》されるという、幕府の権威を失墜させるような一件が起きていた。それより少し前、江戸で徴集されたという浪士の集団が中山道を通って京へと上り、三月になると、長州尊攘派の手引きにより天子様が御所をお出になって攘夷祈願の賀茂神社行幸がなされたとも伝わってきた。将軍上洛が滅多にないことならば、天子様が御所を出るのも前代未聞である。前にも増して攘夷志士への取り締まりが厳しくなる中での源次の檻送《かんそう》なのだった。

源次の送られる当日は晴れて暖かであったけれども、街道筋の家々は朝から固く戸を閉ざしている。穢《けが》れに触れぬよう、息を詰めて通り過ぎるのを待つのである。道端に陣取っているのは、物見高い若者ばかりだ。暮らしに飽いている者には、こんなことでも愉《たの》しみとなるのだろう。

登瀬はその刻が来るまで板ノ間にいて櫛を挽いた。源次のことはおくびにも出さず、ただ街道の物音に耳をそばだてている。何度か、吾助がこちらを窺う気配があった。きっと櫛挽く拍子が乱れているのだ。

「せや、江戸の梁下《やなした》いう問屋から大口の注文が入りましたんや」

急に実幸が大声を出したものだから、源次のことで頭がいっぱいだった登瀬は飛び上がらんばかりになった。

「先だって書状が届いたっちゅうて、上町の弥吉《やきち》さんが持ってきてくれました」

実幸は今やすっかり開き直って、飯時などに吾助の前でも平然と直取引の成果を語る。しかし板ノ間で、しかも櫛挽く最中この件に触れたのははじめてのことだった。

「大口いうとどのくらいだんね？」

吾助が手を休めて訊き、登瀬は眉根を寄せる。昔は「黙って仕事すろ」と、板ノ間では一切の無駄話を許さぬ父であったのだ。

「へえ。六百と伺いました」

実幸の告げた数の多さに唖然となる。ひとつの板ノ間で三月《みつき》近くかけて作るような量を一手に買い取る商人が在ることにも、実幸の櫛が江戸表でそれだけ評判になっているらしいことも信じがたかった。

「入れるだけ入れて、残った分を返すつもりでねが?」

どうにも納得がいかず、登瀬は意地の悪い問いを投げる。

「いや。それはないで。買い取りやさけ」

恬淡《てんたん》と返されて、また肝を潰した。

「難儀なことに、それを六月までに納めなあきませんのや。申し訳ないですが、わしはそれにかかり切りになりまっさけ、三次屋に納める分はお願いします」

はなから三次屋に納める櫛など挽く気もないのに、吾助の前では殊勝に頭を下げる。

「六月……んだども、ひどりで六百もいげるか? おらや登瀬も手伝うで」

吾助が言うや、即座に実幸は「いえ」と遮ったのだ。

「ありがたいお申し出ですけど、これはわしが挽かな、意味がないんです。わしの焼判で客がついとりまっさけ」

居丈高な物言いではなかった。むしろ彼は照れたふうに鬢《びん》を掻《か》いているのだ。だが登瀬は、あまりに酷《むご》い景色にただ打ちのめされていた。こともあろうに弟子を手伝う、と申し出た吾助にも、その厚意を自分の挽いた櫛でなければ意味がないと突っぱねた実幸にも、許せぬものを感じていた。父は「そうか」と応え、背を丸めてまた盤に向かう。

「あのなし、そんねな了簡《りようけん》で」

実幸に向かって声を上げたときだ。表がにわかに騒がしくなった。登瀬はとっさに言葉を仕舞う。鋸を脇に置き、そっと土間《どじ》に降りた。

「なんや、話の途中で」

実幸の声が追ってきたが、「厠だけ」と振り向かずに言い置いて潜《くぐ》り戸《ど》から抜け出す。

街道に立って伸び上がると、遥か上手《かみて》に籠が見えた。同道している役人は三名。担ぎ手の前後を固め、辺りを睨《ね》め回している。沿道に集まった野次馬たちがなにかをささやき合いながら、それを見守っていた。弔いのごとき静けさで次第に近づいてくる乗り物の形は唐丸籠のそれであったが、上から布で覆ってあり、中は一切見えないようになっている。登瀬は、源次が好奇の目にさらされずに済むことに安堵し、一目会いたいという願いが断たれたことに落胆する。街道のざわめきが徐々に寄せてくる。嘲笑が入り交じり、大きく膨らんでいく。

そのとき、なにか黒いものが、登瀬の目の前を横切っていった。ボソッと鈍い音を立てて、それは源次の乗った籠を揺らした。大きな礫《つぶて》だった。沿道から誰かが投げたのである。列が止まり、役人たちが石の飛んできたほうに振り返り「誰じゃ」と声を張り上げる。それに抗して、見物人の中から野次が飛ぶ。

「青楼《せいろう》の子っ。罪人、人でなし」

まだ声の余韻が辺りに響いている中を一散に逃げていったのは年端のいかぬ童たちで、それがちょうど源次と直助が仲良く草紙を売っていた年頃の子らであることが登瀬を深く傷つけた。出自に縛られることのない世を望んで働いてきた源次に投げつけられた声だと思えば、余計にやりきれなかった。

登瀬の足が一歩、踏み出す。一旦踏み出してしまえば、もう止めることはかなわなかった。

役人はまだ見物人に向かって、声高に怒鳴っている。騒ぎが収まるのをこのまま待ってはおられぬとばかりに、担ぎ手が半ば投げ出すように籠を道端に置いた。登瀬はその籠へ向かい、ためらいなく歩を進める。

「……おい、なにをしとるっ。おぬし、どこの者じゃ」

役人のひとりが気付いて叫んだときには、登瀬は籠のすぐ脇についていた。

「源次」

布切れの内に呼びかける。返事はない。

「源次、源次」

「離れぃ、話すことは禁じられておる」

役人たちは吠え立てて、手にした棒で登瀬の身体を押した。持ちこたえられず、地面に膝をつく。それでも、なんとしてでも伝えなければならないことがあった。

「源次。おら、櫛挽くこどにしただに。父さまの櫛を、うちに代々伝わる櫛を挽くことにしただがね。一生、挽いていくと決めただが」

登瀬の身体を押さえつけていた役人が、「行け」と担ぎ手に命じた。乱暴に籠が持ち上げられ、一行はまた進みはじめる。源次は、ひとことも発しなかった。「おらのような者に関わってはなんね」と、あの日牢《ろう》で告げた声が、登瀬の耳の奥にはまだ吹き溜まっている。

「源次」

もう一度呼びかけて立ち上がりかけたとき、誰かに腕を摑まれた。ゴワゴワとかさついた感触で、母の手だ、と意識の隅で悟ってはいた。だが登瀬にはそれすら、遠くに感じることしかできなかった。

「恥さらしなこどすな。世間様に顔向けできんようなこどすな」

押し殺した母の声を聞きながら、登瀬は源次が閉じ込められた籠をまばたきも忘れて見詰めていた。

登瀬のもとに江戸から荷が届いたのは、それからふた月が経った、文久三年五月のことである。尾張藩の役人ふたりが、江戸・小伝馬町の牢から届いた品だ、と風呂敷包みを携えて家を訪ねてきたのだった。訊けば源次は、尾張藩預かりからさらに江戸へ送られたとのことだった。

慎重に包みを開く。中から現れたのは、綿入れである。御鷹匠役所の番屋で、登瀬が源次の肩に掛けた綿入れだった。他には書状のひと巻も入っていなかった。

「こちらに借りてたものだで返してほしい、と伝えたいうことだ。確かにおぬしのものか？」

登瀬は呆然《ぼうぜん》と頷く。

「あの罪人の遺したものはこれだけだ。辞世の句もなかったと。おおかた、読み書きもできんかったのじゃろう」

役人たちは浅ましく嗤《わら》った。

「……読み書きはできるだが」

登瀬は綿入れを見詰めて言う。

「源次は、自ら学んで、読み書きができるようになっただだに。おらに、直助の描いた草紙を読み聞かせてくれただだに」

役人たちは不可解そうに顔を見合わせたが、「ともかく渡したで」と厄介事を避けるようにして身を引いた。源次がどうして命を落とさねばならなかったのか、詳しいことはひとつも知らされなかった。ただ、獄死であった、ということを彼らはなんの感慨もなく告げたのだった。

源次はなにも書き残さなかった。遺すことを、やめたのだ。それが、「おらのような者に関わってはなんね」とこちらを気遣った彼の温みや優しさゆえの判じであれば、まだ救われる。けれども、遺したところで世の誰にもなにも伝わらぬと諦めた上のことであったらと、想像するだに登瀬の身は凍えた。

「あのなし、父さま」

その夜、板ノ間で登瀬は語りかけた。ちょうど百二十本の櫛歯を吾助が挽き終えたところであった。登瀬はかたわらの綿入れを引きつける。

「源次は直助のこどを誰より覚えておったんだ。直助のこどを一番よぐ知っておったんだ」

直助にとってだけではなく、源次は登瀬自身にとってもかけがえのない理解者だった。

「そうか」

吾助は盤に目を落としたまま短く答える。

「覚えてくれる人がいねぐなったら、直助の居た跡もなぐなってしまうだが。なんも残らんだが。直助だけでねぇ、おらも、この櫛も」

注文の櫛作りに追われている実幸が、訝しげな顔を上げた。が、彼は自らの櫛に黒々と捺された焼判に目を走らせ、自分には関わりのない話だというように仕事に戻った。

「ええんだ」

父の寂声《さびごえ》だった。

「今在るだけで十分だに」

昔よりずっと細くなった首を起こして、吾助は娘を見る。かすかに笑むと、染みの浮き出たこめかみに皺が寄った。

「ええんだ、それで」

父はもう一度、今度ははっきりとした声で言った。

第七章　家の拍子

一

秋も終わりになると、木曽路の往来は少しく収まったようだった。ことに浪士風の旅人はあまり見かけなくなった。八月に京で起こった政変で、尊皇攘夷《じょうい》の先鋒《せんぽう》を担っていた長州藩が三条実美《さねとみ》ら少壮公卿《くぎょう》とともに都から追い落とされて、志士たちの動きも潰《つい》えたのだろうと実幸は言う。登瀬はその見立てに安堵《あんど》を覚えながらも、このまま平穏が訪れれば源次の跡も消えてしまうのではないかと恐れた。

この頃、三次屋の伝右衛門が家督を息子に譲って隠居した。

「あの頭の固い因業爺《いんごうじじい》がよう身を退《ひ》きましたな」

実幸はいかにも他人事《ひとごと》といったふうに剽《ひょう》げてみせる。彼の焼判が捺《お》された櫛《くし》は順調に売れ続けていた。江戸だけでなく京でも扱う店が増えているらしく、毎日夜更けまで板ノ間に張り付いている。今では櫛木の仕入れも、ミネバリを扱う杣《そま》と取引を決めて直接買い付け、三次屋の櫛木を使うわけではないのだから、仕上げた櫛をどこに納めようが勝手であろうと平然としていた。櫛がはければその分実入りも増える。吾助と登瀬が毎日朝から晩まで挽《ひ》いて三次屋に櫛を納めて得られる分の倍近い金になったが、実幸はそれを一切抱え込まず、惜しげもなく松枝に渡すのだ。

なんて出来た婿さんだがね、ひとりで稼いだ金だのに贅沢《ぜいたく》のひとつもせんで、とそのたび松枝は神仏にでも対するように手を合わせたが、金が目当てでないのならなぜこんな込み入ったことをするのかと、登瀬はますます夫の真意を計りかねる。

吾助と登瀬の挽いた櫛を三次屋まで運ぶのも櫛木選《い》りも、今や登瀬のみの役目となった。父はもう、中の町までの道のりを歩くことができない。膝《ひざ》や腰が痛んで、板ノ間から土間《どじ》に降りることさえ、誰かの手を借りねば難しいのである。

十一月の吹革《ふいご》祭の日であった。いつもと同じく目立たぬよう三次屋に入って櫛を託し、手代が米を量るのをぼんやり待っていると、「おめが登瀬さんか」と聞き慣れぬ声に呼ばれた。帳場から顔を出しているのは見たことのない若い男で、登瀬はひとつ頷《うなず》くにとどめて相手を窺《うかが》う。

「先代から女のくせにえらい頑固者だと聞いとっただげ、どんねないかつい女だがと思うとったが、そんねに変わったとごはねぇな」

呵々《かか》と笑う。なるほど、これが伝右衛門の息子かと察するも、登瀬はなおも黙していた。下手なことを言って、諍《いさか》いになってもつまらない。ここ十年ほど伝右衛門から受けてきた仕打ちが身の隅々まで行き渡っており、それが登瀬に過度の用心をさせるのだった。

反して男は屈託なく、宗右衛門《そうえもん》だと自らを名乗った。代替わりしたことを出入りの櫛師ひとりひとりに報《しら》せねばならぬのだが、奥向きの用事が立ちゆかず挨拶が遅れてすまぬ、と殊勝に頭を下げられて、今までとはあまりに違う扱いに登瀬はかえって戸惑った。おそらく、登瀬より年若だろう。目も鼻も小さい地味な顔立ちで、その割に身体にはたっぷり肉がついている。伝右衛門とはあまり似ておらぬと思い、つい上から下まで目を走らせた。その遠慮ない視線の意味を察したのか、彼は肥肉《ふとりじし》を揺すって笑い、

「おらは養子だで、先代とは似ておらんだども、このちここを取り仕切るこどには違いない。まがい物ではないだすけ」

と、おどけて見せた。伝右衛門の家族についてこれまで知ろうという気さえ起こらなかったが、そういえば子があるという話は聞いたことがない。宗右衛門は、伝右衛門の五つ違いの妹の子だという。先代が隠居することになって急遽《きゅうきょ》養子に立てられることになったわけだが、藪原で育ってはいるから櫛を見る目は相応にあるのだ、と胸を張る。それから台に置かれたままになっている登瀬の挽いた櫛を手に取って訊《き》いた。

「これはおめが挽いただが？」

「……へえ」

嫌な予感がして、登瀬は身をすくめる。宗右衛門は櫛を眺め、しばし顎《あご》をさすってい

たが、おもむろに顔を上げると言った。

「おめに支払う額を変えても、ええが？」

「え……いや、あの、下げられては困るだに。せめて他の職人と同じだけはもらわねど」

うろたえながらも、なんとか言い返す。賃銭の交渉ほど虚しいことはないが、これ以上実幸に水をあけられてはさすがに立つ瀬がなかった。そんな安値で売るくらいなら三次屋に納める櫛など挽かずに、こちらの粒木賊掛《つぼどくさ》けでも手伝ってくれと言われかねない。

宗右衛門は不得要領な顔で首を傾《かし》げ、ややあってクッと噴き出した。

「下げる？　おめはおらが額を下げると思うだが」

笑いの下から彼は言い、手にした櫛を登瀬の目の前にかざした。

「よう見てみぃ。この出来だで。他の者《もん》が持ってくる櫛と比べて別格じゃと、おらはこないだうちから思うとっだが」

彼の言うことが、すぐには飲み込めなかった。毎日大量に持ち込まれる櫛の中から、自分の挽いたものに目を留めてくれる者があること自体、思いも寄らなかったのだ。

「おなごは男より力が弱い、んだでひと挽きが小さい。その分、歯形が繊細に整うのかもしれんのう」

呆気《あっけ》にとられる登瀬に構わず、宗右衛門は続ける。

「櫛職帳を見たら、おめの家は他より低いくらいだ。そんねな値付けはうちにとっても痛手になるで、いぐらか買い取りの値を上げたいと思うとるんだがね」

旦那様、と横合いから古参の番頭が前掛けを揉《も》みつつ割って入り、宗右衛門を帳場の奥へと引っ張っていった。暖簾《のれん》の向こうで立ち話をするふたりの姿が、土間に立つ登瀬からもよく見える。話し声までは聞こえないが、先代から仕えている番頭のことだ、伝右衛門と吾助一家の確執を語り、賃銭を上げるという宗右衛門を諌《いさ》めているのは容易に察しがつく。登瀬は深い息をつき、折良く戻ってきた手代からその日の分の米を受け取ると、さっさと踵《きびす》を返して三次屋を出た。腕を認められた喜びよりも、また自分の家が他家の火種となるのを避けるほうへ気が向いたのだ。

しかし三次屋宗右衛門は、それから程なくして本当に、登瀬が納める櫛をこれまでの倍近い値で買い上げるようはからってくれたのである。その上、櫛木選りの順番まで、吾助が天印をもらっていたときと同じく一番に戻されたのはまったく案外なことであった。

村の櫛挽の中には突然の優遇を妬む者もあったが、かつてのように一家があからさまに誹《そし》られることはなかった。ひとつには、実幸が塗櫛の技を惜しまず村の櫛師に伝えたことへの恩義が根付いていたのだろうし、もうひとつには登瀬への呆《あき》れを通り越した感心があったのだろう。女だてらによくここまで折れずに挽き続けて相応の技を身につけたものだ、という感心である。櫛で活計《たつき》を立てる厳しさを、同じ仕事に就いた者なら誰もが身に染みて知っている。けっして平坦とは言えぬ道を好きの一念のみで突き進み、並み居る櫛挽の先頭に立った登瀬に、素直に畏怖を覚える者もあったのだろう。

　宗右衛門は、未だ問屋を通さず商いをしている実幸をも不問に付している。「あの勝手をしとる婿さんが相当ええ櫛を挽いとるいう噂だげ、夫婦《めおと》互いに競い合うのがええんじゃろう」と、むしろそれを歓迎するようなことまで言うのだった。

　実幸の櫛は確かに、邪《よこしま》な心で見ても見事な出来映えである。歯形は一糸乱れず、シノギも滑らかな線で、思わずさすりたくなる美しさを備えている。まさに梳櫛《すきぐし》を極めた形といえるかもしれない。

　だが登瀬は時に、完璧がゆえの物足りなさも感じるのである。徹頭徹尾隙なく整っている様が、空疎に見えるのである。やっかみから来る見方だろうかと、はじめは危ぶんだ。しかし、いかに心を平らかにしてもやはり、実幸の櫛には、かつて吾助の櫛がかもし出していた怖いような深みが見えないのだ。

　寝間でその違いに考えを巡らせていると、浴衣姿の実幸が「寒い寒い」と二の腕をさすりながら飛び込んできた。登瀬が羽織った綿入れに目を留めて、わずかに眉をひそめたがなにを言うこともなく、部屋の隅に置かれた長持《ながもち》から帳面と矢立《やたて》を取り出す。その日受けた注文と、仕上げた櫛の数を書き付けるのが、彼の日課なのである。

「見てみぃ。全部で千を超えたで。たった一年でえらいもんやろ、な、登瀬」

実幸は、ふた月ほど前から登瀬の名を呼び捨てるようになった。相弟子だった頃の「登瀬さん」という呼び方は、一緒になって「あんた」とひどく他人行儀な呼びかけになり、それがここへ来て「登瀬」へと転じたのだ。夫婦として慣れ親しんだゆえのことではなく、ふたりの間に主従に似た立ち位置が生じていることを、登瀬は密《ひそ》かに感じている。

「おかげで手もマメだらけや。せやけど、江戸や京でわしの櫛が広まっとると思うたら気は抜けんわ」

登瀬は綿入れの前をかき合わせる。その布地に残った源次の温《ぬく》みを味方にして、ずっと胸の内にしこっていたことを思い切って口にした。

「おめは、なんだっちゃ江戸や京に板ノ間を構えねがったんだ？　こんねに小さな村におるんだ？　よりによってなんだっちゃ、うちだったんだ？」

実幸は笑みを仕舞って目を細めた。「そりゃあ、吾助さんのもとで修業させてもらうためやろ」。繕った声はひどく低い。

「だども、何年か修業したら独り立ちできたはずだがね。おめの腕ならなおさらだ。なんだっちゃおらと一緒になってまでここに居るこどを選んだだが」

「もちろん、登瀬に惚《ほ》れたからや」

そのひとことを聞きたかったのか、と早合点したらしい実幸はすかさずおどけて見せる。登瀬はしかし、硬い面持ちを崩さなかった。

「違う」

ひとことと言って夫を見据える。実幸はつと目を逸《そ》らし、いたずらに帳面をめくりはじめた。

「なんでだ。おらにはそれが奇妙でならねんだ」

実幸は長い間黙っていた。が、鼻から息を抜くと、口角をわずかに撥《は》ね上げて言った。

「江戸にも京にも、腕の立つ櫛師はたくさんおるんや。それぞれ秀でた芸を持っとって、商いの上でもうまいことやっとる。ただわしには、どの師匠もさほどの腕とは思えんかった。吾助さんが一番やったいうのはまことのことや。それまで出会った櫛職人とは、頭ふたつもみっつも出とるように思えたんや」

皮肉らしさはなく、淡々とした口振りである。

「江戸ではな、職人同士がえらい競い合っとる。そのせいか、いらんしがらみも多い。独り立ちするには誰それの後ろ盾がないとあかん、誰それにつけば楽や、どこの商人《あきんど》に取り入るのがええと、そないな話ばかりが飛び交っとる。弟子の中には、技磨くのそっちのけで力ある者に媚《こ》びへつらう奴もたんとおる。実際に胡麻《ご ま》擂《す》った奴がええ目を見たりもしとる。わしは、そないなさもしいやり方に収まる器やない、そないな半端な腕やないと、わかっとったさけな」

登瀬はただ意外であった。誰彼構わず言葉巧みに操って、意のままに事を運ぶのが実幸だと思い込んでいたのだ。藪原に来てからも、三次屋をねじ伏せ、他の櫛師との往《ゆ》き来《き》を取り戻し、家を富ませたのはすべて、彼がその巧みな口舌《くぜつ》で成したことではないか。

「そないなくだらんことに刻《とき》を割くんやったら、なんのしがらみもない山奥で試してみようと思ったんや」

「……試す？」

「せや。己の腕をや。誰の顔色も窺わんでええ、誰にも媚びへつらわんでええところで、櫛を挽いてみようと決めたんや。己は山奥におって、江戸にも京にも行商に出向かず、ただ仕上がった櫛を見せるだけで向こうから買い付けに来る――そう仕向けたると決めたんや。櫛の出来だけで、腕一本で勝負したると思うたんや。わしはここを動かずに、わしという櫛師を知らしめたる、そうやってしがらみだらけの世を変えたると決めたんや」

登瀬はまったく仰天していた。技というのは極めていくものだけれども、それによって己の存在を知らしめるという考えは登瀬にも、おそらく吾助にもないのではないか。

――それに。

登瀬は、実幸の膝の上に開かれた帳面に目を遣る。櫛の善し悪しは、単に売れた数で計れるわけもない。

「わしには、あの頃からわかっとったんや。他の弟子たちのように、名のある櫛職人の後押しがなくともやっていけるっちゅうのは、わかっとった。人に頭下げんでも、へつらわんでも、櫛さえ挽いとれば向こうが頭下げてくるっちゅうのが。それを証《あか》したかったんや。ここは、絶好の場所やった。今頃、江戸の櫛職人は泡吹いとるで。わしが辞めるとき嗤《わら》いよった連中もな」

実幸は帳面を横に置いて夜着の上に寝転び、天井を見据えた。

「わしはこんまい頃からずっと、定まった居場所っちゅうもんがなかったさけ。そやさけ、わしのいるところを世の中心にしたると決めたんや」

なにを言い出すのだろう、と登瀬はいっそう混乱する。幼い頃に上方に預けられていたとはいえ、立派な実家《さと》があるではないか、なにくれとなく実幸を気に掛けて糧《かて》や文《ふみ》を送ってくる温かい家族があるではないか——。そう言いかけたが、実幸の横顔にはじめて目にする薄暗い影が差しているのを見つけて言葉を呑《の》んだ。そういえば、未だ奈良井を訪《おとの》う機はない。仮祝言からしばらくして、豪華な祝いの品こそ届いたが、それきりである。

実幸は夜着にもぐり込み、目を瞑《つむ》った。登瀬は粛然として、その横顔を眺めていた。

京で大きな戦《いくさ》が起こったのは、文久が元治と変わった年の七月である。昨年、薩摩、会津によって尊攘急進派の少壮公卿らと共に都を追い落とされた長州藩が、兵を率いて伏見や嵯峨《さが》に布陣、自らに非のない旨を天子様に訴えるため京師へ兵を進め、禁裏を御守りする薩会と再び刃《やいば》を交えたというのだ。

登瀬はまだ、長州の唱える勤王攘夷と、薩摩、会津が打ち出す公武合体との差違がうまく飲み込めずにいる。いずれも天子様を奉り、政《まつりごと》の主に据えようという思惑が基にあり、異なるのは御公儀への考え方だけであるらしかった。天朝のみを立て幕府を排除するか、天朝と幕府が共に政にあたるか――。そんねなことどなら、天子様と公方様が話し合えばええことだに、と囲炉裏端で漏らすと、すかさず実幸が口を挟んだ。

「諸藩は黒船が来てからずっと攘夷や開国や、勤王や佐幕やっちゅうとるやろ。はじめはそないな信念で動いとったんやろうが、ここまで来ると藩と藩との争いやな。どの藩が力持つかっちゅう争いが軸になっとる」

はじめて浦賀に黒船が来た癸丑《きちゅう》の年からこれまでを、登瀬は密かに勘定してみる。十一年――。

いつの間にか長大な月日が流れていたのだ。黒船が来たのは、直助が亡くなってまだ何年も経《た》っておらぬ頃だった。松枝はなにかにつけて「直助さえおれば」とこぼし、そのたび喜和が物悲しげに目を伏せていた。登瀬はすれ違っていく家族に正面から向き合うこともなく、吾助の紡ぎ出す拍子にのみ耳を傾けていた。家の内に在ったのに、櫛のことと、時折届く直助の遺した草紙のことしか見ようとしなかったのだ。

「藩の中でも割れとるところもあるくらいやさけな。水戸なんぞ、勤王と佐幕で真っ二つや」

「水戸なら、この三月に筑波山で兵を挙げた者があると、おらも聞いたで」

松枝が気色ばむ。

「水戸は親藩やのに、尊王攘夷の急進派が多いですからな。桜田門外で井伊様を討ったのも水戸の浪士や」

「怖い話だがね。御公儀のお偉方にそんねなこどして」

老いていく父に反し、母は年々若さを取り戻しているかに見える。直助を亡くしたのちの昔を振り返ってばかりの日々からは解かれ、先をのみ恃《たの》むようになっていた。このところ夕飯《ようめし》の膳がとみに豊かなのはその証《あかし》だろう。こまめに中の町まで足を運んでは干《ひ》魚《ざかな》を仕入れ、登瀬の膳に据えては、滋養をつけて早くええ子を産まねばな、と神妙な面持ちで繰り返すのだった。ひとつ事に囚《とら》われると延々繰り言をするのは母の癖でもあったから登瀬は適当に聞き流していたが、この焦燥の裏に父の衰えが関わっていると思えば身が軋《きし》んだ。

吾助が一日で挽く櫛の数は、今やほんのわずかである。その上、仕上がった品の中には歯が揃《そろ》わぬものも交じるようになっていた。登瀬はけっしてそれを口にはしない。ただ三次屋に持っていく途次、こっそりビリを間引きする。仕損じの交じることよりも、あれほどの腕を誇り、その上で厳しく品を吟味していた父が、明らかな仕損じを見過ごしていることがこたえた。

「業事《わざごと》はいずれも、歳とるとしんどくなるで。目もかすむ、力も入らねがらな。中には老年に花開く者《もん》もおるだども、若い頃から櫛挽いてきた者は手に疲れが出てしまって、一番ええときほどにはいかんものだがね」

三次屋宗右衛門はある夜、吾助の挽いた櫛を選り分けながら言ったのだ。

「救いのねぇ話だが。ずっと櫛一徹《いちこつ》にやってる者には」

軽口で受けたつもりであったが、声に阻喪《そそう》がこもってしまった。宗右衛門は機敏にそれを感じとったらしく、柔らかな笑みを作って言葉を継いだ。

「だども、吾助さんの櫛にはなんともいえねぇ味があるで。風格、いうたらええじゃろうか。一朝一夕では出ねえ味だ。商売の上ではおめの櫛のほうが扱いやすいが、目利きは吾助さんの櫛を選ぶかもしんねな」

目の前がにわかに明るくなる。宗右衛門の言う通り、吾助の櫛は日ごとに独特の風合いを増していると登瀬にも感じられるのだ。かつてあった強靭《きょうじん》さが薄れ、乾いて穏やかな風味が出ているといえばよいだろうか。精巧さを欠くことはあれど、櫛が劣ったとは見えないのは、この枯れた風味こそ格別と信じられるからだ。

　自分の挽く櫛はまだ若い――吾助の櫛に接するたび登瀬は思う。勢いこそあるが、奥行きがない。うまく挽こうという意識が櫛木の端々にこびりついてしまっている。吾助の技はとうにそこを超えている。多くのものが込められているのに、無為の景色を勝ち取っているのだ。どうしたら父のような櫛になるのかと考え、父と板ノ間で過ごしたこれまでの日々を反芻《はんすう》するが、答えとなるものはなかなか見当たらなかった。すべてを見てきたつもりで、その実なにも取り込めずに来たのではないかと不安が首筋をかすめる。

「んだども、おめはいづまでも吾助さんの後ろさ隠れていではならんで」

　宗右衛門が、不意に口にした。続いて彼は帳場の抽斗《ひきだし》から櫛職帳を取り出し、おもむろに「十五」と告げた。登瀬は意を汲《く》めず宗右衛門の顔を見返す。

「両歯のお六櫛を十五枚、いづもここに納めるのとは別に挽いてほしいんだわて。そんねな注文だでな」

「……注文？　なんの注文だがね」

　訊くと宗右衛門はしばし言い淀んだが、「おめは嫌がるかもしんねども」と前置きして続けた。

「崎町からおめの櫛が十五、欲しいと言ってきただに。こんねに世が物騒になっとな、青楼《せいろう》が流行《はや》るんだわて。男らが憂き世を忘れるために逃げ込むで、女郎も忙しゅうなる。

そうなっと物を買って憂さを晴らすんだわて。といって借金のカタに売られた身だ、大枚ははたけねぇ。そごで櫛笄《くしこうがい》となる。中でもお六櫛は髪梳くのに入り用だわて、贅沢にはならん」

「その道理はわがるだども……」

登瀬はひとつ息を吸った。

「おらが挽いてええだがね？」

「おめの櫛がええという注文だで」

「おがしな話だな。なんだっちゃおらが挽いたとわがるだが」

当たり前だが登瀬の櫛には、実幸が捺しているような焼判などない。お六櫛として他の櫛職人の品と一緒くたに売られているのだ。と、宗右衛門が快活な笑い声を上げた。

「わしも妙じゃと思って、手代に同じことを訊いだがね。それが語るには、ひとりの妓《おんな》がたまたま買《こ》うた櫛が使いやすいいうて、廓《くるわ》で評判が立ったそうじゃ。うちで扱《あつこ》うとったものだげ、崎町から注文を伝えに来た使いの者が見本さ持っで訊きに来で、おめの櫛と知れただだが。おめの櫛は他より少し高く売っとるで、手代が買値を訊いて確かめたそうじゃ」

「そんねなこどが、あるだがね」

「まぁ滅多にあるこどじゃあねぇな。なんでも髪の通りも梳いたときの滑らかさも、まるで違うんじゃと。あんねなところの妓は目が肥えとるだでな、まがいものにはそっぽ向くが、これはと思うものは無理してでも手に入れようとするだんね」

登瀬は、ずっと前に源次から聞いた話を思い出していた。源次の母が、直助の渡した櫛をいたく気に入り、それが崎町の宿に広まって、女郎たちが吾助の櫛を買い求めたという話だ。もしかすると、このたび崎町から登瀬の櫛を注文に来た使いの者というのは源次なのではないかとそんな気さえして、登瀬はただただ不思議だった。

それからの登瀬は多忙を極めた。三次屋に納める分と崎町から来る注文とに追われたのだ。時折、仕上げた櫛をよくよく見詰める。他と比べて自分の櫛のどこが秀でているのかと思い惑う。吾助の櫛を見て育った目には未熟の作としか映らないのだ。

「登瀬」

板ノ間で櫛を眺めていると、吾助に声を掛けられた。

「うまぐできとるところを己で見定めようとしてはなんね」

内面を見透かされ、登瀬は背筋を伸ばす。

「うまぐいっとるところは大概、考えずともできとるとこだ。そこを解き明かすとかえってぎこちなくなる。だで、考えるな。むしろ、悪いところ、うまぐいがんところから目を逸らしてはなんね」

「はい」

登瀬は深く顎を引く。

「ん」

父は喉で答え、また盤《ばん》に目を落とす。背を丸めて歯を挽きはじめる。登瀬は父の櫛挽く拍子に耳を澄ます。いつか辿《たど》り着くべき音として、鼓膜にしっかり刻みつける。

二

吾助が病みついたのは、それから程ない十一月の終わりのことだった。身体の節々が絶えず痛んで、床から起き出すのが難しくなったのである。

街道筋にはまた、物騒な報が走っていた。

——天狗党《てんぐとう》が、馬籠《まごめ》に現れた。

この天狗党こそが筑波山に挙兵した水戸の尊攘派で、総勢八百余人、武州本庄から上《こう》野富岡《ずけ》を辿り、信濃路に出、下諏訪から伊那谷と南に下って馬籠に至ったという。おそらくは京を目指しているのだろう。大将は、紺糸おどしの鎧《よろい》に金鍬形《きんくわがた》の筋兜《すじかぶと》、黒の陣羽織を身につけるというそれは勇ましい出で立ちであり、一隊は龍が大きく描かれた旗を振りかざし、それぞれ槍や鉄砲を携え、大砲も二門引いていた。大砲の筒の表には「發當節」と、文字が彫られているという。

「徳川斉昭《なりあき》様のお達しで兵を挙げただだがね？」

「阿呆《あほう》じゃな。斉昭様は先年身罷《みまか》られただが。名を借りて天子様を担ぎ上げ、御公儀を討とういう、ただの無法者の集まりだがね」

村人たちはおびえ、この災厄が藪原に及ばぬようにと言い交わす。これほどの戦支度を調えて京に入れば、彼の地はこの七月に起きた蛤《はまぐり》御門《ごもん》の戦の二の舞で焼け野原になるのではないか、と世事に疎い登瀬もさすがに恐ろしくなった。

天狗党出現には、実幸もまた色を失った。京が焼けた後、「これでまた櫛が売れるで。みな焼けてしもうたからな。塗櫛、飾り櫛のたぐいはいらんが、梳櫛ならこないなときこそ入り用や」と息巻いていたのだが、この目論見《もくろみ》が大きく外れたのである。家を失った民にとって、櫛など二の次三の次なのだろう。時を同じくして江戸からの注文も減りはじめたのは、京の戦を知り、勤王派がいつ江戸へ討幕の軍を送るか知れぬという恐れが市中に広まっているためかもしれない。そこへ降って湧いた、天狗党騒動なのだ。

毎夜帳面を開いては眉間を揉んでいる実幸に反し、登瀬の挽く櫛はなぜか、ここへ来ても注文が途切れなかった。もう少し納める数を増やせぬかと、宗右衛門から持ちかけられているほどである。

吾助が抜けて、板ノ間は夫婦だけのものとなった。父の拍子にひたすら倣っていた頃とは異なり、趣の違う相手の拍子に飲まれぬよう、気を張る日が続いている。仕事で迷いが出たり、新たな案が生まれたりすれば、登瀬は未だ吾助に訊いた。一も二もなく父の寝所を訪うのだ。

「両歯櫛のな、シノギを境にした歯の長さを変えてみてぇと思うんだが、どうだがね」

吾助は首をかすかに動かして、登瀬に向く。頬は痩《こ》け、細かな皺《しわ》を刻んだ首には何本もの筋が浮き出している。寒くなって戸を閉め切りにしているせいか、樟脳《しょうのう》に似た臭いが部屋にこもっていた。

「両歯は、歯の長さも揃えたほうがきれいだわて」

これだけ言う間にも、父は何度となく咳《せき》を挟んだ。喉になにか引っかかっていて、声が出るのを阻《はば》んでいるようでもあった。

「んだども、片方ずつで役目を変えられたら使いやすくなると思うんだ。長いほうは全体を梳く。短いほうで小鬢《こびん》の形を整える。ひとつでそんねなことができたら面白《おもしれ》ぇと思うて」

遠慮がちに言うと、ほう、と父は声を上げた。

「それもそだな。んだども、シノギの場所をずらすと櫛の形が決まんね。真ん中にシノギを通したままで歯の長さを変えたほうがええかもしれんで。一度、挽いてみせろ」

登瀬は跳ねんばかりにして頷いた。父とこうして櫛の話ができるのが無性にうれしかった。その一方で、もっと訊いておくことがある気がして焦るのである。

――もし父《とっ》さまがいねぐなっだら。

縁起でもない思いが、近頃よく頭をかすめる。そのとき自分がどうなってしまうのか、登瀬は考えるだに恐ろしかった。

狭い見方だ、ときっと実幸は嗤《わら》うだろう。なにしろ江戸も京も見ず、村の他の櫛職人の技に接することもなく、父の櫛だけを信じ、そこに拘泥しているのである。しかし登瀬にとっては今も昔も、やはりこの板ノ間こそが完璧な世なのである。それだけに、父が本当にいなくなったとき、その世が残りうるのか、ひどく心許なくなるのだ。

藪原がすっかり雪に覆われた十二月、馬籠を通り西へと向かっている天狗党を捕らえるために禁裏守衛総督の一橋慶喜が兵を率いて大津に向かうという噂が流れた。登瀬はそれを遠くに聞きながら、吾助に伺いを立てて進めていた両歯櫛を挽くのに打ち込んでいたのだが、例年にない寒さゆえか、どうにも体調がかんばしくない。始終気怠《けだる》く、飯もあまり喉を通らぬ始末である。三次屋宗右衛門は、異なる長さの歯を備えた両歯櫛に乗り気で、顔を合わせるたび「できあがったか？」とせっつく。それに答えるのさえ億《おっ》劫《くう》で、登瀬は胃の辺りをさすりながら、うなだれるように頷くことを繰り返していた。

「どしたんだ。物憂げな顔して」

勝手場で菜を洗っていると、松枝が覗《のぞ》き込んできた。母は最前から竈《くど》で粥《かゆ》を煮込んでいる。父が食べやすいよう、トロトロになるまで煮るのである。

「少し胸が悪いだが。昼飯を食べ過ぎたのかもしれねな」

登瀬は松枝に向いて答える。それだけの動きでも軽い眩暈《めまい》がした。

「そんねに食べとらんだわて。このところいづも残すようになって……」

松枝はそこで突然首をもたげ、手にしていたしゃもじを桶《おけ》に投げ込んだ。

「われ、子ができたんではねぇが?」

菜を刻んでいた登瀬の手がその場で跳ねて、止まった。

「月役はどうだ。あるが?」

母らしくもない直截《ちょくせつ》な問いかけに動じつつ、登瀬は記憶を辿って日を数える。ややあって、首を横に振った。

「そら! 当たりだ。子ができたんだわて。できたんだわて、子が……子が」

声を震わせて、母は登瀬の腕にしがみつく。思わずよろけるほどの力だった。これほどまっすぐに感情を解き放つことが母にもあるのかという新鮮な驚きが湧いてはいたが、登瀬はその一切に実感を抱けなかった。

——子ができた。実幸との子だ。おらは母になるのが。

いずれも他人事のようだった。孕《はら》めばおのずと母としての心が生まれるものだとそれまでの登瀬は信じていたけれども、「子」という響きがこのときはただ無性に重く、恐ろしかった。生まれてくる子に思いを馳《は》せるよりも、もう後戻りできないのだ、という残酷な現実《うつつ》ばかりがのしかかってくる。自分はもうこれで、実幸と離れられなくなった。一生共にいて、ふたりの間にできた子を育てていかねばならぬのだ、と。

その晩は、松枝が勇んでこねた餅が膳に上った。雑煮にしてはあるものの餅では吾助がうまく飲み込めなかろうと登瀬は気に掛けたが、「お祝いだでな」と、母はあくまで上機嫌だった。

実幸は、「子が？　そらえらいことや」と目を丸くした。けれどもそれは三次屋が代替わりした折に見せた驚き程度のものであり、第一子を授かったのにどこか冷めている両親《ふたおや》のもとに生まれてくる子を、このとき登瀬ははじめて不憫《ふびん》に思った。

「男の子だとええな。登瀬はもう薹《とう》が立っとるで、三人も四人も産めね。だげ、早《はい》ぐに跡継ぎを授かるとええな」

松枝は明るい声で辛辣なことを言う。悪気のないことは承知していたから、登瀬は「んだな」と短く合わせて話を仕舞う。餅を食《は》んでいた吾助が咳き込んだ。登瀬がいたわる前に、慣れた手付きで松枝が夫の背をさする。両親の姿を見詰めながら登瀬は、何十年か経って、自分と実幸とがそうしている景色を浮かべようとした。いくら試みても、うまく像を結ぶことはできなかった。

子があれば、自分たち夫婦の間に流れるものも変わっていくのだろうか。この子は、あの板ノ間になにか大事なものをもたらしてくれるのだろうか——。

「男でも女でもええだに」

咳が治まったところで吾助が言った。登瀬は箸を止める。

「そんねなわげにはいがねぇさ。この家を継いでもらわねばならねもの。父さまの櫛もな」

松枝は励ますように言って、吾助の肩を軽く叩《たた》いた。

「いや」

吾助が首を振る。最近では聞かれなくなった強い語調だった。

「おらの技はもう登瀬の内にあるで。すべて、登瀬の内にある。だで、登瀬が誰かにそれを授ければ、この技は必ず続いていぐだに。おらはなんも案じとらん」

不意に父が言った言葉を嚙《か》み砕くより先に、登瀬の身がわななきはじめる。息がうまくできず、頭の中はどんどん白くなっていく。実幸が鋭く首を起こすのが、目の端に映った。

「なにを言うだが。櫛挽いうのは男の仕事だ。ここも婿さんが継いでくれとるだで、こうしてやっていけるのだわて」

母が取りなすと、父は「んだな」と素直に退いた。そうしてずいぶん長い間、黙っていた。みながまた箸を動かしはじめた頃になって、再び言葉を置いた。

「いや。おらの技、いうこどでもねぇな」

再び家族の目が吾助に集まる。

「先代、先々代からずっと受け継いできたものだげ。おらのこの身が生きとる間、ただ借りとる技だ。んだで、おらの技というこどではねぇんだ」

妙なこど言って、父さまの技は父さまのものだで、と松枝が笑う。家を守ることに身を砕いてきた母の耳には馴染《なじ》まぬ言葉かもしれない。しかしそれは昔から父が唱えてきた職人としての構えなのだった。

「んだな。借り物だで、大事にせねばならんのだわて」

登瀬は、父の言葉を引き取った。自然と、自分の腹に手を置いていた。吾助は登瀬を見遣り、強く頷いた。なにも言いはしなかったが、しみじみとした笑みがその面《おもて》に浮かんでいた。

その晩、寝間に入った登瀬は、実幸がいつものように帳面を開かぬことに気付いた。夜着に横たわって、黙然と天井を睨《にら》んでいる。

「どしたんだ、怖い顔しで」

言うと、実幸は長い息を吐いた。

「あんたは恵まれとるんやなぁ」

登瀬は首を傾げる。

「なんだかんだ言うても、生まれ落ちたところに、ちゃんと居るべき場があったんやな」

「なにを言うだね。おめだって立派なお実家《さと》ではねぇが」

実幸のいつもの軽口だと登瀬は思っていたのだ。が、彼はなお神妙な面持ちを崩さず天井を見ている。

「まめに野菜だの米を送ってくれで、文《ふみ》も繁《しげ》く書いてよ。おまけにおめのすることはなんでも認めとるだげ。櫛挽になる言うても反対せん、うちに婿に入ると言うてもすぐ許してくださったがね。優しぐて物わかりのええ親御さんだと、おらは思っとるだに」

ふっと実幸が笑んだ。笑っているのに、深い諦念が浮かんでいた。

「それだけ他人っちゅうことや。なんやかやと送ってきたり、わしに好き勝手させるのは、向こうがそんだけわしに遠慮しとるんや。隔たりがあるんや。ま、わしは十三まで他所《よそ》に預けられとったしな。あの家の者いう感じが、父も母もせんのやろ」

実幸の弟を産んだ母親の産後の肥立ちが悪くて、四つのときに上方に預けられた、という話を登瀬は思い出した。十三で生家に戻り、十九で彼はまた家を出たのだ。

「んだども、大事に思うとるからあんねに文を……」

「互いに通じとれば、そないに文などいらんねや。いくら脇本陣いうたかて、その四男坊となればただの厄介者や。家にはいらん者なんや。潰しがきかん穀潰しなんやで」

自嘲気味に言ってから、登瀬を見た。それから、その腹に目を遣った。

「こいつはええで。わしよりは必ずええ目を見られる」

そう言って、小さく笑った。

三月《みつき》もすると登瀬の腹は傍目《はため》にも目立つようになり、松枝が早々と縫い上げた腹帯をせねば立ち上がるのも難儀なほどだった。こんねに腹が大きいいうのは丈夫な子が入っておるだに、顔に険が出とるで男の子だ、と近所の女房連は道で会えばもっともらしい見立てを口々に告げる。魚をなるたけ摂《と》ったほうがいい、立ったりしゃがんだりを毎日したほうがお産が楽だ、鯉《こい》の血を少しずつでも飲めと、なにくれとなく助言を施すのだ。女という生き物は、子を宿してはじめて一人前と認められ、仲間として迎え入れられるのかと、登瀬は周りの変わりようにそんなことを思わずにはおられなかった。

つわりの時期はさほど長引かずに過ぎ、すると今度は異様なまでに食欲がわいた。常になにか食べておらねば気が済まず、しかし家の米びつを空にするわけにはいかなかったから、梁《はり》の上に蓄えてあった木の実だの種だのを口に入れてまぎらわす。空腹で気が逸れるのと、出っ張ってきた腹が邪魔して姿勢がうまくとれぬのとで、櫛を挽くのも難儀になってくる。

三次屋宗右衛門は登瀬が櫛を納めに行くたび呆れ顔を作り、「しばらくは旦那に任せたらどうじゃ。子に障っても知らんぞ」と釘《くぎ》を刺す。登瀬はけれども、鋸《のこ》を置く気にはどうにもなれなかった。一日挽かねばそれだけ勘が鈍る。勘を取り戻すには、鋸を持たなかった日の倍の日数がかかる。それ以上に、実幸が櫛挽く姿を見るだに片時も休んでおられぬと気が逸るのだった。

実幸の櫛はまた少しずつ注文が増えていた。

元治は一年で終わり、元号は慶応と改まっていたけれども、世の騒擾《そうじょう》は収まる気配を見せない。江戸に戻った徳川家茂が長州征伐のために再び京に上るという噂も聞こえてきている。都で戦を起こした廉《かど》で幕府は長州と談じ合いの場を持ち、藩主父子の服罪で一度は片が付いたようなのだが、なにがこじれたのか再び長州征伐と銘打ち、武力行使に訴えるらしい。

それでも、混乱する世情に巻き込まれてばかりもいられぬ、というのが民の逞《たくま》しさなのだろう。時勢に見合った商売を編み出す者もいて、新たな流通の場が各所に開かれつつあるらしかった。

「江戸に卸したもんは横浜に、京に卸したもんは長崎に流れとるようなんや」

実幸が告げるには、開港した町で異人相手の商いがなされているというのである。

「つまり、わしの櫛は神州だけにとどまらんのや。これから異国にも広まっていくんや」

威勢のいい口を利きはするが、以前のように挽いた櫛の数を誇らしげにひけらかすことはしなくなった。板ノ間での様子も人が変わったようである。より技を高めようと打ち込んでいるのが、近くにいるとつぶさに伝わってくる。実幸の歯挽きがはじまると、登瀬はつい息を詰めてしまう。かつて父が櫛挽くときにしていたのと同じ行いだと気付き、慌てて自分の盤に向かうのだった。

三

梅雨に入り、お天道様を拝めぬ日が何日も続いていた。

蒸した空気が始終肌に張り付いてやりきれない。吾助にはこの湿気がいたく応えるらしく、医者から処方された、節々の痛みを和らげる散薬を飲まねば眠ることもできなくなっていた。寝返りを打つのもままならず、床ずれができぬよう、松枝と登瀬が交代で吾助の寝所に入り、身体の向きを変える。毎朝目を覚ますとともに土間に飛び降りて水を飲んでいた父を知る身にはただただ打ちのめされるような光景であったが、母は気弱なことひとつ言わず泰然としていた。直助のときのように取り乱すことなく、すでに覚悟を決めているかにさえ見える。そのことがまた登瀬に避けられぬ将来を否応なく突きつけてきて、毎晩床に入るたび、刻というものを呪わずにはいられなかった。

蔦木屋の茂平が家を訪ねて来たのは、十日ぶりに雨が止んだ霧の濃い日である。まだ明けきらぬ内に潜《くぐ》り戸《ど》から顔を出した彼は血相を変えており、朝飯の支度のために甕《かめ》の前にいた登瀬を「ちょっと来《こ》」と気忙《きぜわ》しげな手招きで呼んだのだった。

「なんね？　こんねに朝早《はい》ぐから」

「ええから、ともかく来」

茂平に促されるまま戸間口をくぐったところで、「どこ行ぐだ？」と背後に母の声がした。振り向くと、松枝が襷《たすき》がけをしつつ土間に降りるところである。長く説く間はないように思え、「ん、ちょっとな」と適当に返して、登瀬は街道に出た。茂平は、五軒ほど先の路地に立って待っていた。登瀬が近づくと、大きく息を吸い込んでから告げた。

「あったで、すべて」

紅潮した顔にも、上がった息にも興奮がみなぎっている。

「あっだ？　なにがあっだんだ？」

茂平はそこで、大きく喉を鳴らした。

「草紙だが」

「え？」

「草紙だ。ひと巻丸ごとだ。あの長い話いうのが、すべてあるだに。出てきたんだわて」

登瀬は目を瞠《みは》る。

「……直助のか？」

茂平が顎を引く。

「どこに？　どこにあっただか？　おめの宿から見つかっただか？　源次の持ち物の中にあっただか？」

矢継ぎ早に問いかける登瀬の肩を、暴れ牛をなだめるように彼は押さえた。

「それがよ、持ってきだ者があっただが。うちの宿の名だけは聞いとったらしくでな、わざわざ。おらも驚いたんだ。こんねに経ってがら出てくるとはなぁ」

これまでさわりしか読むことがかなわなかった、長い話である。藪原に伝わる寓話を直助なりに書き換えた書ではなく、弟が一から考えたらしい話であった。続き話だと源次は言っていたけれど、過去に出てきたものは童《わっぱ》が鳥追いをする場面のみであって、直助が死んで十年以上の年月が流れた今となってはもうすべてを読むことはかなわぬだろうと諦めていたのだった。

「ともかく会ってくろね。今、宿にいるだに」

登瀬はそのまま、茂平と共に上町《かんまち》に向かった。松枝に断れば「身重の身で上町まで行くなどとんでもない」と頭ごなしに言われることは目に見えているからだ。「歩かせてすまんな」と茂平も登瀬をいたわった。

「持ってきだ者をわれの家まで連れて行げればよがったんだが、誰の目があるとも知れん街道を歩かせるのは危ないで、うちで匿《かくま》っとるんだ。源次のこどがあっだいうに懲りねぇこどだども」

茂平が異な事を口走る。

「匿う？　なんだっちゃ匿わねばなんねだ」

すると茂平は足を止め、用心深く辺りを見回し、思いがけないことを告げたのだ。

「天狗党だ。天狗党の残党だで」

「……え？」

「処刑を免れて、ここまで落ちてきたんだわて。んだども、危ないこどはせんだに、ともかく会ってみてくろね」

茂平が大股で歩き出し、登瀬は混乱をかき抱いたまま両腕で腹を包み込んで小走りに従う。

一橋慶喜は勅許を得て、自ら将となり昨年十二月に天狗党討伐の兵を挙げた。かつての水戸藩主・徳川斉昭の子である慶喜を頼りに行軍してきた天狗党はこの報に接し、すべてを諦め加賀藩に降伏、のちに幕吏へ引き渡しとなって敦賀《つるが》の鰊蔵《にしんぐら》に収監された。水戸で反旗を掲げ、長い旅を続けてきた彼らには、もはや幕府軍と戦をする余力は残ってはいなかったのである。

幕府はまず、一党を率いていた武田耕雲斎、藤田小四郎を斬罪に処した。以降、囚われた天狗党員を次々と刑に処していく。約三百五十人が斬罪、百人あまりが遠島、百八十人が追放となった。病死者も二十四人出た。首謀者に至っては一党に加わっておらぬ国許《くにもと》の妻子や老母までもが死罪になったと聞き、登瀬は、謀叛《むほん》を起こしたとはいえ、あまりに酷《むご》い仕打ちに身を震わせたのである。

茂平の宿まで落ち延びた党員はおそらく、追放を受けた者なのだろう。軽輩ゆえに命を助かったのかもしれない。それにしても、天狗党に加わり西へ向かう道中、なぜわざわざ荷の中に直助の草紙を忍ばせていたのか——。

息を切らして上町まで辿り着き、脇道から蔦木屋の裏庭に回った。源次が野菜を洗っていた裏庭だ。道具を入れとる小屋があるで、そこに匿っとる、と茂平はそちらに足を向ける。

霧が最前より濃くなっていた。すぐそばで煙が上がっているように見通しが悪い。

「あ。出てはならねとあれほど言っだのに」

小屋のほうを見て茂平が舌打ちをした。登瀬も、そちらに目を向ける。

霧の向こうに、小さくて細い立ち姿が見えた。

よくよく目を凝らす。そのときわずかに霧が晴れた。刹那、登瀬は射貫かれたように立ちつくした。四肢が痺《しび》れていく。夢を見ている心地だった。

登瀬は、その影に向かって呼んだ。

「直助……」

「われ、直助ではねぇが」

そこに立っているのは、まぎれもなく直助だった。この藪原を飛びまわっていた頃の直助だった。ひょろりと痩せた身体も、ミズスマシのように長い手足も、黒目がちの目も。

「われ、なんだっちゃここに？　どうして帰って来られたんだ？」

直助はけれど答えず、わずかに頬を引きつらせた。おびえているようだった。いつもであれば、「姉《あんね》さ」とまとわりついてくるはずなのに。

「おらだ、登瀬だで」

登瀬は両手を広げる。

「わがらんのか？　われの姉さだで」

手を強く引かれた。

「なんだっちゃ言うね。しっかりしてくろね」

茂平が登瀬を軽く揺さぶる。霧がだんだん晴れていく。少年の様子がはっきり見て取れる。登瀬はにわかに正気づいた。途端にえぐるような悲しみに襲われた。

「ともかぐ、中さ入れ。見づかったら事だで」

茂平に追い立てられて入った小屋の中は狭く薄暗く、行灯《あんどん》を灯《とも》してようよう互いの目鼻を確かめることができた。それにしてもよく似ている。生き写しというのはこういうものかと、未だ熱のとれない頭で登瀬は思う。部屋の隅には少年が済ませたらしい朝飯の膳が、申し訳なさそうに置かれている。きれいに畳まれた袴《はかま》は、おそらく彼が水戸を出るときから身につけていたものなのだろう、色が抜け、裾が獣に噛みちぎられたように擦り切れていた。

庄之助《しょうのすけ》にございます、と少年は折り目正しく手をついて名乗った。名のみにとどめたのは、むやみに姓を語って家名を傷付けてはならぬという士分ゆえの配慮だろう。歳は十二だという。ちょうど直助の亡くなった齢《よわい》であることに、また肌が粟立《あわだ》った。

「天狗党には、こんねな童が加わっとっただが」

登瀬がうめくと、「父上と共に」と庄之助がか細い声を発した。

「私は父と志を同じくしておりましたから、どうあっても共に参りたいと願い出たのでございます」

己の義勇を誇るのではなく、父親を庇《かば》うような口振りだった。

「父さまはどうなさっただね」

茂平が訊くと、途端に庄之助はしおれてしまった。が、少し間を置いただけで武士らしく面を上げ、訥々《とつとつ》と経緯《いきさつ》を語りはじめたのだった。

天狗党が収監された鰊蔵での扱いは、過酷を極めたという。明かり取りもまともにない蔵十六戸に八百人を超える浪士が押し込められ、左足に足枷《あしかせ》をかけられ、身体を伸ばして寝ることもできず、貧しい飯しか与えられず、長旅の疲れもあって病に罹《かか》る者が多く出た。のみならず、周辺の警護に当たった彦根、福井、小浜の藩士たちがまるで日々の鬱憤を晴らす格好の玩具を見つけでもしたように、壮健な党員を棒で打ったり、水を掛けたりと、士分とは思えぬ行いを重ねる。拷問に耐えかねて命を落とす者も少なくはなく、庄之助の父もまた役人に撲《う》たれた傷がもとで息絶えたのだと、時折声を詰まらせながら彼は打ち明けたのだった。まだ年端のいかぬこの少年がどれほど凄惨な光景を見たのだろうと思えば、登瀬は軽々しく慰めを口にすることができなかった。

追放となった庄之助は敦賀から抜け出し、ひとりでここまで来たという。なにかあったらひとまず藪原に逃げ込め、必ず助けてもらえるはずだと、父から再々言われていたためだった。

「藪原に逃げ込めと、おめの父さまが言うただか？　んだども、ここは尾張藩領だ。親藩の御料だで、御公儀に背いた者には厳しいはずだ。直助の草紙がなげれば、おらだってお奉行に引き渡したかもしれんで」

茂平の言葉をみなまで聞かぬうち庄之助はやにわに立ち上がり、畳んで置いてあった袴の下からひと巻の巻物を取り出した。

「そうだ。そのこどで登瀬を呼んだんだったわ」

茂平が膝を打ち、登瀬は自然と身を乗り出す。

「父が昔——まだ私が生まれる前に、お勤めでよく木曽路を通っておったそうなのです。そのとき、藪原を通るたびに買い求めた草紙で、父は京への長旅の途次、なによりこの草紙を愉しみにしておったそうです。ひとつ、ふたつと買っては、こうしてひと巻に貼り付けて……几帳面な父でしたから」

庄之助は顔を歪《ゆが》めた。

「これを読むと、藪原がいかに優れた地であるかわかる、この世の別天地だとよく申しておりました。御守りのごとくいつも持ち歩いて」

あとは続かなかった。茂平に「見てみろ」と目で言われ、登瀬は庄之助の手から巻物を受け取る。そっと開くと、饐《す》えた汗の臭いが立ち上った。庄之助が、そして今はもう亡い庄之助の父がずっと大事に身につけていたことを、その臭いは語っていた。

直助の絵と文字が現れる。いずれも懐かしい筆蹟《て》であった。喉を締め付けられたようになって、息が苦しくなる。ひとたび顔を上げ、肺腑《はいふ》に空気を送り込んでから、それを庄之助に戻した。

「悪いがおめ、読んでくろね。おらは読めない字が多いで」

庄之助は少し驚いたような顔をした。お武家であれば女も当然、手習いをする。けれども彼はすぐに面を繕い、静かに草紙を読みはじめた。

〈かの童、村一番の俊足を誇れり。焼棚山の山姥《やまんば》も、童の足には敵《かな》わんと噂されり〉

かつて聞いた文章である。あれが長い物語の書き出しだったのだ。

〈童、トヤを好む。朝暗いうちより起き出し、一番鶏の鳴く前に峠の頂に立つ。鳥の起き出す前より支度せしは、一番鶏の、他の鳥に童のことを教えんを避くるがためなり。

空の白んで一番鶏が鳴くや、山の木々さざめき揺れ、一斉に黒きもの飛び立つ。童もまた走り出す。凄《すさ》まじい速さに鳥たち驚きて南へ南へと飛び続けん。いずれ藪原の宿へとさしかかる。童はなおも追い続く。藪原の下横水に張りし網ありて、そこへ鳥を追いつめんとや〉

そういえば直助は鳥追いがことに好きだった。たびたび捕り手に頼み込んでは鳥を一箇所に追いつめるトヤに加わっていたのだ。実際には網は高地に張られるものであるから、下横水まで鳥を追い込むことはなかったが、直助はよく「姉さも一度鳥追いを見に行くとええ。父さまにも母さまにも見せてぇなぁ。それはえらい景色だで」と言っていたから、家のすぐ前で鳥を捕まえる話をこさえてしまったのかもしれない。

庄之助が読むのを聞いていると、まるで直助がそこにいて、じかに語りかけているような気がしてくる。

〈童、鳥を捕まえし祝いの赤硬飯を、村の者に配り歩く。のち家に帰りて板ノ間に入る。

板ノ間では父と姉が櫛を挽く。童、かたわらに座し、自ら鋸を手にす〉
登瀬は息を呑む。
――もしや、この「童」というのは……。
登瀬は、膝の上に追いた手を握る。掌の汗がしずくとなって流れ落ちた。
物語は、こんなふうに続いていった。

童は毎日板ノ間に入り、父の手伝いをする。櫛師の父はとても厳しく、しかしその技は天下一であった。村の櫛師の誰も父にはかなわなかったし、父の挽いた櫛を身につけた者は誰もがその虜《とりこ》となった。

童はいつか、この父の技を身につけたいと願っていた。けれど、板ノ間の中だけにとどまっているのは、その性分が許さなかった。彼は暇を見つけては、一家の目を盗んで中の町や上町を見て回る。天気のいい日には鳥居峠まで足を延ばす。峠に佇《たたず》んで遠くを眺めていると、もっと広い場所に出てみたいと気が逸った。

あるとき、童は尾張から来た牛車の荷台に身を忍ばせ、藪原を出る。広大な濃尾の野を無尽に駆け回り、江戸で日本橋や大川に遊び、京では祇園《ぎおん》の町並みに肝を潰す――。

童はそののち長崎へ渡り、さらに船に乗って南蛮を目指す。かの地で珍しい動物を見、異人と語り合い、食べたことのない豪勢な膳に舌鼓を打つ。ここぞ別天地だ、夢見ていた地だと、彼はその地にとどまることを決めるのだ。

異国で楽しく暮らしていた童だが、若人へと成長したある日、ふと故郷《くに》のことを思い出す。険しい山々に囲まれた町並みを。杣が伐《き》りだした木々を浮かべる木曽川を。街道沿いに並んだ宿の賑《にぎ》やかさを。朝早くから響く櫛挽く音を。

故郷への思いは日増しに募っていった。二十歳になったある日、若人はついに、藪原に帰ることを決める。彼は十分過ぎるほどに外の世を見た。多くの事を知り、たくさんの人に出会い、さまざまな仕事を経た。しかしその手に残るは、あの櫛挽く覚えだけであった。目に焼き付いているのは、父と姉が居る板ノ間の景色だった。自分は藪原の者だ、と若人は思う。あの土地ほど素晴らしい場所は、世のどこにもなかったのだ、とはっきり悟る。そうして自分はどこに在っても、あの板ノ間の者だったのだ、と。

父はきっと、前にも増して立派な櫛挽になっているだろう。

姉は、父の跡を立派に継いでいることだろう。

若人は、長崎まで海路を辿り、山を越え、谷を越えて、ついに藪原へと帰り着く。長らく板ノ間から遠ざかってしまったけれど、それでもまた一から櫛を挽こうと心に決めていた。父に教わり、姉に訊きながら、板ノ間で働くことこそが自分の為すべき仕事だということを彼はよく知っていた。けれど、家の敷居を跨《また》ぐのは怖かった。一家の誰も、自分のことを覚えていてくれぬのではないか、と不安だったのだ。

街道沿いに建つ家が見えてくる。懐かしい家だ。故郷を出たときと同じ佇まいで、それはそこにあった。なにひとつ変わってはいなかった。

戸の前では下の姉が通りに水を撒いている。若人を見つけると、うれしそうな顔をして手を振ってくれた。姉に手を引かれて若人は家に入る。すると今度は、勝手場から母が飛び出てきて、若人を力一杯抱きしめた。何度もその名を呼んで、「よく帰ってきた。待ってたんだよ。ずっと待ってたんだよ」と優しく頭を撫《な》でてくれた。板ノ間には父と、上の姉の姿があった。ふたりは、とても見事な櫛を挽いていた。彼は胸がいっぱいになった。やっぱり、ここだったのだと思った。

若人はそのとき、それまでどの地でも、どんな人との暮らしでも感じたことのない幸せを、感じていた。自分の旅は、ここへ帰ってくるための旅だったのだということがよくわかった。たくさんのものを見て学んだことを、これからすべて櫛に注ぎ込んでいけばいいのだ。父と姉に従って、ふたりのような櫛挽になればよいのだ。

彼はしみじみとうれしかった。自分はなんという幸せな場所に至ったのだろう、と心の底から思っていた――。

草紙は、そこで終わっていた。最後のひと巻きを広げると、板ノ間で鋸を片手に微笑《ほほえ》む父娘の姿が描いてあった。

登瀬はまばたきもせず、その絵に見入る。

——姉は、父の跡を立派に継いでいるだろう。

直助がはっきりとした意思を込めて草紙を描き継いでいったことが感じてとれた。予感、ではなく、希望を、弟はここに込めたのだ。

「私の父もよく、藩の内情だけに囚われず、神州を常に見据えて大きな働きがしたいと申しておりました。その割に、水戸より優れた藩はないというのが口癖で。なにか、この草紙に相通ずるものがあったのかもしれませぬ」

庄之助が言うのに、ひとつ頷く。その拍子に、ポタリと拳に雫《しずく》が落ちた。自分が泣いていることに動じて、慌てて袂《たもと》で拭う。けれども涙は、拭いても拭いても止まらなかった。きっと直助が死んだときに流しそびれた涙が、今頃になって溢《あふ》れてきたのだ。

「これを描いたのは小さな童であったと父から聞いております。いつも同じ年端の子とふたりで道祖神のところにいて、旅人を呼び止めては草紙を売っていた、と。父は繁く街道を往き来していましたからすっかり見覚えられて、買う買わぬの話をする前に草紙を託されるのだと。面白い子だとよう申しておりました。ちょうどこの話が終《しま》いまでいったすぐ後、父は御役目を終え、もう木曽路を通ることがなくなったようなのですが、いつまでもこうして大事に……」

そこまで言って、庄之助は不意に明るい顔を上げた。

「そうじゃ。これを描いた童には会えませぬか。童というても、もう大人となられておりましょうが。父に代わってひとこと、礼を申し上げたい」

登瀬は、茂平を見た。まだ子細は告げていないのだというバツの悪そうな顔を、彼は向けた。庄之助は目を輝かしている。直助に会うことが、自分にとってこれから生きていく上でのただひとつの望みであるとでもいうように。登瀬は耐えられずに面を伏せる。どう伝えるべきか、言葉を探した。

広げたままの草紙に載った、直助の幼い文字が目に入る。無心でこの話を描いていた弟の小さな姿が浮かび上がる。

「……おらんのだわて」

なんとか声を絞り出した。茂平がうなだれ、庄之助が首を傾げる。登瀬は巻物を手に取りそっと撫で、しばし逡巡したのち意を決して言った。

「今、この村にはおらんのだわて。うちは櫛挽く家だども、直助はその修業のために旅に出とるだが」

登瀬、と茂平がささやく。構わず、登瀬は続ける。

「たまにしか便りを寄越さんで、直助が今どこにおるがわがらんだども、きっとどこかで櫛挽いとるだが」

「そうですか。それは、まるでこの草紙の童と一緒じゃな」

　庄之助が目を丸くする。

「まことに草紙のままに生きておられるのじゃな。その、直助さんという方はきっと、童の頃から己の進む道がわかっておったのじゃ。心に決めて、草紙にしたためたのかもしれませぬな」

　胸を強く絞られるようだった。しかし登瀬はなんとか平生《へいぜい》を装って返した。

「んだな。あの子は自分の先を見据えとっだんだな。いろんなものを見て、遠くの地へ旅して、だども必ず、父さまのおる板ノ間に戻ると、あのときから決めていたんだわて」

　手にしていた巻物をきれいに巻き直し、登瀬はそれを庄之助に手渡した。「返してもらわんでええだが？」と横から茂平が耳打ちする。登瀬はゆっくり首を振り、庄之助を見据えた。

「これはお前様のものだに。お前様の父上様の形見だに。どうか大事にしてくろね」

　そう頼んで平伏した。庄之助は、ただならぬ登瀬の様子に少しく戸惑った顔をしている。巻物を手にしたままなにか口にしかけたが、最後にはそれを胸に押し抱き、深々と一礼をした。

　庄之助は、夜が更けるまで小屋に身を隠し、夜陰にまぎれて水戸を目指すということだった。国許には母と妹がいて、その身が案じられるから、と彼は言った。「危ねぇど。

ほとぼりが冷めるまでここにおれ。おらが匿うで」と茂平は止めたが、「もうお咎《とが》めは受けておりますゆえ。それにあの家は私が守らねばなりませんから」と庄之助は聞かなかった。天狗党に加わって、謀叛を企てたのだ、お家もお取り潰しになるだろうに、彼は「帰らねばなりませぬ」と一徹に言って曲げなかった。

「帰って、落ち着く日が来ましたら、諸国を訪ねて回りたいと思うております。志を同じくする者と国事を語り合いたい、世のためになる働きをしたいと思うておるのです」

庄之助の四肢に生気が満ちていくのが、登瀬にもはっきり見て取れた。

「もしやするとその旅の途次、どこかで直助さんに出会うかもしれませぬな」

登瀬は返事をしあぐね、薄い笑みだけを返す。

「そのときは必ず礼を申します。父を愉《たの》しませていただいた礼を。それから姉様の息災であることもお伝えいたします」

庄之助は、登瀬の大きな腹に聞かせるように言った。登瀬はその温かな眼差しに促されて腹に手を置き、庄之助に言った。

「よろしゅうお願い申します。お前様もどうぞ息災で」

——どうか、直助の分まで生きてくろね。

その言葉を胸で唱えて、登瀬は頭を下げた。

きた。

家に戻ったのは昼過ぎになった。

音を立てぬよう潜り戸から入ったのに、松枝が目敏《めざと》く見つけて勝手場から飛び出して

「われ、どこに行ってでたんだ。そんねな身体で、行き先も言わねでいなぐなっで。拐《かどわ》かしにでも遭ったんでねぇがと、案じてたんだよ」

「拐かしに遭うような娘ッ子ではねぇだが」

登瀬は半ばうわの空で返し、甕からすくった水でカラカラに渇いた喉を潤した。

庄之助の話は父と母には秘そうと、上町から歩いてくる中で決めていた。もう、ふたりをあの頃に立ち戻らせるべきではない。直助が密かに夢見ていた将来を語るべきではない。それは両親にとって悲しみと悔恨を呼び覚ますことにしかならぬと判じたからだった。

乱暴な音で戸間口が鳴って、登瀬はビクリと肩をすくめる。振り向くと、額に汗を浮かべた実幸が敷居を跨いだところだった。登瀬を見て、「あ」と声を裏返した。色白の頬が朱に染まっている。

「今、帰って来たんだ」

松枝が、申し訳なさそうに実幸に言う。それから登瀬に向かい、

「一刻も前から捜しに出てくれでたんだ。川にでも落ちたら大変だ、いうて、木曽川ま

で行ってくれで。まっだく心配かげで。われもきちんと詫《わ》びろ」

声を荒らげた。実幸は、別段捜しになど出ておらぬといった冷ややかな面を作り、登瀬を避けて板ノ間に上がる。土間に背を向け、洗い立ての手拭いで額の汗を拭うと何食わぬ様子で盤に向かい、鋸を手にした。

――広大な濃尾の野を無尽に駆け回り、江戸で日本橋や大川に遊び、京では祇園の町並みに肝を潰す。

さっき読んでもらったばかりの直助の草紙の文言がなぜだか甦《よみがえ》った。

――彼は十分過ぎるほどに外の世を見た。多くの事を知り、たくさんの人に出会い、さまざまな仕事を経た。しかしその手に残るは、あの櫛挽く覚えだけであった。目に焼き付いているのは、あの板ノ間の景色だった。

登瀬の身が、静かに震え出す。えも言われぬ感慨が身の内に渦巻いていく。実幸がこれまで辿ってきた日々を、登瀬ははじめて思い渡した。その長い旅の中で経た事柄に、抱いただろう思いに、なめた苦汁に、今頃になってようよう気持ちを傾けた。常に飄《ひょう》然《ぜん》として、けっして苦労を表に出さぬ実幸の辿った道に、登瀬ははじめて目を向けたのだった。

「どしたんだ、登瀬。珍しいものでも見るような顔しで」

まばたきもせず実幸を見詰める登瀬に、松枝が怪訝《けげん》な顔を向ける。登瀬は、胸に手を置いた。

「帰ってきたんだな、と思うでよ。ここへ帰ろうと決めたんだな、と思うて」

途端に松枝が「なにを言うだがね」と肩をすくめる。

「婿さんはわれを捜しに出てただげだ。帰ってきだのはわれだんね。さ、父さまも案じてなさるで、顔見せろ」

呆れ顔で言って母は、登瀬の尻を軽く叩いた。


登瀬はその秋、無事に子を産んだ。若い身体ではないのに、滅多にないほどの安産であった。腹が痛みはじめてから一刻ほどで生まれたために、呼びに行った産婆が間に合わぬ始末だった。

「余程この世に出て来たかったんだな。強い子に育つで」

松枝は妙な言い様で子の逞しさを信じた。それから案じ顔を作って言うのだ。

「んだども、登瀬のような跳ねっ返りにならねばええが」

子は、松枝の望みとは異なり、女の子であった。登瀬はその子に、「直《なお》」と名付けた。なににも惑わされず、素直に、思いのままに生きてほしいと願いを込めた。

すっかり寝たきりになってしまった吾助にとって、生まれたばかりの赤子はことさら愛おしいようで、隣に寝かしつけて日がな一日眺めている。母もなにかと手伝ってくれるおかげで、登瀬は産後三日ばかり休んだきりで、板ノ間に戻ることができた。三次屋に櫛を納めに行くと宗右衛門は仰天して、「なにしとるだが。しばらくゆっくりせな」と制したが、登瀬は笑ってかぶりを振る。

「そんねな悠長なことはしてられね。旦那に負げられねぇがらな」

また張り合《お》うて、女房が強いのはようないで、と呆れる宗右衛門を受け流し、その日から毎日欠かさず板ノ間にこもった。この一年でまた少し歯挽き鋸との距離が近くなっていた。

登瀬は街道を下町《しもまち》へと急いでいる。すっかり身軽になった身体で、櫛の拍子をとりながら歩を進めていく。

――ひい、ふう、みい、よ。

口の中でつぶやいていく。

世情はますます急を告げ、幕府は長州征伐を行い、その矢先、徳川家茂公が身罷った。が、誰も次代を担おうとせず、将軍不在という前代未聞の様相が続いているのだという。「今、御公儀を背負うのは難儀だでな。まぁ、一橋慶喜様が継ぐじゃろうが。将軍後見職にあった方だで」と、村の者は言い交わしているが、こうしている間にも勤王派の諸藩が台頭しているのは確かなようだった。それがまた民の不安をかき立て、江戸や大坂では打ち壊しが起こっている。

街道を行き交う不穏な報に接しながら、登瀬は変わらず板ノ間に居続ける。

あの日、庄之助に会った日の夜、黙って外に出て心配を掛けたことを登瀬は実幸に詫びたのだ。それでも実幸がまともに取り合わぬから、ついこう漏らしたのである。

「しがし子ができると変わるものだんね。あんねに案じてくれで」

すると実幸はこちらに向き、眉をひそめたのだった。

「そうやないで。確かに子のことも気に掛かったけどやな、むしろ、登瀬のことやで」

淡々と彼は返した。

「いや、ちゃうな。登瀬というよりその腕や。櫛挽く腕や。あんたの腕はもう心棒を持っとる。揺るぎない場所を知っとって、そこに行き着こうとしとる。わしにはまだそれがない。腕は立っても、心棒がないねや。それをこれから己の手で摑《つか》まなあかん」

実幸はそこで、大きく息を吐いた。落胆しているのではなく、心を研ぎ澄まそうとして余計なものを吐き出したように登瀬には見えた。

「というても、吾助さんをなぞるのもちゃう。わしは天《あま》の邪鬼《じゃく》やさけ、師匠の腕をそのまま受け入れる気にはならんのや。自分の中から見つけな、他にないものにせな、面白うないねや。せやからな、あんたはあんたの、わしはわしの櫛を挽く。これからずっとや。好敵手がこの板ノ間の中におらんと、わしがつまらんさけな。いてもらわな、困るんや」

夫婦の間柄ということからすれば、風情の欠片《かけら》もない言い様ではあったけれども、登瀬はそのときはじめて夫と通じ合えたと思えたのだった。

いつ、むう、なな、やぁ――。

家に辿り着いて、登瀬は「帰りました」と声を張る。勝手場から松枝が顔を出し、「大きな声出したらいかん。今、寝付いたばかりだで」と小声で叱った。

賑やかな街道に反して、家の中は静かであった。板ノ間で実幸が櫛挽く音だけが響いている。登瀬の帰ってきたことにも気付かぬ様子で、彼は一心に鋸を操っている。この櫛が遠国まで広まれば、時勢が変わっても梳櫛は続いていくさけな、わしの櫛は必ず時代に勝つで、というのがこのところの実幸の口癖だった。

登瀬は荷を置いて、吾助の寝ている部屋に顔を出す。すやすやと気持ちよさげに寝ている直の顔を覗き込み、隣でまどろんでいる吾助に一礼した。

土間に降りようとしたときだ。「登瀬」としゃがれ声に呼び止められた。振り向くと、薄目を開けた吾助がこちらを見ている。登瀬は布団に寄って、居住まいを正した。

父はかすかな咳払いをした。それから、ゆっくり口を開いた。

「ええ拍子だ」

そう、言った。

「え？」

「ここにいるとよく聞こえるだに。櫛挽く音が」

登瀬の膝に置いた手に自然と力がこもる。

「われやん夫婦の拍子はとてもええ。銘々の拍子だで、揃ってはないだども、ふたつ合わさるとなんともきれいだ。こんねにきれいな拍子をおらは聞いだことがないだでな」

あまりのことに声が出なかった。ただぼんやりと、皺の深く刻まれた父の顔を見詰めていた。かつては巌《いわお》のように見えた顔であった。ひたすら大きく、遥《はる》か遠くにあった父であった。これまでの日々が一気に甦り、喉の奥がカッと熱を持った。

「ええ拍子だ」

気付けば登瀬は、父の手を取っていた。長らく使われて節の膨れあがった手を、両手で強く握っていた。

家の中には櫛挽く音だけがある。

静かだった。

登瀬はなにも言うことができず、いつまでもそうして、父の手を摑んでいた。

解説

佐久間文子

「おらの技はよ、おらのものではないだに」

『櫛挽道守《くしひきちもり》』の主人公登瀬《とせ》の父吾助《ごすけ》の、なにげないひとことがいつまでも心に残る。吾助は木曽山中の宿場町藪原《やぶはら》に伝わる梳櫛《すきぐし》「お六櫛《ろくぐし》」の腕利きの職人で、長い修練のすえ「神業」と称されるほどの技術を身につけているが、その腕を誇らず、娘の縁談の場では、こんなことばでその思いをあらわす。

いまのように頻繁に髪を水で洗えなかった時代、女たちは地膚《じはだ》や髪の汚れをとるため日常的に櫛で髪を梳いていた。梳櫛には飾り櫛のようなきらびやかさは必要ないが、わずか一寸の幅に三十本ほど、寸分の狂いもなく均等に挽かれた「お六櫛」の歯の薄さには、「用の美」ともいうべき研ぎ澄まされた美しさが備わっている。

どんなときでも鋸《のこ》を挽く手を止めない寡黙な吾助が、小説の終盤で口にするのが次のせりふだ。

「おらのこの身が生きとる間、ただ借りとる技だ。んだで、おらの技というこどではねえんだ」

むだ口をたたかず、弟子に向ける仕事の指示も必要最低限で、内面の思いを吐露することなどほとんどない人物として描かれる吾助の口から、ほぼ同じ意味をもつことばが十年以上の時をへだてて発せられる。そのくり返しにはとくべつな重みがあり、祈りに似た敬虔《けいけん》さすら感じさせる。「道の番人」を表す古風なことば、「万葉集」にも出てくる「道守」という一語をタイトルに戴いた小説の主題は、吾助のふたつのせりふに埋め込まれていると思う。

その土地で長い時間をかけて受け継がれてきた技術は、決して自分ひとりの力で獲得したものではない。先人の努力の積み重ねのうえに工夫されたものであり、必ず次の世代に渡さなければならない。それが、技術を託された者の使命なのである。

身体を使って技術を体得した人ならではの実感がにじむが、自分が苦労して身につけた技術は自分のものではないのかと、妻にも周りの人間にもなかなか理解されない。彼のおもいを正しく受け止められるのは、父を尊敬し、卓越した技術を継承したいとねがう娘の登瀬だけである。

登瀬のねがいはささやかだが、彼女が生まれ育った環境では口に出すことすらためらわれるほど実現が難しいものでもある。櫛を挽くのは男の仕事。女は、できあがった櫛を磨いたり、問屋に届けたりといった補助的な仕事を担当する。はっきりした分業の線引きが、不文律としてあるからだ。

けれども彼女はあきらめない。仕事場である家の板ノ間では吾助の手元をたえず注視し、わからないところが出てくれば折を見て質問する。父が当て交《あ》《が》いなしに狂いなく歯を挽くことができる理由は鋸を挽く拍子にあると気づくと、井戸水を汲《く》みに行くのにも数を数えながら往復し、同じ拍子を自分の身体にも刻み込もうとする。妙なひとり遊び、と近所の人に笑われても気にとめない。彼女の関心は櫛を挽くことにしかない。

そんな一途《いちず》な登瀬ではあるが、もし家の跡継ぎとなる弟の直助《なおすけ》が元気でいたなら、適齢期を迎えて、おとなしく他家に嫁いでいたかもしれない。小説の序盤で、幼いときから櫛挽の才が明らかだったこの直助が、十二歳のときに不慮の事故で亡くなるという不幸があったと明かされるが、家族のうえに暗い影を落とすこのできごとがあったために、「父の技術を受け継ぎたい」というねがいが、登瀬の胸に、いつまでも熾火《おきび》のようにくすぶり続けることにもなったのである。

木内昇の最新作は、電気・電信という社会のインフラを構成する巨大な技術と格闘し、翻弄《ほんろう》される人間の姿を描いた『光炎の人』で、身近に使われる櫛という小さな道具の技術伝承を描く本作とはひとつの対をなしている。

小説の舞台となる幕末は、歴史小説の名手である木内が得意とし、何度か描いてきた時代である。男たちの目から動乱期を見るそれまでの作品と違って、この『櫛挽道守』では、十代から二十代を迎える若い女性の目に映るものとして幕末が描かれる。

山中とはいえ藪原宿は街道の宿場町で、人の往来が絶えず、新しい情報もひっきりなしにもたらされる場所である。だが、人見戸《しとみど》がはめ込まれた板ノ間でほとんどの時間を過ごす登瀬の見聞は家の周りの狭い範囲に限られる。激変する世の中の動き、同じ木曽山中を舞台に島崎藤村が『夜明け前』で描いた中山道を通って降嫁する皇女和宮《かずのみや》の行列をはじめ、黒船来航や桜田門外の変といった歴史をゆるがす大事件も、もっぱら伝聞によって、耳から耳へと伝えられるのが面白い。

時代の変化から隔絶されたように過ごす登瀬の一家にも、新しい波はひたひたと押し寄せてくる。吾助の腕を見込んで押しかけ弟子となる実幸《さねゆき》も、変化をもたらすひとりだ。藪原とは峠ひとつ隔てた奈良井で生まれた実幸は、家の事情で十三歳まで上方に預けられ、江戸に出て修業をしたこともある。

生まれたときから藪原で一生を終えることが定められている登瀬たちの家族とは対照的に、実幸は、土地にしばりつけられるのではなく、みずから選びとって藪原という土地に根を下ろすことに決めた人間である。野心的で腕もあり、旧態依然とした問屋との関係を変えて職人の地位を引き上げようと試みたりもする。役者絵のようなあか抜けた風貌の実幸が自分の人生に入り込んでくることに、登瀬はとまどい、ときに存在を脅かされるようないらだちも感じる。

　弟が遺した絵草紙も、閉ざされていた登瀬の人生に新たな通路を開く。直助が家族に内緒で絵草紙を書いて、街道を通る旅人に売っていたことが死後、明らかになるのだが、直助は、土地に伝わる古い物語を大胆に脚色、結末もつくり変えて、オリジナルな物語として絵草紙にしていた。事情を知らない旅人が、絵草紙を売る「道祖神の童子」を探したのがきっかけで、登瀬は思いがけず直助の秘密を知る。早逝《そうせい》する自分の運命を知るはずもない直助なのに、絵草紙の物語には彼がのぞむことや、家族に伝えたかった思いがあちこちにちりばめられていた。

　この絵草紙に導かれるようにして、登瀬は源次《げんじ》という少年に出会う。貧しい出自の源次は、案じられることも信じられることもないような人生を送ってきたが、登瀬と出会って何かが変わる。激動の時代に立ち合い、自分の手で新しい社会をつくろうとして危険な道に足を踏み入れる源次もまた、登瀬の心を波立たせる。

『櫛挽道守』はまた、すぐれた家族小説でもある。

　登瀬の一家のバランスは、直助の死によって狂い始めた。跡とり息子の不在が母松枝《まつえ》の心に開けた穴は大きく、突然の死をなかなか受け入れられない母親は、責任の一端が二人の姉にあるようなことさえ口にして娘たちの心を傷つける。登瀬が尊敬してやまない父吾助も、これまで以上に仕事に没入することで家族のひび割れから目をそらし、何ら手を打とうとしない。

家族という閉鎖的な狭い人間関係では、誰かひとりのゆがみがほかに影響を与えずにはいない。そんななかで、この村を出たいとねがうのが妹の喜和《きわ》である。母親の色の白さを受け継いだ美しい妹は、「櫛を挽きたい」という自分の意思を押し通して問屋や村の人々にうとまれる原因をつくった姉に、いつしか棘《とげ》のあることばを投げつけるようになっていく。実家に早々と見切りをつけて、別の村で旅籠《はたご》を営む家の次男坊を結婚相手として見つけ、実力行使で家を出る。

どう生きるか。それまで考える必要のなかった大きな問いに、突然、跡継ぎのいなくなった家で暮らす登瀬と喜和は直面せざるをえない。自分の好きな道をひたすら歩もうとする登瀬のひたむきさは、身近にいる松枝や喜和の心をかき乱す。そうした心の動きが丁寧に描きこまれて、小説につよいリアリティを与えている。

一方で、反発するだけではない姉妹の関係性もきちっと描かれる。嫁ぎ先で心ない仕打ちを受ける妹とその子どもたちを目の当たりにした登瀬は、不器用ながらも懸命にかばおうとする。姉の幸せが自分の不幸せであるかのように声を尖《とが》らせたことのある喜和もまた、姉が藪原に帰るときには母親のように細やかに世話を焼いてやる。さりげないが胸に沁《し》みる場面で、これもまた家族をとらえた一断面なのである。

職人をめざす少女のなにげない市井の暮らしを通して、生きることのすべてを描き出そうとする、大きな構えの小説である。親鸞賞、柴田錬三郎賞、中央公論文芸賞のトリプル受賞作。

（さくま・あやこ　フリーライター）

初出　集英社ＷＥＢ文芸レンザブロー
二〇〇九年七月一七日～二〇一三年七月一二日
本書は二〇一三年一二月、集英社より刊行されました。

第9回中央公論文芸賞・第27回柴田錬三郎賞・第8回親鸞賞受賞作品

木内　昇の本

漂砂のうた

武士という身分を失い、遊廓の客引きとなり、空虚の日々を過ごす男。苦界に身をおきながらも凛として暮らす花魁。時代に翻弄されながら生きる男と女の屈託と夢を描く。直木賞受賞作。

集英社文庫

木内　昇の本

新選組　幕末の青嵐

身分をのりこえたい、剣を極めたい、世間から認められたい——土方歳三、近藤勇、沖田総司ら……。新選組隊士たちのそれぞれの思いとは。切なくもさわやかな新選組小説の最高傑作。

集英社文庫

櫛挽道守《くしひきちもり》

2016年11月25日　第1刷
2021年12月12日　第3刷

定価はカバーに表示してあります。

著　者　木内《きうち》　昇《のぼり》
発行者　徳永　真
発行所　株式会社 集英社
東京都千代田区一ツ橋2-5-10　〒101-8050
電話　【編集部】03-3230-6095
【読者係】03-3230-6080
【販売部】03-3230-6393(書店専用)

印　刷　大日本印刷株式会社
製　本　大日本印刷株式会社

フォーマットデザイン　アリヤマデザインストア　　マークデザイン　居山浩二

ISBN978-4-08-745513-7 C0193